因此，人要离开父母与妻子连合，二人成为一体。

《圣经·创世记·伊甸园》

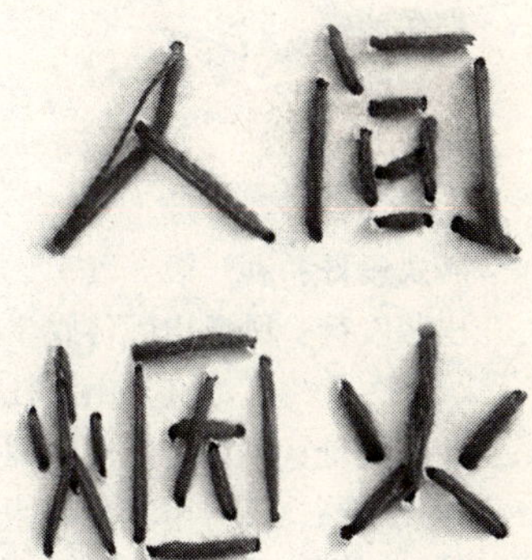

愿得一心人白首不相离

My Beautiful Life

The Sweetest marrige

我们温暖而美好的婚姻生活

桔子树 著

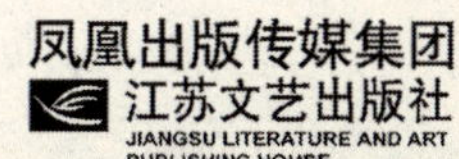

图书在版编目（CIP）数据

人间烟火 / 桔子树著. — 南京：江苏文艺出版社，2010.7
ISBN 978-7-5399-3877-6

Ⅰ. ①人… Ⅱ. ①桔… Ⅲ. ①长篇小说-中国-当代 Ⅳ. ①I247.5

中国版本图书馆CIP数据核字（2010）第120975号

上架建议：畅销书 · 女性言情

人间烟火

著　　者：桔子树
责任编辑：刘　霁
策划编辑：一　草
营销编辑：刘　迎
封面设计：熊　琼
版式设计：利　锐
出版发行：凤凰出版传媒集团
　　　　　江苏文艺出版社　http://www.jswenyi.com
集团网址：凤凰出版传媒网　http://www.ppm.cn
印　　刷：三河市鑫金马印装有限公司
经　　销：新华书店
开　　本：787 × 1092　1/16
字　　数：250千字
印　　张：17.5
版　　次：2010年7月第1版
印　　次：2010年7月第1次印刷
书　　号：ISBN 978-7-5399-3877-6
定　　价：26.00元

这是人间的烟火色，一个男人的成熟与坚持。

这是一个小女人的成长史，看生活如何给人以智慧与力量。

仅以此文献给所有像我这样不那么勇敢也不那么强大的姑娘们。

在恋爱市场已经崩坏的今天，仍然相信女性的坚韧、乐观、温柔与善良是最可贵的品质。

仍然相信只要给我们一个靠谱的好男人，我们就能做一个好妻子。

CONTENTS

第一章

婚礼，不仅仅是请客吃饭

–01–

据说，如果剥去所有华丽的繁复的动人的外衣，结婚这项大工程归根到底就只剩下两件事：请客，吃饭。

苗苑想，千山万水走过，我们终于要在一起开始新生活，也不枉我追你一场！

陈默想，折腾这么久，终于可以盖章画押签收回家了。

于是，对于婚礼，这两人有共同的强烈期待！

而陈默与苗苑的这桩婚事比较麻烦，因为他们要请三顿：陈默家，苗苑老家，还有陈默的兄弟们。兄弟们已经请完了，鉴于陈妈韦若祺对苗苑的强烈无视与不满，陈默也不知道他老妈还要缓多久才觉得自己已经足够下台阶，于是这三顿中唯一需要由自己控制进度的也只剩下了一项。在婚礼设计这个问题上，苗苑是全世界最庸俗的人，她向往着那些最庸俗的东西，细腻的白纱，像山一样的多层蛋糕，很多很多的亲友，很多很多的祝福。

这是她人生最大的盛事，她理所当然地认为自己应该得到尊重和娇宠，好在陈默对这些烦琐的礼节全无所谓，她说什么他都说好，因为心情舒畅，陈默平静的神情在苗苑看来都像是笑容，她便觉得自己已经成了全世界最幸福的新娘，因为她有个全世界最疼她的老公。如果不算上那位可怕的婆婆，她的婚姻简直近乎完美，而现在也没有关系，因为缺陷也是一种美，假如一个人的心情足够好或者自信心足够强大，他就能欣赏这种美。

很显然，苗苑是前一种。

苗苑的老家城市规模不大，于是半个小城都好像沾亲带点故，酒席单子列出来排开将近二十桌，陈默看着头痛，他家里人丁单薄，亲戚极少，感觉要认识200多号亲朋好友简直就像天方夜谭。

苗苑在自家地头占山为王，兄弟姐妹们都被调派出来，苗江和何月笛两边都是大家族，有足够多的人让她去折腾，陈默恍然有如淹没在人民战争的汪洋大海中，七大姑八大姨三表姐四表弟……一个个热情洋溢地冲过来，他拿出特种兵的瞬间记忆功能都没能彻底理清那混乱的关系。

晚上他向陆臻报告进度时说起此事，陆臻郑重地关照他千万别不耐烦，陈默一叠声地答应了。其实出乎所有人意料地，他是真的没有不耐烦，婚礼于他到底是一项新鲜的任务，他调动了他所有的耐力与兴趣去参与，那种心情与千里追击、精心布局、夺命一枪……并没有本质上的分别。

陈默的兄弟不多，他自己请假走了，成辉要顶班，下面的连排长们也难磨开人，最后还是原杰有义气，自己请了年假陪他过去，同时作为男方唯一的陪客毫无悬念地当了回伴郎。方进收到消息在电话里很哀怨很伤心，强烈要求看照片，看到照片又嫌人长得难看，他总觉那人是代他去站站的，原杰完全没有帅到可以代表自己，陈默不得已安抚了方进良久。

婚礼上男方家里没来人，女方的亲戚们自然也有心生疑惑的，不过那些疑问全都被何月笛以陈默是家中独子，且他的父亲身体不好行动不便为由敷衍了过去。

其实何月笛倒宁愿陈默老妈别直接跟着过来，她对此人有心结，见面时脸色注定不会好看，陈默那个妈看着也不是省油的灯，万一她们两个老的闹得不好看，小城市消息流传得快，一转眼整个小城都知道，那才叫不可开交。俩亲家相对成陌路虽然糟糕，总是要好过当面撕破脸。

因为陈默是孤身前来，小城里古早流传下来的那些烦琐的礼节也全没了用武之地，苗苑的表姐妹们便颇有些不甘心，开门费狠狠地敲了陈默一笔，敲得苗苑心里直滴血，她心想，你们这是在抢我的钱啊！

结婚那天陈默没穿西服，穿的是武警的礼服，前一天专门拿去浆洗过，笔挺的深绿色呢料，金黄色绶带，军靴黑亮，笔直地站在门外，那个肩宽腿长型正，活脱脱天安门前三军仪仗队的范儿。

苗苑的表姐妹躲在门后边不肯开门，笑嘻嘻地说着一堆堆的难题，陈默从来没有与人纠缠言辞的能力，原杰迫不得已只能挺身而出，不幸被人调戏得极惨。苗苑从楼上的窗子里偷偷往下看，只觉得那画面欢乐又喜庆，而她的男人，天下第一的帅。

最后陈默同志豪迈地用重金砸门，女孩子们欢笑着把人迎进去，陶迪抱着苗苑从闺房里出来，陈默顿时错愕。他对此人第一印象就不好，总觉得是个跟他抢老婆的，虽然前一天晚上苗苑详细地向陈默解释过流程，可陈默条件反射之下还是直接下手抢人。陶迪眼睛一眨的工夫，手里就是一空，他哭丧着脸笑道："哎，心急也不是这么急的吧！你自己抱下楼还是要付我钱的，我是你大舅爷!!"

陈默冲他笑笑，轻而易举地抱着苗苑下楼去。

这是最热闹的婚礼，最杂乱也最平凡的，司仪有些恶搞，大厅里人声鼎沸，来来回回有很多小孩子窜来窜去，苗苑穿着大红色的旗袍带着陈默跟着家人逐桌敬酒。她有些不开心，觉得这场面办得太不唯美，可是回头想想又觉得不应该有什么不开心，毕竟该做的都做了。

反倒是陈默觉得还好，原本他就是把婚礼当成一桩艰巨的任务来看待，没有过高的期待，也就不会有失望。他握着苗苑的手问："累了吧？"苗苑摇摇头，脸上红红的，因为喝了酒，更因为心情太激动。

人说春宵一刻值千金，洞房花烛夜，于是苗苑由衷感慨如果在花烛之后还有能力洞房，那得是怎样剽悍的体力？不过也对，古时的新娘是不用这样满场飞的，她们只需要坐在屋里等着陌生的男人来挑盖头。

可是……苗苑专心看着陈默，那样多可怕?

丈夫，一丈之内才是夫。

会亲密无间地守在一起过一辈子的人，总是要自己挑的才好，总是要自己喜欢的才好。天底下的男人多了去了，再好再帅又怎么样? 不是自己的，只有这个人是她从无到有，慢慢地在心里刻下的。

他是自己的。

所以，即使有缺陷，即使还有很多很多的不美满，苗苑都觉得幸福。

总听说婚姻琐碎得可怕，总要有一点爱情在，才足以消磨那些细小却无穷尽的棱角。

陈默的工作很忙，苗苑也不闲，通共请到五天婚假飞来飞去的就把事儿给办了，沫沫戏称，你们这叫结飞婚。陈默在回程的飞机上看苗苑神色凝重不像平常时的欢喜愉悦，就疑心她还是在纠结婚礼的场面问题，于是打定主意在西安这场一定要办得够大够威，女人一辈子就风光这一次，他很乐意让她得个心满意足。

只是韦若祺那边依旧还在端着架子找台阶下，陈默提议过的几个饭店都让她给拒了也就暂时收了手，他也知道太后不是真的看不中那些饭店，她只是需要显示她的权威与控制力，好在妈就是妈，妈总有一天会消气会妥协，陈默不着急，他可以慢慢等。

事实证明任何人想跟陈默拼耐力，结局都是悲惨的，韦太后撑了几天也渐渐无奈，证都领了，婚总是要结的，而且迟不如早，那不是苗苑的面子问题，那是她儿子的面子问题。于是陈默那天回家吃完饭，韦若祺交给他几页纸，说："宾客名单，拿回去写帖子!"

陈默粗粗一扫就看到密密麻麻的人名，皱眉："多少人?"

"差不多400个，43桌，不过你们的人我没算，自己加上去。"

"这么多?!"连陈默惊了。

"才40桌你还嫌多? 已经排很省了，我处里的人都只算一个，不带家属。"韦若祺掰手指头给陈默算，"我和陈正平的儿子要结婚，省委得来人吧? 市委得来人吧? 我处里得请吧? 你爸厅里得请吧?"

“爸不是退了吗？”

“胡说八道！”韦若祺顿时变了脸色，“你爸现在是操劳成疾在家休养，退什么退？人还没走呢，茶就凉啦？”

陈默知道有些壶不开提不得，反正能结婚就好，在他看来50桌和5桌都是一样的请。原本他估摸着西安这边的婚礼就算是把队里的正副排长都请上，无论如何也都凑不出十桌人，现在这样正好，苗苑可以得到一个她梦想中的盛大婚礼，她应该也是会开心的。

当天晚上，陈默把韦若祺给他的那三张大纸拿给苗苑看，苗苑震惊得嘴巴张成个O形合也合不上，最后她非常严肃地对陈默说：“陈默同志，我觉得我们应该求助专业人士！”

陈默点点头，放手让她去搞，苗苑欢心鼓舞。她还年轻，她还喜欢幻想生活中的鲜花与光彩，她还没学习怎样做一个小主妇，为一日三餐一个家庭的运转精打细算。她还有一掷千金花万般精力换一时风光的豪情，用盛大的婚礼来纪念她女孩生涯的最后一点矜贵！

苗苑找了专业的婚庆公司，大到选婚纱小到一盆摆花，所有的这些美美的事她都干得兴致勃勃，很忙碌，但是快乐满足。苏沫听说苗苑婚礼的规模震惊不已，柔肠百结地说了一句：“有钱烧的！”

苗苑冲她嘿嘿笑，全然不在意。她亲自设计了独家喜饼，加了樱桃玫瑰酱烤制的牛油小饼干，用订制的模具切出箭穿双心的图样，一包两个，全部由她亲手烤出亲手包装。

从头到尾陈默唯一耗时费力的工作就是抽了个晚上陪苗苑一起签请帖，苗苑转着手腕感慨，说我现在觉得当一个作家一定挺不容易的，签名多累啊！

陈默转头看向她，轻轻微笑，在满桌大红喜帖的映衬下，苗苑润泽的脸庞闪着动人的光彩，那么快乐如此满足，这让陈默感到自豪。

元旦的日子太紧，大酒店订不到席位，婚礼最后确定为元旦之后的那个周末。

于是请帖散出，流程排好，万事俱备，只欠东风。

婚礼前一天晚上苗苑紧张得怎么都睡不着，她给自己敷了两张保湿面膜，一张美白的，她半夜三更把家里的灯全都打开，穿上婚纱照镜子找感觉。苗苑订的珍珠色礼服有精致漂亮的胸口褶皱，裙摆是如云的塔夫绸，暖玉色的绸缎衬着光洁的皮肤，那一瞬间的苗苑看起来就像一位真正的公主。

她蹲在床边仰起脸看着陈默："我漂亮吗？"

陈默伸手蹭蹭她的脸颊说："很漂亮！"

苗苑笑得眉眼弯弯，低下头，把脸埋到陈默掌心。

屋外是漆黑的午夜，而房间里灯火通明，陈默的视线掠过苗苑后颈弯曲的弧度一直落到背上，那是一条异常柔软的弧线，乖顺而贴服，像某种温柔的鸟，静静地憩息在他怀中。

如果这就是婚姻的话，陈默想，那是挺好的。

所以人们才都要结婚吗？

果然，所有人都说要做的事情，总是有道理的。

–02–

有时候，陈默真的觉得婚礼就像一场战争，你看，你首先得搞清楚时间地点人员和装备，你还要制订计划，你要做预算，你甚至还得搞演习，否则，你就很可能会把这场大仗打得一败涂地。

婚礼当天各条战线都忙得人仰马翻，苗苑在西安没有亲戚，父母提前一天赶来订了一个宾馆房间当娘家。陈默一大早开着车把苗苑送去苗江他们那边，回头直接去婚庆公司拿婚车。婚庆公司的工作人员得意扬扬地向他介绍主婚车，奔驰S系豪华型，端的是雍容华贵气度不凡，伴郎原杰听得"啊"一声，大发感慨说咱也沾光贵族了。

陈默不喜欢西装，苗同学制服控，所以这次婚礼陈默和原杰仍然穿的是武警礼服。婚庆公司的小姑娘工作负责，礼服虽然刚刚洗过，还是要求再烫一遍再上身，务必要做到棱线笔直，腰背板平，据说是难得来两个帅的，不能浪费。

原杰被哄得眉开眼笑。

衣服还没换好，绑花车的小伙子就急匆匆地拎着粉红色玫瑰花球跑过来问陈默："你车队几辆车？"婚庆公司只负责主婚车与一辆摄像的跟车，车队里别的撑门面的车得自己凑，但是他们可以帮忙装饰。

然而陈默说："我不知道！"

小伙子急了："你自己车队几辆车你不知道？"

陈默说："我妈找的，我真不知道！"

小伙子抓狂，随手把花球扔给旁边一人，冲着他吼道："出来帮忙！"

"伯母真厉害！"原杰喜滋滋的，"不过呢，我觉得队长你也是要搞一搞的，怎么说在嫂子家那场，车队里也有三辆奥迪呢！"

陈默笑了笑不置可否。其实原杰不知道搞一搞现在搞成了什么情况，等他换好衣服出门当场就傻了，迎面的大街上一长溜的高档车，奔驰、宝马或者奥迪，而且一水儿的新车，一水儿的黑。绑花车的小伙子领着两人忙得满头大汗，到最后鲜花都不够了，只能用粉色纱带缠几道算数。

"怎么会这样……"原杰傻眼，他数了数一共有 3 辆奔驰 5 辆宝马 8 辆奥迪。

陈默摇头，他是真不知道。

有几个比较机灵的司机过来打招呼，原杰忙不迭地给人散烟。这两人穿着一样的制服又分不出个你我，原杰够热情，结果司机们都把他当陈默。陈默就在旁边站着也不解释，原杰刚想分辩，转眼看他家队长平直的嘴角，心里也认了：得，免得您开口把人都得罪了！还是小的我来招呼吧！

原杰身上的烟不够，临时从婚庆公司借了几条出来分，司机们都忙着推，说哎呀呀，客气了客气了。我们老板说了，陈局长的公子结婚那是喜事儿啊，能来捧个场那是乐呵……

陈公子？原杰的嘴角抽了抽，偷偷摸摸地问陈默："你爹是干吗的啊？"

陈默淡淡地说："省国税局，副局吧，应该是。"

原杰瞬间又傻了一次，我的娘唷，我们怎么都不知道？

像这种撑场面的事儿干得多了司机们也都有经验，当下也不用人招呼，就按照车型好坏给排出了队形。

婚庆公司的负责人兴致勃勃地对陈默说你现在这样不行啊，主婚车才奔驰S500，你车队里也有一辆S500，这拉不开档次分不了主次不行的，要不然我们这里还有加长林肯，你要不要考虑一下？

陈默上上下下扫了他几眼，然后说我不要。

负责人忽然发现虽然对方这态度也算是客气的，他却已经没有了继续劝下去的勇气。

时间不等人，按规矩10点得上门接人，12点要能开席，最后那几辆车连门上的蝴蝶结都没来得及好好打几个，车队就浩浩荡荡发动了。

陈默看着后视镜里长排的车灯闪烁，门开门关，发动起步，这么长的车队，一个红绿灯都过不完。原杰兴奋地小声说："哇靠，好壮观！"陈默有些无奈地笑了，其实他知道他妈什么心思，老爸的身体现在这么差，再说不退也是退了，既成事实认不认命都是如此。下坡路已经在走，而且只下不会再上了，所以最后一次风光的机会，也就不用那么忍着注意什么影响了。

扪心自问陈默倒也没什么反感不反感的，只是多少觉得有点无聊，但究其根源婚礼这玩意儿本身都挺无聊的，人们总是生活在一堆无聊的声名、面子、人际琐事中，所以只要苗苑开心就好，只要他妈能开心就好，陈默都无所谓。

没了苗苑的那些七表姐八表妹，单单一个伴娘王朝阳敲竹杠的功力简直不堪一击。她跟原杰面对面说不了三句话脸就开始红，陶迪开玩笑说我们有内奸，我们这里出了无间道，索性把伴娘送给伴郎算了！

王朝阳红透了脸恼羞成怒，结果伴娘与女方大舅哥追成一团窝里斗。好在苗妈妈何月笛一向开通，从来不在乎什么规矩不规矩，看热闹还看得很开心。而苗老爹苗江看到爱女娇美爱婿英挺，早就乐得满脸见牙不见眼："好好好……嚯嚯嚯，带走吧带走吧！"

那叫一个豪爽一个大方，惹得小苗苗一阵娇嗔："爹，你就这么想赶我走吗？"

陈默眼见时间快来不及了，开了内间的门抱上新娘子直接就走，王朝阳幡然醒悟："哎呀呀！开门费啊！见鬼了，那门不是锁的吗？陈默你怎么开的？"

王朝阳脚踩8厘米高跟鞋跑得跌跌撞撞，无论如何都追不上抱着一个人还大步流星的陈默，倒是在电梯口差点绊一跤，一头栽进原杰怀里。陶迪乐得一脸坏笑，一手勾上一个，说你俩今天就跟这把事儿给办了吧！

苗苑心花怒放地抱着陈默的脖子看身后一路人仰马翻，她在想我真是个不合格的新娘子，其实最大的无间道是我啊是我！

一切都很乱，乱七八糟糊里糊涂的却也欢乐，苗苑出了宾馆大楼看到眼前剽悍的车队着实被震撼了，她偷偷扯着陈默说："怎么办？我们好像没有准备他们的饭。"陈默笑笑说没关系，他们送完就散了，不用管饭。

苗苑坐在车里费劲儿地往后看，可惜那么长那么壮观的车队全让后面那辆摄像的车给挡了，怎么都看不清，苗苑愤愤然："你看，整这么大有什么用？自己都看不到，全让路人看去了！"

陈默有些想笑。

当他们赶到酒店时已过了11点，苗苑匆匆补了点儿妆就被拉到大门口迎宾。接近0℃的天气，穿着单薄的露肩礼服与皮草小披肩居然也不觉得冷，苗苑的小脸红扑扑的，那是兴奋的血液，循环旺盛。

专业的司仪已经赶到场，穿着黑色的小礼服，举止优雅。她很认真地向陈默与苗苑介绍一步步的仪式流程，如何进门，怎么交换戒指怎么倒香槟怎么喝交杯酒……

陈默皱眉说我不会喝酒，一点也不行。司仪微微一愣，笑了，说没关系，我们给你准备白开水。

苗苑只觉得紧张，而且越来越紧张，几乎透不过气来，她甚至怀疑是不是今天的裙子束得太紧了，就像《乱世佳人》里的斯佳丽那样，她要窒息了！然而，就在她窒息的噩梦中，她看到了自己真正的噩梦——韦若祺！

自从年前一别，苗苑和韦若祺就没再碰过面，在苗苑的脑海中还深深地印刻着那个穿黑色羊毛大衣，连肩膀的轮廓都有如刀削的剽悍女人，她用鄙视的眼神盯住她，慢条斯理地说出最刻薄的话。

“我这么好这么出色的儿子，你凭什么嫁给他？”

苗苑陡然感到后背一凉，几乎条件反射地直起了腰背。

韦若祺今日盛装穿得隆重，暗红软缎蒙绡的中式对襟长袄，袖口与领边滚着精细的黑色水貂毛，下身穿黑色阔腿毛呢长裤，贴颈一串净色珍珠项链，头发盘得一丝不乱。她本来就高，鞋跟更高，站在那儿简直比一般的男人还要高，倒是陈正平大病初愈，也不知在大衣里塞了多少件毛衣，才勉强撑出点原来的架子。

何月笛冷眼旁观脸上声色不动，心里却感慨：还好咱也是有准备的，在上海这5000块的大衣没白买，要不然还真拼不住。

苗苑看着韦若祺一步步走近，紧张得手心里全是汗，直到韦太后旁边的男人开口说话，她还在犯愣：“呃，你是哪位？”

两秒钟之后她猛然醒悟，这位大叔，是陈默他爹啊！

陈正平见苗苑愣神，一时间也五味杂陈，毕竟无论自己的身体怎么不好不适合出门，无论对这场婚事多么的不看好不乐见其成，当父亲的在婚礼当天才见自己的儿媳妇第一面总是有点说不过去的。不过事已至此漂亮话总是要说两句：婚事赶得太急，唉陈默这孩子我们也没教好，云云……有耳朵的都能听出来就是敷衍，但苗苑还是感动了，自然，有韦若祺这样的婆婆垫底，陈正平的确是好人一个。

司仪见双方家长到齐，连忙开始介绍她的亲情互动环节，小两口如何如何老两口怎样怎样……正说得绘声绘色，韦若祺忽然皱眉说：“都不要，俗气，站在台上让人当戏看！”

司仪顿时傻眼。

陈正平刚想打圆场说“何必呢，入乡随俗，应该走的形式总是要走一走”，何月笛已经慢条斯理地开了腔：“大姐说的也是，我也最烦这种闹腾，不过想想呢，为了闺女豁出老脸来也就算了，现在你说不要那最好，清清静静的也庄重。”

司仪是老江湖，马上就看出来这两边家长彼此不对付，立马笑呵呵地说：“也好也好，我们还有别的方案。”这种场面看得多了她已经不放在心上，这年头有多少如花美眷就有多少断壁残垣，一场百年好合暗地里刀光剑影无数。

苗苑全身心都在防范韦若祺，司仪的话没几句听到心里，然而不一会儿，汹涌而来的宾客们像流水一样把他们包围。

来人多半是陈正平与韦若祺的朋友同事，象征性地和陈默握过手，象征性夸过苗苑漂亮之后，不约而同地拥向了陈正平夫妇，一时间各种官腔客套打不停，那场面看起来不像陈默与苗苑要结婚，倒像是陈正平他们在办银婚纪念。

苗苑对这样的场面有些不知所措，而陈默却忽然恍然大悟，明白了他母亲今天反常的美丽。

原本，他以为按韦若祺的性子，既然这个媳妇她那么瞧不上，这场婚事她那么不满意，她能过来列个席就已经是天大的妥协与恩情。可是刚才看到她盛装出场……那个瞬间他有过感动，陈默以为那是来自母亲的诚意，没想到……原来不是的。

她不过是需要这个舞台来亮相而已！

其实，在那份400多人的大名单递过来的时候他就应该能看透的，居然没有，陈默对自己有些失望。

400多个宾客写帖子就写了半宿，现在看到人更是觉得多，苗苑连眼睛都花了，满目茫然，脸笑得僵硬，好在最后陈默队里的连长排长们包车赶到，大团的浓绿撞散了那些华丽浓重的黑与灰。

十几个大小伙子七嘴八舌地赶着叫嫂子，苗苑吓得一脸娇羞，躲到陈默身后，小伙子们马上又开心地起哄，连亲一个都被吼出来了，旁边有人嘲笑："你以为在闹洞房啊！"

陈默的视线掠过人群与韦若祺对视，韦若祺笑容端庄，看向他的眼神却隐隐不满。

陈默索性带着苗苑与战友们上楼，这宾，他不迎了……爱干吗干吗去吧！

转身的瞬间，韦若祺眼中怒意一闪，陈正平叹气，无奈地揽住了妻子的肩膀。

–03–

时间快到了，苗苑越来越茫然并且眼神梦幻，她不知道她老公与她婆婆刚刚又干了一场，也没注意她老妈已经很不高兴地回去席上坐着不再陪在自己身边，更没发现王朝阳与原杰正在眉来眼去……甚至她觉得自己已经快看不清陈默的脸。

她现在满脑子都是婚礼的进程，她一手布置的美丽婚礼，她会在那么多人面前对陈默说“我爱你”，陈默也要在那么多人的面前向她说“我爱你”，她要向所有人介绍她亲手做的小饼干，告诉大家她相信爱情，相信花好月圆人生百合。

那会是多么纯净多么神圣的时刻，让她想想都觉得激动！

苗苑挽着陈默站在花道尽头，眼前的一切都像是蒙了一层纱，那些塑料制的假花看起来像真正的紫藤花那样美丽芬芳，好像有缤纷的花瓣在无风自落，香雪如海。花道的另一头是紧闭的黑色大门，柔软的皮革在灿烂灯火中闪出神秘的微光，像一个宝藏……或者陷阱，仿佛这就是真正的未来在等着你去推开。

苗苑紧张得全身都在发抖，膝盖微微地打着战，她抬头看去，陈默平静的侧脸像沉默的山峦。

“你为什么一点都不紧张？”苗苑懊恼地小声抱怨。

“为什么要紧张？”

“我怕死了，我昨天做梦都梦到我一脚踩到裙边摔到地上，然后所有人都在笑我，所有人……”苗苑哭丧着脸。

“不会的！”陈默安慰她，“真摔一跤也没关系……”

苗苑瞪大眼睛，真快哭了。

“……你摔下去，我会把你抱起来。”

好像幻灯片一样，苗苑眨巴眨巴眼睛，又笑了。

“陈默，你真好！”她笑得很甜，女人的幸福有时候就是这么简单，她只希望当她需要的时候你能在。

司仪的助手从旁边冲过来帮苗苑整理裙摆，婚礼进行曲好像毫无征兆地响了起来，把所有人都吓了一大跳。扮花童的小朋友已经一蹦一跳地往前冲，苗苑被陈默拉了一下才反应过来，尖细的高跟鞋走在红毯上那简直是绝大的考验，苗苑总是疑心她快要摔倒了，快要快要摔倒了……

砰的一声！

大门洞开，她看到了里面的天地！

她看过很多美丽的婚礼，也幻想过无数次门开的情景，然而当她真实地站到这个位置这个角度，才发现原来曾经想过的都不对。没有流香花海，也没有众人期待与祝福的脸。

那里面是黑的。

在暧昧的昏黑中有绰绰的人影，层层叠叠却看不真切。前方摄像机强烈的冷光晃得她连眼睛都睁不开，那光线炽白而炫目，在视网膜上留下烧灼的痕迹。把眼前的一切色彩都抹去了温度，连空中飘落的玫瑰花瓣都变成了绛色，苗苑的婚纱在灯光中呈现一种带着微微蓝光的发脆的白。

苗苑的脑子里嗡嗡作响，什么声音都听不到，没有隆重的进行曲，也没有宾客的喧嚣，前方仿佛很远的那个高台是她的终点，她看到母亲熟悉的身影与韦若祺严厉的眼神。

苗苑紧紧地抱住了陈默的手臂。

踏上最后一级台阶，明亮的灯光如水银一般铺下来，随之恢复的是听觉，喧闹的音浪扑进耳朵里几乎把苗苑吓得一个激灵。

“怎么？”陈默敏锐地发现了自己老婆的愣神。

“没，没事！”苗苑连忙笑笑，同时暗暗唾弃自己：多大点出息啊，不就是结个婚嘛，至于吗，连幻觉都出现了。

苗苑轻轻摇了摇头让自己专心，司仪热情高亢的调子已经拔了起来。证婚人是陈默的支队政委，说话气派，感情饱满。苗苑这才发现其实不让她自己发言挺好的，台下是黑压压的人头，她连脚都软了。

证婚，交换戒指与誓言，切蛋糕倒香槟，司仪控制着节奏把气氛越炒越热，最后……双双执起牵了红线的晶莹酒杯交错，苗苑轻轻踮起脚好够上陈默的高度，她在极近的距离看着对方的瞳仁，眼神幸福而满足。

陈默微笑，把酒杯递到唇边……酒液还没沾唇他已经感觉到不对，扑面而来的酒气让他错愕，只是抱着大约是为了以假乱真在杯口抹了酒的想法硬着头皮尝了一口……

烈酒！绝不掺水！

陈默马上瞪向原杰，原排长心虚地垂下头。苗苑慢慢仰起脸，已经喝下了属于她的那半杯香槟。

有一秒钟的犹豫！

陈默咬了咬牙，像这样一杯酒，平时就算有十把枪指着头他也不会喝，然而，他垂眸看到苗苑红扑扑的苹果脸，看到满场黑压压的人头。

什么叫形势比人强，什么叫箭在弦上不得不发，陈默苦笑，猛地一仰头，把无色透明的液体统统倒进嘴里。

酒气辛辣，像裹了刀锋的火，从喉咙流到胃里，一路摧枯拉朽划破血管点着血液，一下子全身都烧着了，陈默受不了想咳，捂住嘴全压了下去，眼睛里逼出一片水光，视线也随之模糊起来。

苗苑马上发现不对头，连忙扶住陈默说："怎么了？"

陈默轻轻摇头，狠狠地瞪了原杰一眼。原杰顿时吓得胆战，屁滚尿流地冲过来小声喊冤："队长，这事儿真的不怨我啊队长，我一直反对来着，我就说不能玩这么大，不能全用真酒……"

"真酒？多少？"苗苑吓出一身冷汗。

“三两……吧，不过……是68度的！”原杰越说越心虚，冷汗滴答。

“啊……啊？？”苗苑这下傻眼了，对于半个提拉米苏就能醉倒的男人……三两白酒是什么概念？

司仪虽然在事发的第一时间就英勇地挡在他们身前救场，可是听着后面那几位你一言他一语的还没完了，终于认命知道事态严重。她强撑着笑脸把几句漂亮话过完场，马上接一句说新娘子害羞了，要回去补个妆，台下善意地哄笑，各自开席。

陈默刚刚被扶出大厅就不行了，整个人压到原杰身上，150多斤的体重把原排长压得迈步不能，他连忙派王朝阳到里面找帮手。司仪万般焦急地冲出来询问到底怎么了，苗苑六神无主："喝醉了！"

“不可能吧！”司仪漂亮的杏仁眼瞪得有铜铃大，婚礼上喝醉个把新郎这不稀奇，稀奇的是喝完交杯酒就倒下了新郎。

“可能不可能都这样了，先给他找个床休息吧！”苗苑又气又急，恶狠狠地瞪着原杰，就差没把高跟鞋钉到他小腿里去，原杰哭丧着脸委屈至极，然而……不敢反驳。

很快地，从大厅里闪出两条彪形大汉，原杰一见就开骂："妈的，都是你，我说39度顶天了，你看现在！"

那人懊恼得不行："那一杯才多少啊，三两都没……唉，谁相信三两白的能喝趴人呢！"

“别吵了！先把人抬上去！”苗苑怒吼。

当场，两个中尉一少尉都哑了，齐刷刷小声地说了一句："哎，嫂子！"扶起陈默就往楼上走。大酒店买席面送蜜月套房，苗苑本来还觉得不实际不合算，折现多好，现在才知道原来还能有这个用！

陈默这次是真醉了，与这之前那种一般二般的精神略有恍惚，但自己还能控制的醉是完全不一样的。当他被架进房间时还有那一点点神志，推开众人直扑浴室，打开了凉水往头上冲。

原杰长舒一口气安慰苗苑："你看，没事没事，一会儿就好……"

话音还没落，就听到里间一声闷响，人已经晕菜了。也不及苗苑发令，仨大兵吓得连忙抢进去，把人抬出来往床上放。

这酒下去得凶悍，醉也醉得霸道，陈默躺在床上眉头紧拧，把苗苑心疼得不行，赶忙从浴室里绞了湿毛巾来给陈默擦脸。

好不容易安抚下去一点，陈默努力睁大眼睛凝聚视线看着苗苑，苗苑被他吓得大气都不敢喘，半晌……陈默终于放弃，按住太阳穴说："我真的不行了！走不了了！"

苗苑一时还没回过味来新郎官走不了了，这是个什么后果，只觉得她老公现在这苦头吃得大。这是陈默呀，陈默呀，陈默多剽悍一人啊……拿刀子捅他都不吭气儿的人啊！你看他现在难受得直哼哼，那得遭多大罪啊！

苗苑心疼得两眼泪汪汪，柔声细气地坐在床边帮陈默按太阳穴。

三位肇事军官站在后面看着，又是妒忌又是羡慕，又是内疚又是尴尬，王朝阳扯了扯原杰的袖子，拉到角落里劈头盖脸一通怒骂，原杰自知理亏，连大气都没敢吭一声。

这楼上的柔情暂且柔情着，可怜楼下的司仪独木难支等得要抓狂！

你见过这种婚礼吗？

才喝过交杯酒，新郎新娘连同伴郎伴娘一起消失个精光。

可怜的司仪孤零零地站在台边，只觉得所有人困惑的眼神都投向自己，终于再也受不了了。偏偏她忘记问酒店送的房间号，放眼望去，陈妈韦若祺看不到，苗妈何月笛说她也不知道，司仪无奈地跑到前台问了一大圈才查到，等她铁青着脸杀上楼，时间又无情地流逝不少。

司仪顾不上淑女的形象气急败坏地向苗苑咆哮："你还在结婚啊!!!"

苗苑的脸色突变，对啊，我正在结婚啊！啊啊啊！怎么办？

小苗苗瞬间抓狂，抓狂力度远超小司仪几个数量级！

怎么办？现在怎么办?!

司仪看到六神无主的新娘和伴娘，再看看躺在床上已经彻底晕迷不醒的新郎以及缩在墙角不敢见人的伴郎，终于悲哀地意识到，这个主意还得由她来拿。

这这……这个悲摧的年头，真是干哪行都不容易啊！

司仪强压住撂挑子走人的心，捺下性子跟苗苑分析：按流程交杯酒过后，新娘子应该给双方父母敬酒，再做点小游戏搞气氛，然后换妆换造型挨桌敬酒。但是现在连新郎都没了，那些台上环节就不能要，因为人总会记住那些特别的发生过的事，但是忽略没发生的事。所以过了十年八年说不好都有人会记得这场婚事是新娘子一个人的独角戏，索性跳了这一环，倒不一定会被惦记上。所以索性什么都别管了，回去直接敬宾客吧，反正自己家里人都好办，自己爹妈不会跟女儿计较，男方的家长……自己儿子喝醉了总不见得还有理由发飙？

司仪说完轻呼了一口气，当然，这么一来，也就没我什么事儿了，我就功成身退，总好过跟着你上台出丑，主持那种没有新郎的神奇婚礼。

苗苑早就急得没主意，当下点头不迭，拉起王朝阳去楼下化妆间换妆，跟妆的化妆师正在到处找新娘，心想怎么着时间也到了要换妆了。

苗苑急匆匆坐下补妆换发型，王朝阳七手八脚地把敬酒时要穿的大红旗袍拿出来，等找鞋时却怎么也找不见，苗苑气急败坏地也过来帮着找，忽然一声惨叫……完了！

这衣服是租的，但那鞋是自己的，也就是说应该是今天早上由陈默带着的，苗苑百分之百确定陈默说带就一定带了，而且陈默绝对会知道那双鞋现在在哪里，但，问题是，现在有谁能去问陈默？

苗苑与王朝阳面面相觑，最后看向原杰，毕竟一个伴郎不用换妆不用换衣服，他最闲，就算问不出个所以然来，浪费他的时间也不误事。原杰招子很亮，马上自告奋勇说我去！

苗苑疲惫地摇了摇头，心想，这叫什么事儿。

不多时，原杰就回来了，化妆间与走廊只隔着一道透明玻璃门，苗苑远远地看到原杰那垂头丧气的样子心里就是一沉，等走近一抬头，苗苑直接吓得跳了起来，化妆师猝不及防差点把夹子扎到她头皮里。

其实也没怎么，就是原杰让人给揍了，揍得还不轻，嘴角擦破好大一片红印子。

“怎么回事?！谁干的?！”王朝阳大惊，光天化日的没王法啦！

原杰苦着脸说：“队长！”

呃……

事实是这样的，虽然陈默一直说喝醉了你们别碰我，很危险，可是谁都不相信。但其实他说的就是事实，喝醉了神志不清，潜意识里自我保护全开。原杰着急想弄醒陈默下手稍微重了点，陈默直接就是一拳，若不是酒精麻痹之下肌肉乏力，再加上原杰对陈默多少有点畏惧，没敢凑近躲得也够快，现在就跟着陈默一起趴下了，也没机会下楼直接陈述这一惨烈的事情。

至于鞋嘛……当然，是没问到！

于是此刻的现实就是，旗袍是红色的，但是只有一双白皮鞋，同时伴郎破相了，不能再随侍了……

原杰还没说完，苗苑已经傻了，眼泪含在眼眶里连哭都不敢哭，一哭更完蛋，妆全花！

这三个人大眼瞪小眼相互瞪着，已经连出个声的勇气都没了。化妆师双手拿着夹子不知道自己是不是应该继续干下去，以及他们应该怎么办。

苗苑终于叹了一口气说，算了，没关系，那就不换了吧！

王朝阳囧了，不换装，难道穿着婚纱敬酒?

但是，当主角拿了最大的主意之后，专业人士的经验就开始发挥作用，化妆师马上拍板说，行，不换也行，我有办法！

苗苑的婚纱有很流畅的腰部线条，拆掉里层的衬裙与裙绷，让塔夫绸的裙摆自然下垂，就成了比较贴身的长礼服。但是光这样也不成啊，化妆师想了想，又把头纱上的夹子都拆光，围到苗苑肩上侧边打出一个蝴蝶结。到这时候也不管了，头花、钻饰都往上凑，力求打造一个视觉主题，让人打照面先往那儿看，不要注意到这条裙子其实已经穿了一遍又一遍啊又一遍……

最后补好眼妆，换过项链耳环，在发间斜插一只小皇冠……化妆师深深地舒了一口气，心想我真是个人才，如果忽略这裙子已经走过一次场，其实，还是挺漂亮的。

到这时候，苗苑其实已经顾不上漂亮不漂亮了，因为现在时间已经彻底来不及了，她还有五十桌酒要敬，不说全敬完，敬一半总得敬到吧，至少做个样子。

苗苑极为虚弱地扶着王朝阳好像江姐刘胡兰开赴刑场那样毅然决然地往大厅走，身后的原杰内疚得恨不得以头撞墙。

何月笛见婚礼上女儿女婿齐齐消失已经心神不宁了很久，苗江更是坐不住出去张望了好几次，苗苑脸色发白地先去自己亲友席上敬酒，一群人惊讶新郎呢……苗苑只觉得一阵心酸，可是大喜的日子也只能笑，装着凶巴巴的样子嗔骂："还说呢，中了暗算啦，被自己队里的人灌醉了！"

众人顿时哗然，再一看新郎和伴郎都不见了，知道问题严重。

苗苑在娘家办过酒，眼下好友亲朋就这一桌，一圈儿敬完苗苑的心已经沉到了底，回头看看身后真是人如海洋，偏偏一个都不认得，老公又不在身边，连个领路的都没有，这个酒，她是真的不知道要怎么去敬。

一个少尉从门外跑进来，凑近小声说："嫂子，我叫曹澈，原排长说让我先顶一下！"

苗苑一看，是刚刚出去帮忙扶人的一个，眼下换了原杰的礼服充伴郎。得，爱谁谁吧，有个男人总比没有好，苗苑硬着头皮拽上王朝阳往武警那边走，先易后难，先把熟人料理了。

其实要比闹腾，士兵军官是最能闹腾的一群，因为平时压抑了，有个机会都能折腾上天。等了这么久都不见人影，军官们早就急了，再一看苗苑单刀赴会，马上有人嚷嚷："哎呀呀，队长呢……这可不行，让嫂子撑着？"

苗苑不知道说什么好，只能站着倒酒。

曹澈心急火燎，抓起一双筷子砸过去："闭嘴！"

他想了又想，也不好说太明白，急匆匆俯身对旁边人耳语几句，那人马上脸色大变。不一会儿，消息已经传开，连同旁边两桌一个个都歇了菜，方才那嚣张闹腾的样子全没了，个个面露惶恐……

陈默一直不喝酒，态度非常坚决。他不喝，当然也没人能逼他喝，也没人敢逼他喝。虽然有非常少的例子可以证明他是沾酒必醉，但是群众们也同样有理由相信陈默作为一名土生土长的西北汉子，那种醉态就是装的，究其根源就是不想喝。

于是群众纷纷认定陈队长的真实酒量绝不止此，于是群众认为一定要找个机会灌他一次，最后群众认定交杯酒是他们唯一的机会……那是起手无悔啊，他拿起来就不能放下，而且绝不能装醉！！

更何况法不责众，大喜的日子把新郎灌醉也不是什么大罪名，于是这就成了要放倒不败枪神陈默陈队长一生等一次的唯一战机，那叫一个群情激昂应者如云。

至于杯中内容放什么，群众中也引起了一些争论，但是迫于广大西北大汉普遍认定 39 度的白酒 3 两，那还不跟玩儿似的，这样就完全不能达到在第一阶段就把陈默放倒一半，然后在敬酒中三桌连环杀，彻底把陈队长放倒的终极目的，最后他们非常厚颜无耻地使用了 68 度的超高度数。

于是，悲剧就此酿成。

–04–

当下，席上但凡还有一点脑子的都已经预感到危机：等陈默醒了那日子绝对会非常的不好过！于是一张张惨淡愁云的脸丧气垂头，席间气氛急转直下。

苗苑顿时就蒙了，她本来就心虚得不得了，强撑着一口硬气过来敬酒。如果场面能热热闹闹也就过去了，她也好自我催眠说没事儿没事儿一切正常，可是这气氛一僵她更僵，简直快要被冻住了，束手无策的惶恐。

总算曹澈还知道自己的责任，在后面拼命地使眼色说笑话，磕磕碰碰的总算是把那三桌走完了，苗苑却再也不愿意走了。她是真的没信心了，那些人她全不认得，没人领着她根本不敢去。

王朝阳出主意说，你去找你婆婆呗，反正都是她的客人，她的面子。

韦若祺!!

苗苑一想起这个名字头皮就紧，她六神无主地绞着裙角，心里给自己鼓了一轮又一轮的劲儿，终于深吸一口气直愣愣地往外走。

48桌酒席，46桌在大厅，还有两桌是包厢，苗苑签过帖子她记得，陈默的父母都在包厢里陪着，估计那都是贵客。而且苗苑对包厢的名字印象鲜明，因为她觉得这种安排真是太好了，她不必时时看到韦若祺可恶的脸。

然而当她走到包厢门口时，整个人又傻了一次，那里面早就散了，几个服务员在收拾残盆冷碟，根本没有一个宾客。王朝阳刚想说不会吧，走错了？苗苑已经冲动地揪住服务员追问："人呢？人呢？这里的人呢？"

"走了，早走了！"服务员莫名其妙被人吼，口气也很不好。

"怎么会走了?！"苗苑大怒。

"走了就走了嘛，我怎么知道！"服务员声音也不低，这年头谁也不是白白被欺负的。

"怎么回事？"

苗苑一僵，回头看到何月笛站在门口。

这婚事办得太反常，何月笛见女儿失魂落魄地往外面去就不放心，连忙跟着过来，再一看这边杯盘狼藉心里就明白了一半。

"好像，好像……"苗苑看着母亲肃颜含怒的脸不敢往下说。

"什么好像，人没了是吧？陈默他爹妈先走了？"何月笛冷笑，"真有家风，真是大户人家，我们学不会。"

"妈！"苗苑泫然欲泣。

"这就是你挑的男人！苗苑，你有胆色，我很佩服你！"何月笛脸色发青，已经气得七窍生烟。

"妈，我现在怎么办？"最后的依靠都落空，苗苑再也忍不住，眼泪簌簌而下。

"怎么办跟我有什么关系，你爱怎么办就怎么办，反正我说这户人家不要嫁，你也嫁了，你不是有主意吗？自己看着办！”何月笛越说越气，忍也忍不住，“什么东西！我这半辈子见的人也不少了，就没见过这号的！什么东西！以为我稀罕吗！苗苑我告诉你，我今天在下面就……我怕你难做，我就算了。什么玩意儿！苗苑，要不是你硬要嫁过去，就这号人家，没知没识没皮没脸的，我连看都懒得看一眼！”

苗苑从小乖巧，从来没见过她妈发这么大的火，立时被吓着了，眼泪含在眶里都不敢滚出来。

何月笛再怎么生气也是妈，苗苑再怎么不争气也是自己女儿，对视良久，到最后总是何月笛先软下去，叹息：“唉，算了算了。”

苗苑哇的一声哭出来扑到她母亲怀里不肯抬头。

“可是，阿……阿姨，那里面怎么办？”王朝阳嗫嚅。

“里面，里面随他们去吧，就说新郎带着新娘私奔了，管他呢！反正我也不认识他们！”何月笛一肚子的火气，偏偏心疼女儿委屈，也没地儿发。

王朝阳整个人都傻了，这……这结的不是婚，是混乱啊！

到最后王朝阳与司仪商量完，司仪力挽狂澜大声宣布，新郎新娘不胜酒力刚敬了两桌就被放倒了，大家吃好玩儿好，自个儿HAPPY……其实这时候已经不早了，菜都上齐了，众人哗然了一阵，各自散席。

神奇事件，司仪愤愤不平地擦汗：“要不是我跟你们家的账早就结完了，我真得再加五百块！”

王朝阳尴尬地赔笑。

何月笛没兴趣见陈默，而苗苑这当口只想跟着她妈，两人没地方去，只能回化妆间里先待着。这家酒店楼下五层宴会厅，客房从六楼开始，化妆间就设在六楼客房部大厅的一角，用透明的玻璃门隔开，也不知道是怎样的巧思，难道是想让南来北往的旅人多看一眼人间的喜乐？

化妆间里依次排开五扇晶莹的半身大镜子，灯光灿亮，今天与苗苑订同一时段的还有另外两对新人，此刻人都不在，大约在楼下敬酒。

苗苑抱着何月笛默默垂泪，她只觉心酸难过，整个人堵得像要爆炸似的，她一生一次的婚礼，那么华丽的开场，如此糟糕的结局，她不甘心。

过了一阵，王朝阳回来报告情况，说人已经开始散了，快走光了，反正就快结束了。

“就快结束了！”苗苑喃喃自语，她在结婚啊，多开心多风光的事，居然要像现在这样躲在某个角落里，只希望宾客快快散去。

外面有穿着酒店制服的工作人员过来张望，苗苑此刻根本不想见生人，总觉得人人都在看她笑话，不自觉地转头回避，那人却径直推门进去：“苗小姐吗？我是长乐厅的领班，我看到已经散席了。”

苗苑心里一阵烦躁，不得已强打精神回应：“是啊！”

“好的。”领班笑了笑把账单递上：“那我们把账结一下，长乐厅一共46桌，每桌1288的标准，牡丹阁开了两桌，每桌2588，酒水自带，另外补了四瓶五粮液，每瓶600，总计66824元，除去一万块钱订金，您还需要支付56824元！您是选择刷卡还是现金结算？”

领班一路埋头报账单脸上还带着职业化的微笑，等她报完账单再抬头，却笑不出来了，因为苗苑瞪着眼睛像看鬼似的看着她。

“苗小姐？”领班诧异。

“你在问我要钱？你看我全身上下哪里像有钱的样子，你现在问我要钱？”苗苑只觉得胸中有一团火直往上冒，压也压不下去。

领班顿时变了脸色：“您在我们这里订了酒宴，我们如数提供了服务，现在收钱难道有什么问题吗？”

“是……是没什么问题……”苗苑站起来摇摇晃晃地走了几步，只觉得悲从中来，整面墙都是黑的，什么东西都是灰的，她连哭都哭不出来。

原杰和王朝阳连忙把领班拉出去，生怕她再刺激苗苑。

玻璃门是透明的，隔音却好，苗苑呆呆地看着门外，看着那三个人嘴唇开开合合，却一个字都听不到，好像某种幻觉。

真不真实，太不真实了，是在做梦吧，是做梦吧，真可怕！比摔跤可怕多了！

何月笛把苗苑抱进怀里：“跟他们吵什么呀，付就付吧，反正现在不给将来也要给，平白让人说一通。”

苗苑虚弱地点了点头。

开门的瞬间虽然大家都住了口，然而领班横眉立目脸色非常不好看。

“算了！”苗苑的声音微弱，“让沫子把礼金拿上来，先把钱付了。”

一听到肯付钱了，领班冷哼一声收起账单站到旁边等着，原杰气鼓鼓地走到苗苑身边去，嘴里小声骂着狗仗人势。

拿钱本应该是件很快的事，可就是这很快的事却办了很久，好不容易等到电梯门开，竟是王朝阳与苏沫、小米、苗江、陶迪一大帮子人齐齐跑出来，苏沫杀在第一个，急得火上房似的嚷道：“苗苗，怎么办？你婆婆把礼金全拿走了！”

苗苑大惊，连嘴都合不拢！

“都怪我，都怪我！”苏沫内疚得几乎想哭，“本来是我和柳大姐（陈默部队指导员成辉的夫人）管收钱的，可是后来我犯恶心，我就去吐了，那会儿人都到得差不多了……我就先走了。”

“然后呢？”何月笛脸色铁青，声音冷得像冰。

“然……然后，我们刚刚问过大姐了，她说，陈默他妈后来……来大厅招呼客人，就同时把钱拿走了……她，人家，她不知道不能给啊！”苏沫被何月笛的气势吓到，说话都结巴了。

“行，行，太好了！”何月笛冷笑，笑得所有人发颤，苗江一看就知道他老婆已经怒到了极点，连忙上前安慰。

一时间，苏沫内疚得眼泪直流，小米心疼地哄；陶迪气得火冒三丈直嚷着要上去把陈默大卸八块，原杰拼死命拉住；王朝阳生怕这两男人真的打起来，硬挤在中间劝架……那场面真是要多混乱就有多混乱，鸭毛狗血一团乱七八糟。

“我说各位！”领班提声吼了一句，等眼前这群人都停下来回望，才一字一顿地说道：“能不能请你们把账结了再吵架？”

陶迪气得大骂："你他妈催命啊！谁有空烦你那点破钱！"

"没空烦这是想赖账吗？我不管你们有什么要吵的，就算明天他俩离婚了，今天这个钱也一定要交！"领班硬生生吼回去，毫不示弱。也是，好好的收个分内的钱，居然卷入这么一场混乱，她也早烦得不行了。

"那现在没钱怎么办？变出来给你啊！明天结不行吗？有名有姓的难道会不给钱吗?!"原杰这一天就赶着倒霉，火气也不比谁少。

"有名有姓的想赖账的多了！就今天现在，没钱现在就去弄，干吗等明天？"本来这么大笔账真拖个一天两天也不是难事，但是眼看这一对这婚事就得黄，万一真离了，那钱不得扯皮去？这事先前也不是没听说过，所以领班打定主意铁齿咬死，一步也不肯让。

都有火，都不想退，于是就僵着，这场面真是差到不能再差。结果谁也没发现苗苑一直退一直退，已经靠到最角落的落地玻璃窗上紧紧地贴着，好像一页单薄的纸。恍恍惚惚中好像看到一张脸在自己面前晃，苗苑看了好久才看清是苏会贤，那张脸上关切询问的神情让她瞬间觉得温暖，还没开口，眼泪已经滚滚而下。

"呀，这是怎么啦?!"苏会贤大吃一惊，想来她也不过就是过来接朋友杨永宁去机场，等结账时听到角落里好像有人在吵就多看了两眼，可是恍然觉得怎么好像是熟人啊，又多看了两眼，顿时乐了：呀，那个穿婚纱的不是苗苑？本是想去道喜的，可是走近一看却惊了，怎么竟是满脸的哀伤绝望？

苗苑语无伦次也解释不清，断断续续地说了几句，好在苏会贤玲珑剔透，结合现场所有人的表情居然硬是听懂了个大概。

毕竟都是女人，年轻的，还会期待婚姻与幸福的女人，苏会贤回想起上一次见苗苑，她是那么幸福快乐的甜蜜小女儿样，再看看眼前哭得已经脱了形的苗苑，心里顿时柔情大发。

领班还在焦急地逼账中，并且已经呼叫保安。五万七说大不大说小也不小，一般人还真不会随身就能付给这个数的。陶迪认了命，正在和苗江商量是不是打电话找朋友往他账号上汇款救急，就说是他临时有需要，就别惊动亲戚们，这事传出去也不好听。

苏会贤叹气，冲领班招了招手说："你过来，多少钱？"

领班一愣，没料想还有这样的柳暗花明又一村。

苏会贤转头看看杨永宁："麻烦，我随身只带了零钱。"

杨永宁哂笑，从钱包里的各色银行卡中找出一张人民币信用卡递给领班："没密码。"到这当口，领班只要能拿到钱就好，哪里会管谁出的，赶紧接过来冲去楼下刷卡。

苗苑茫然不知所措："可是苏姐姐……"

苏会贤帮苗苑擦了擦眼泪说："没关系，她信不过你，我信得过你，我先借你垫垫。"

杨永宁轻笑："借花献佛！"

苏会贤连忙瞪了她一眼，不过苗苑此刻失魂落魄的，听什么都不过脑子。苗江过来道谢，苏会贤大大方方地说着宽心话，只说自己是陈默的朋友，之前一直忙，飞来飞去的也就没敢接帖子，刚好今天在西安就过来看看，这点小忙根本不算什么，过两天让陈默还就成，反正钱也得陈默出……云云。

苗江他们的脸色缓了一些，倒是把原杰听得雾水一头，心想队长真厉害，居然还有这么有钱这么仗义的美女朋友。

领班刷完卡，把凭条拿上来签单，杨永宁看到数字微微一愣："五万六？"

"一共48桌，绝对没错！"领班斩钉截铁。

"亲戚挺多啊……"苏会贤小吃了一惊，一边使眼色让杨永宁快点签。

"亲戚不多的，陈默他爸妈做官的，都是客人多。"

"哦，哪个部门的啊？"苏会贤习惯性地随口问。

"税务吧，"苗苑想了想，"他妈妈社保处的，不过他爸前两年生病已经不干了。"

苏会贤略一思索，小声犹疑地问道："陈默他爸爸是陈正平？"

苗苑默默地点头，只是此刻她的心思全不在此，根本没兴趣去管她公爹的职务问题。

杨永宁一边签名一边笑，最后双手把单子奉上，郑重其事地说道："Good luck！"

领班一脸莫名其妙地走了。

好人做到底，送佛送到西，苏会贤又帮着宽慰了几句，最后临走时把所有七七八八的闲杂人等都卷走了，该干吗的都干吗去，只留下苗苑一家子。

原本强敌逼账还有一股硬气要死撑，可是现在强敌没了，狼走了，只剩下羊，羊很茫然。人的愤怒与难过总是有限度的，生气也是一件需要精力的事，气到了极点，忽然就泄了，只余一份刻骨的疲惫。

苗苑静默了很久，小声说："妈，我们先上楼吧。"总不能一直待在外面。

何月笛冷冷地看着她，不说话。

苗苑这才有些慌了，她知道她妈妈动了真怒，只是她原以为那些怒火是向着外人的。

"妈？"苗苑小声怯怯地唤。

"苗苑，我很坦白地告诉你，今年过年你不用回家了，如果你想回家也别带陈默回来，我不想看到他。别在我面前提这个人，包括他的父母，你的家事，我都没有兴趣，所以也别让我知道！"何月笛的声音冷静而平缓，字字清晰，有一种生硬却无可反驳的条理感。她是做医生的，最擅长处理危机，那么多的生死在她眼中都可以按章办事，她比寻常人有更多的镇定。

然而这种镇定是可怕的，至少对于苗苑来说，是可怕而陌生的！

"妈?!"苗苑拉住何月笛的手，她被吓坏了。

"我现在也不想看到你！"

"妈，不是这样子的，这事不是陈默的错啊！"苗苑好不容易止住的眼泪又涌出来。

"那就是我的错喽？"

苗苑被她问住，张口结舌。

"行了，我不想听你说，苗苑，那个人是你选的，那户人家是你定的，多大的碗你给我吃多大的饭，你自己想办法，好自为之！"何月笛说完转身就走，苗江急急忙忙地追上去，一边追一边回头小声安慰女儿："宝宝，没事儿，你妈有我哄着。"

苗苑急得要命，想把她母亲拦下来却又不知道应该说什么，只能眼睁睁地看着电梯门关上。

苗苑自己都不知道自己是怎么上楼的，原来房间里守着陈默的那个尉官一看到她就如蒙大赦，一溜烟地跑了。陈默还在昏睡，然而呼吸已经平缓不再挣扎。苗苑忽然发现自己已经脱了力，连一步都走不动，一跤跌在床边的地毯上，全身的骨头都像是被抽光了一样，那么累，那么的累与惶恐。

妈妈说，我不想见你；妈妈说，你好自为之。

苗苑感觉到一种极大的恐惧，空旷茫然无依无靠，整个人都是空落落的，好像胸膛里没有了东西，她紧紧地抱住自己的肩膀——

妈妈说不要她了！

苗苑难受得全身发抖，这是她从不曾想过的情况，那怎么可能？从小到大，妈妈是永远的依靠，那是家。

小时候不会念书，妈妈说，只要你努力了我就不打你。

毕业了找不到工作，妈妈说，做蛋糕也是正当职业。

学好了手艺想出去闯荡，妈妈说，在外面不开心就回家。

遇到喜欢的人想嫁了，妈妈说，给你准备 20 万做嫁妆，这里永远是你的家……

可是现在，妈妈说，我不管你了，不管你了……不管你了……

苗苑独自坐在华丽的房间里，泪如雨下。

当陈默醒过来的时候并没有意识到房间里有人，酒精麻痹了他平素敏锐的神经，而宿醉让他头疼如绞。睁开眼，屋子里黑漆漆的，窗帘没有拉上，剔透的玻璃窗外是灰蒙蒙发亮的城市天空。挣扎着起身的瞬间他发现有人在哭，没有声音，连呼吸都很微弱，却有一种湿乎乎的带着咸味的气息。

陈默旋开台灯，橘黄色温暖的灯光铺满了房间的一角，他看到他的新娘呆呆地坐在床前，灯光在她的瞳孔里闪烁着，告诉他眼泪的痕迹，这骤然而生的灯火居然也没让她动一下，她就那样静静地坐着，像一个流泪的木偶。

“怎么了？”陈默哑声问，他被吓到了，似乎就在前一秒，同样的衣服，同样的位置，同样的角度，他的小公主神采飞扬地问他："我漂亮吗？"那个时候的苗苑眼神灵动，含着星光。

过了好一会儿，苗苑转动眼珠看向他，陈默小心地捧起她的脸："发生什么事了？"

苗苑皱了皱眉，大颗的眼泪毫无声息地滚下来，尚未干涸的泪痕又被新的潮湿布满。

第二章

奶油，是夹心饼干的关键

-01-

“怎么了，你说话啊？”陈默轻轻碰了碰她的额头，唇下冰冷，这房间暖气明明开得很足，怎么会冻成这样？陈默连忙把人抱到床上去，掀开被子把人牢牢地裹起来。

苗苑极柔顺，一声不吭地随他摆弄，陈默去浴室里绞了热毛巾来给苗苑擦脸，拿了手机悄悄在浴室里打电话给原杰。原排长胆战心惊了半天就等着他这个电话，陈默还没开口问，他哗的一声就全招了。

陈默猜到他喝醉了总得出点事，可是万万没想到竟然会糟糕到这种地步，他一边听着原杰结结巴巴地赎罪，一边把额头抵在瓷砖上试图沾得一点凉意。

这是一系列荒唐的错误，不是吗？

陈默从头想到尾，甚至都不知道应该去怪谁多一点！

没有什么十足的恶意，也没谁在耍阴谋诡计，现实中的灾难总是这么让人无语。好像只是每个人做错了一点点，如果那群小兵痞子们没犯浑，如果他没喝醉，如果苗苑他们没有和酒店方吵起来，如果他妈没有拿走礼金……然而没有如果，一切都发生了。

于是酿成了这样不可收拾无可挽回的结果，最后这个结果沉甸甸地砸到他素来柔弱婉约的小妻子身上，由她一人背负。

陈默一想到在他酒醉昏睡的那几个小时里，苗苑怎样茫然地面对满目陌生的宾客，怎样静静地坐在空旷的房间里无声流泪，就很想掐死自己，这是他的错，毫无疑问！他答应过会给她一场完美的婚礼，他答应过要保护她，不让任何人欺负她！

可是他一个也没做到！

陈默从电话簿里找到苏会贤的号码拨过去道谢，苏会贤一叠声地劝陈默一定要忍让，苗苑发多大的火都是应该的，一个女人一生一次的婚礼，你让她一时不高兴，她一生都不开心。

陈默说，是啊，她想杀我就让她杀吧。

陈默又绞了一条热毛巾带出去，苗苑却忽然抱住他哭出了声："陈默，我妈妈很生气，她很生气，她说不要我了，我们该怎么办？"

陈默感觉他的心脏像是被什么重物狠狠地撞了一下，而撞击之后那种尖锐的感觉居然不是疼痛而是释然，他由衷庆幸苗苑说的是"陈默，我们该怎么办"，她没有质问"陈默，你让我怎么办"。

陈默紧紧地抱住苗苑说："没事的，她不会不要你的，妈不会不要你的。"

苗苑抓住陈默胸前的衣服放声大哭，积郁了太久的委屈像潮水一样倾泻出来，她撑了一整天，那么累，那么无力，终于有人可以抱着她哭一场。苗苑甚至没来得及哭个尽兴就累得睡着了，在睡梦中紧紧地攥着陈默的衣角，还在小声抽泣。

陈默抱着她坐了一夜，头一直很疼，酒精的后遗症。

苗苑在半夜醒了一次，喝了点水翻身再睡，到天亮时忽然惊醒，看着四璧异常坚决地说要马上回家，她这辈子都不想看到这家酒店。因为是送的房间，结账很快速，苗苑冲出酒店大门打车，像躲避瘟疫一样把她的噩梦抛到脑后。

陈默原本做好准备苗苑进门就得发火，可是苗苑洗完澡换过睡衣，却看着他愣了愣："你不洗澡吗？"

陈默用战斗的速度把自己搓干净跑出来，苗苑已经趴到床上昏昏欲睡，陈默站在床边轻轻碰了碰她，苗苑挥挥手说："别烦我，让我睡觉！"陈默呆立了一会，不知道能干什么又不敢离开，只能站在床边等待。

苗苑一直睡到中午才彻底醒过来，她睁着清亮亮的大眼睛看着陈默愣了很久。苗苑的表情从茫然到沉思，慢慢地陷入哀伤中，她捂住脸说："陈默，我很难过！"

苗苑没有哭，她看起来甚至有点淡然，可是陈默却觉得昨天那个大哭着叫喊着"我们该怎么办"的苗苑比现在温和得多。他想了一会儿问道："你想我怎么办？"

苗苑一愣，错愕地看着他。

陈默有些烦躁，他这一生喜欢清晰明白的东西，比如说枪，比如说部队。

一发子弹总有分明的轨迹，你不用去猜度什么，它总是忠实地划过自己的弹道，当你开枪，你就会明白哪里要出现一个弹孔。在部队里所有的一切都有定规，你吃什么用什么穿什么，应该干什么不应该干什么，清清楚楚明明白白，你不可能会犯错，即使真的犯错了，也会有同样清楚明白的惩罚给你。

可是生活却不是这样子的，生活没有那么简单的因与果。

"陈默，你……你什么意思？"苗苑困惑不解。

"这事是我的错，我不应该喝醉，所以，你想让我怎么做才会不生气……"陈默没能说完就发现苗苑脸色变难看了。

"你什么意思啊？陈默！"苗苑被堵得血气翻涌，这算什么意思啊，他问她？怎么做？这算什么？

苗苑气得晕头转向的都不知道要怎么表达自己的心情，只能跳起来吼道："我现在不想看到你，你给我先滚出去!”

陈默指了指门外:“我真的走?”

“滚!”苗苑拎起枕头砸过去。

陈默半空中捞住枕头放到客厅的沙发上，居然真的换衣服出门了，苗苑听到那声门响还不敢相信，赤脚跑出来一看，果然空无一人，苗苑仰天长叹有种欲哭无泪的悲愤!

苗苑陡然发现自己陷入了某种可悲的危机中，陈默刚才看着她说的那句话不可谓不诚恳，以她对那只死狗的了解，那绝不是不耐烦的敷衍，陈默是认真的。你怎么说，他是真的会怎么做，就算你现在让他去死一死，他都能不眨眼地从五楼往下跳，但问题是，这有个鬼用啊!!

苗苑连灌了三杯凉水，只觉得心里堵得不行。

“你要我怎么办?”

我让你怎么办??

我能让你怎么办啊!啊啊啊!苗苑愤怒地拍桌子，气得团团转!

要道歉，早就道了!

要钱，见鬼，婚都结了，钱都搁一块儿了，存折都在抽屉里。

抽他，且不说自己那花拳绣腿抽上去他有没有感觉，万一真要有感觉，那心疼的还不是自己!

苗苑气得在客厅里转圈圈，所有的委屈、伤心、难过……硬生生化作悲愤，那叫一个郁卒，堵得她抓心挠肝的。

要说陈默出门倒还真不是光为了避祸，他还是有正事可以干的。他先去银行提了钱拿去给苏会贤，苏老板看到陈默上门一阵惊讶，心想:你闯这么个泼天大祸不在家里陪老婆着急还什么钱呀!

陈默坦白说，是苗苑让他出来的，闲着也是闲着，不如还钱。

苏会贤听得一边礼貌微笑，一边后牙槽紧咬，痛心疾首于“我怎么就跟你不熟，我但凡跟你再熟一点我就能抽你”!苏会贤是女人，女人都站在女人的立场上说话，忍不住又把苗苑的委屈陈默的罪名委婉地强调了一遍又一遍。

陈默或许情商不高，或许不通世故，但绝对是聪明人，一点即透，想想昨天晚上哭得像个玻璃娃娃那样的苗苑，心中抽痛。

苏会贤说了几句就匆匆赶陈默走，告诉他女人就是这样，她让你滚的时候就是想让你留下来陪她，她让你滚你真滚了，她一辈子恨你！

可是陈默在十字路口徘徊了一下，还是转身去了自己父母家。

韦若祺看到陈默进门心里一阵惊讶，以她对自己儿子的了解，陈默是绝对不可能在新婚第二天会想到来父母家中拜访的，她不相信她的儿子还能懂得为了昨天那场混乱的婚礼向她表达什么歉意。她不动声色地看着他沉着脸走近，坐下的第一句话居然是："我希望你能向苗苑道歉！"

韦若祺一愣，只觉得自己是不是听错了，脱口而出："你说什么？"

"我希望你能向苗苑道歉！"陈默简单重复。

"凭什么？！"韦太后大怒。

陈默简单说明了一下昨天混乱的婚礼，最后总结到礼金的问题……

韦若祺冷笑："我拿走礼金不应该吗？昨天到场的都是我和你爸的客人，他们付你这份人情也是看我们的面子，将来要还那份人情也是由我来还，跟你有什么关系？我凭什么把钱留给你？凭什么把钱留给一个从我这里挂失存折的儿子？"

陈默皱眉，其实在他心里没有什么应不应该，如果不是出了后来结账那档子事，他甚至没去深想过这笔钱的归属问题，韦若祺要就给她好了，反正自己现在也不缺钱，但是……

"你请那么多人没有问题吗？还有那个车队。"陈默说。

"有什么问题？别说现在这么点规模，翻个倍我也撑得起，我看谁敢说什么！你放心，我跟你爸这么些年别的不敢说，至少清白！没把柄！绝对不会有什么问题落到你头上！"

陈默垂下视线："我不是这个意思……"

"陈默你给我听好了！"韦若祺正襟危坐，腰背挺得笔直，"我有什么理由要向苗苑道歉？你爸爸身体不好你是知道的，酒店那种空气环境，他待得越少越好。而且省委的领导会坐下来陪你吃两三个小时吗？我跟你爸陪他们提前走有什么问题吗？这场婚事从头到尾我就不同意，你是知道的。昨天我跟你爸还是去了，请了那么多老朋友，为什么？我们也是想告诉大家你是我儿子，你结婚了，那是你老婆，将来能有个照应，别让人欺负了大家都不好看。结果呢？还没开席你就喝醉了，我们老两口还得唱着独角戏帮你解释招呼客人。现在把事情搞成这样能怨我吗？我有什么责任要让一个我根本不满意的媳妇对我满意？我有什么义务一定要替你完成一个圆圆满满的婚事？你跟你老婆都干吗去了？我跟你爸结婚的时候，是你爸下的厨我洗的碗！另外，酒店不能签单吗？有什么账不能过两天结？不是我瞧不起人，她苗苑连这么点小事都办不来，她还有什么用？"

陈默沉默了片刻，又问了一遍："你不肯？"

"废话！"韦若祺眼神冷厉，"我不可能向苗苑道歉的，如果她不满意，你让她跟你离婚！"

陈默的眸光闪了闪，慢慢站起身说："行，你说得也有理，那我先走了！"

"哎……陈默，你……你这女人，怎么说话呢?!"陈默进门的时候陈正平刚好在书房里喝茶，一开喝完出来看，没料到这母子俩居然如此迅猛地把话题推得这么僵。

韦若祺瞥了老公一眼，别过头去。

陈正平到底是身体不成了，一直追出门也没追到儿子，气呼呼地回来质问韦若祺："你至于吗？"

韦若祺赌气不理他。

陈正平索性坐下来："我知道你不喜欢那姑娘，我也不喜欢，就那么个小姑娘没人会喜欢，老王问起来我都不知道怎么介绍她，可是你儿子喜欢，有什么办法？那是你儿子，若祺，那是我们的陈默，不是别人家谁谁谁的儿子。不可否认陈默表面上看起来是很优秀，可是他那个脾气有谁能受得了？凭良心讲他肯结婚我就谢天谢地了。那个苗苑好歹也算出身良家吧？还算是正常女孩子吧？"

"我就是不甘心！"韦若祺深吸了一口气，眼眶泛出红印。

"你不甘心……你不甘心都跟他斗了几十年了，有用吗？你儿子想干什么，你哪样拦得住的？看开点儿吧。我也知道这两年我生病什么都管不了，你一个人里里外外撑着也不容易，陈默这孩子又跟你这么不贴心。算啦，孩子都这么大了你让他去吧，你要怪，就怪他小时候我们都太忙，忙工作，以为男孩子不哭不闹就是乖，把那么小的孩子一个人放在家里，才养成他现在这种个性，说到底，还是我们对不起他。"

韦若祺彻底地红了眼睛，声音哽咽："我对他不好吗？我为他操过多少心？就为了那么个小姑娘，他这么气我！"

"算啦！"陈正平揽住自己老婆，"昨天那事儿也怪我，人懒了什么都不想上心，昨天大家说走我也没往深处想。行了，这事儿后面你别管，我来处理。"

"你怎么处理？"

"你总得给人家台阶下吧。你还真盼着他离婚哪？他肯结这么一次婚就很不容易了，真离了，恐怕就没下次了。"陈正平叹气。

陈正平说交给他处理，说干就马上干了起来，他琢磨着苗苑年轻气盛又正在火头上，现在摸上门去若是让她一通骂回来大家都不好看，再想缓和就难了，他这么大年纪了也不想听小辈儿教训。倒是昨天他和苗江还聊了几句，男人之间的关系缓和起来总是要比女人爽快点，彼此互留了电话，就是因为不熟，反倒客气。

陈正平想了想先给苗家打电话，果然昨天那么大个乌龙一出，苗江与何月笛当天就回了老家，此刻正在屋里生闷气。陈正平打电话找苗夫人，因为即使彼此关系恶劣，如果一个男人态度谦和，女人就很难单方面直接发飙。

何月笛果然在开始时愣了一下，失去了先机就一直没能把火发出来。陈正平只推说自己身体不好没坚持到底，老婆担心他的病忙中出错也没顾得上和亲家说一声，搅了婚宴他很是不安，还请亲家原谅……云云。

借口这种东西，究其真假最是无聊，不过是你方唱罢，我给你搭台，长梯摆好您若是乐意就可以下。陈正平是多年在官场里打过滚的，这点手腕分寸都不是难事。倒是何月笛一时被他搅得很是郁闷，原本那一腔怒火向着谁那是很明了的，可是现在感觉像被釜底抽薪了似的。

其实自从陈默说他要结婚起，韦若祺的心情就没好过，时不时地想到，心头都是一口血。原本陈正平生病，陈默能及时赶回来，这让她心头着实一亮，可没想到头来还是那样。

这个儿子从小到大都是她的劫数，这辈子就没见过这种小孩，那叫一个倔犟，冷硬，你对他好，他没感觉；你对他不好，他也不在乎。一意孤行，固执得要死。当陈默死不开口的时候她真想掐死他，可偏偏竟是自己骨肉。

在韦若祺的印象中陈默的整个青春期就是他们俩鸡飞狗跳的战场，韦若祺就是想不通，自己怎么说也算是个比较有本事的女人，怎么居然就是拧不过自己儿子？她有时候真想指着陈正平骂，都是你起的好名字！

从那时候陈正平就劝她算了，听天由命吧，这个儿子只要没行差踏错违法乱纪，他想干什么就让他去干吧！

是应该算了，韦若祺心想，陈默逼急了敢死给她看，可是她气极了又能怎么办呢？她觉得悲哀，这就是为人父母与子女之间的不公平，到最后，总是无可奈何地要输给他们。

可是韦若祺能想通却不代表她能看得开，尤其是刚刚又被儿子非难一场，这更是火上加油。偏偏陈正平说这事儿你别管我要善后，搞得她发火都没了方向，郁闷地坐在沙发里看电视。然而真的太后又怎会甘于生闷气，韦若祺把事情前因后果理了一遍，从中间拎出一个来承受她的郁闷。

她拨了几个电话，查到酒店餐饮部经理的手机号码就直接拨了过去，开口时客客气气地自报家门。经理类似的电话接多了还以为韦太后是要订酒席，正一边寒暄着一边犹豫打折的幅度。韦若祺话锋一转，冷冷地称赞起对方严谨的财务制度，经理一头雾水只听出了苗头不对，到最后忍不住告饶说：“韦处长，您这亲自打电话过来，我就知道我们一定是犯错误了，只是您还得明示下，我这手下人多手杂。”

韦若祺笑了笑说：“昨天中午，我儿子结婚，在你们长乐厅办的酒。”

经理一声惊呼：“哎呀，您怎么不早说，我给您打折啊！”

“我就是不想占你们那点儿便宜，才让我儿子出面订的酒，我就这么一个儿子，我还出得起。”

“哎呀，哪里哪里，怎么可能！”经理一头冷汗，周六中午长乐厅爆的那离奇事件，他已经略有耳闻。

“可是没想到啊，你们那儿现在管理这么严格了，连单都不能签了，晚几个小时付账都不行啊！我也就是出去送一下张副省长他们，临时不在……你们的财务很能干啊，工作很负责，挺好的。”韦若祺顿了顿，慢条斯理地说道：“我儿子刚走，说他老婆让他过来问问，问我哪儿找的酒店，以后记得提醒朋友们得带足钱才能上门。”

“哎呀，误会了误会了！”经理郁闷得吐血，“那丫头临时代班的不懂事，我早就教训过了，还想着找个时候联络贵公子赔罪呢！”

“行了，别联络了，又不是什么喜事，只是以后你那地儿看来也不能去了，再见面看着尴尬。”

经理连忙表态：“不不，您常来，绝不会让您尴尬的。”

“那最好了……行，那这事儿我们就当没出过，我不想再听到有人提。”韦若祺说完，随手按掉电话，虽然苗苑无能不值得同情，但是打狗也得看主人，传出去说她韦若祺的媳妇在婚宴上因为一点席面钱被酒店逼得直哭，那就太难看了。

一思及此，韦若祺又开始深深地厌恶起那个无能得只会哭着丢人的小姑娘。

–02–

苗苑花了差不多两小时的时间来犹豫是不是给她妈打电话，其中包括把一枚硬币抛了十次。当她听到门响时心跳忽然漏了一拍，她怀着百分之一的希望跑出来看，但是陈默进门时两手空空。

苗苑极度失望，那感觉，真是寒天饮冰水，滴滴在心头。

其实什么都好，吃的玩的用的，一束花一个玩具一份小食，你出门一次好歹带点什么回来哄哄我吧！

苗苑气得扭头就走，留给陈默一个硕大的后脑勺。

“我把钱还了！”陈默决定不说回家的事，毕竟没有讨论出个好结果。

苗苑“唔”了一声：“帮我谢谢苏姐姐，要不然我还真不知道怎么下台呢！”

陈默点了点头，站在门边看着她。

这个房间并没有变小一点，可是苗苑陡然有了一种不知道手脚应该往哪儿摆的烦躁，她在床边转了两圈，终于忍无可忍地嚷道：“能让一让吗？你去外面待着，你别烦我，我现在看到你就生气！”

陈默没有动，他想到苏会贤说的，女人让你滚的时候，你千万不能滚。

苗苑等了一分钟，终于忍不住了，双手撑在陈默胸口往外推了两步，砰的一声关上了门。

呼，清静了，苗苑心想。

女人其实也不一定完全了解女人，陈默心想。

冷战，似乎成了眼下唯一的选择。

苗苑怒火难消，陈默无法死皮赖脸，而因为是非对错太过分明，所以没架可吵，于是冷战成了没有选择的选择。

那天晚饭，苗苑啃了家里的饼干，她想我管你饿死饿活。那天晚上，她把陈默关在卧室门外，她想，冻死你算了。

当然，那个夜晚苗苑睡得非常不好，可是当她天没亮跑出来看的时候，却发现陈默已经上班了。屋子里没有一个人存在过的痕迹，好像那一整天，陈默没有喝水没有吃饭也没有睡觉。

苗苑忽然很无力，她想，我嫁给了一个神！

陈默素来知道自己很威，只要他在操场上站立，整个大队方圆十里鸟兽妖邪无颜色，但是今天一大早陈默进门的时候，那种风声鹤唳望风而逃的情景还是太夸张了一点。跑早操整队时陈默看到原杰站在队列里，嘴角贴着创可贴，半边脸肿成个猪头。

陈默微微一诧，站定在他面前："怎么搞的?"

原杰瑟缩躲闪的目光顿时转为错愕，他呆呆地说道："你打的!"

陈默一愣，转而醒悟，他抬起原杰的下巴左右看了看，松了口气："还好，没事。"

原杰目瞪口呆地看着他，悲愤得竟无语而凝噎。

指导员成辉在婚礼当天晚上就接到了噩耗，他在多方调查掌握完整情报之后气得拍桌子骂娘：你们这帮浑蛋！同时心里万般遗憾的是当时自己不在，要不然怎么也不会让人拆台拆成那样。不过五大队是城市快速反应部队，陈默不在队里，他和副队长就必须要坐镇，所以……唉，一言难尽！

成辉是有老婆的人，对老婆这种生物的存在认知当然不是那群毛头小伙子可比，所以他绝对地同情陈默。

"你们自己说说，出了这档子事！嫂子能饶过队长吗?！万一要是出了什么岔子，你们能负得起这个责任吗?"成辉指着手下那群犯事儿的连排长们痛心疾首。

让陈默结这么个婚他容易吗？别的不说，这几个月来为了保证陈默同志的空余时间，好放心大胆没有后顾之忧地追老婆，他和副队代他值了多少班？全大队上下一心，本着绝不出事绝不生事，绝不让队长分心的原则，骨头装紧熬了这几个月，好不容易把人娶进门了，临了出了这么大的事儿，成辉那叫一个怒啊！

一干肇事人等被训得个个垂头，胆战心惊。

曹澈跟着目睹了全过程，感觉分外真切，他颤颤地哀求："指导员你一定要救我们!"

成辉冷笑，说："欠收拾，你们队长最近就是脾气变好了，一个两个都反上天了。"

话是这么说没错，可是落井下石的勾当成指导员还是不屑为之的，午休时他惴惴地向陈默提了这事儿，语气当然是很愤慨的，帮着陈默把那群浑小子一通怒骂，最后试探着提议，要不然把那群浑蛋都罚到操场上去跑五十圈？

陈默却摇头说不行，军事训练就是军事训练，不能拿来当体罚用。

成辉老脸一红，有点惭愧。

临近晚饭点儿成辉就开始催陈默先走，怎么说也是赎罪期，表现好点儿，争取早日刑满释放。陈默思考了一下，又把连排长们的值班表拿出来看了看，打电话把明天能放假的那几个人都叫了过来。

因为时不时就要值班，陈默的宿舍并没有退，他招齐了人就领着他们回宿舍，成辉不放心跟着过去看。几个大小伙子在屋里一字排开，最惨的莫过于原杰，本来明天是轮不到他休息的，可他不是脸伤了嘛，硬撑着上了一天班，刚刚请了明天的假。

陈默的神色很平静，看起来无惊无怒，他坐在桌边视线淡淡地掠过每个人的脸，原杰却觉得自己的膝盖已经开始微微打战。

“事先就知道的，出列！”陈默说。

哗的一下，所有人往前跨出一步，已经错了，抵赖更是死罪。

陈默指着墙角一个纸箱子说：“里面有酒自己去拿，最少一瓶，喝醉为止。”

不……不会吧！

原杰他们彻底傻眼了。

陈默平静地与之对视，默然无语。

这场对峙还没开始就已经结束，一分钟之后，认命的浑小子们一人分了一瓶二锅头开始愁眉苦脸地对瓶吹。

原杰指着自己的猪头哀告：“队长，我受伤啦！”

陈默点了点头说：“一瓶。”

原杰想哭了。

“要菜吗？”陈默问。

要要……小伙子们眼前一亮。

陈默扔出一包盐水花生。

原杰泪流满面。

喝醉为止，就这一个标准。好在空腹喝冷酒醉得也快，不一会儿就七七八八倒了一地。陈默找了人过来把这些醉汉搬回各自的寝室，反正明天休息，他们有足够的时间平复宿醉。

后来，陈默花了差不多半个月的时间分批逐次严谨而圆满地完成了整个工程，不久之后这一事件在整个支队传开，闻者惊心，见者瞠目，从此所有人都知道五队陈默绝对不喝酒。

当然，这些都是后话，只是当时的成辉狂汗至极，心想军事训练果然不足以代替惩罚。

那天陈默回去得很早，进门却看到冷锅冷灶，家中四壁都是冰凉。陈默在家坐了一会儿，径直去了人间。

其实蛋糕店过了5点一般就不再做当天的新货了，只是苗苑不想回家，陪着王朝阳收银。陈默推门而入，毫不意外地发现这两人对他态度不佳，陈默不知道应该说什么好，只能站在门边等着。

苗苑没忍到十分钟就败了，就这么个黑面门神在店里镇着，她还做不做生意啦！苗苑气不过，直接让陈默先回家，陈默有些犹豫地看着她，不知所措。

所有人都告诉他苗苑应该要发火，苗苑应该不高兴，苗苑有很多很多应该要做的事，而事实上她却没那么做。她没有如同别的女孩子那样大吼大叫，要这个要那个，没把他的父亲母亲十八辈祖宗都拎出来骂一通，也没说我们不过了，我要跟你离婚。

陈默有时候觉得，我宁愿你会那样，如果你那样做了，我至少还知道能干什么。

要不然，他又能做什么呢？

她受的伤害这么大，说一句“对不起”好像太单薄了，请求原谅好像都有些可耻，陈默真希望苗苑可以告诉他现在应该怎么办。

“走吧，你先走！”苗苑等了一阵，又是等到一阵沉默只觉得累，她头痛地揉着太阳穴说：“你先回去，我下班就回来。”

陈默点了点头。

苗苑看着那道背影觉得自己很可笑：其实你是了解他的不是吗？

你明知道如果你说饿了，他可以为你穿半个城去买一杯黄桂稠酒；如果你说要花，他会毫不犹豫地买上一百朵，可是为什么……你在期待什么？

苗苑觉得自己的心态非常愚蠢，却压抑不住那种愚蠢的冲动。

因为真的！那是她一生一次的婚礼，她那么期待却终成噩梦，如果连这样的道歉都需要她来提供草稿的话……

苗苑捂住脸，这让她情何以堪！

人都说宁拆十座庙，不毁一桩婚，王朝阳眼看着这两人一个黯然一个神伤，便觉得自己有必要说点什么，毕竟当时当地她这个当伴娘的也是有责任的，她没有英勇地挺身而出一把罩下，那也是一个失职。

她捅捅苗苑说："算啦……真要气不过，你叫陈默让他妈来给你道个歉，你们又不是不过了，这事儿总是要揭过去的。"

没想到苗苑断然反对："那可不行！"

"你想啊！"苗苑掰着手指细细分析，"我和陈默那就是人民内部矛盾，太后那就是我的阶级敌人。而且啊，如果太后觉得她错了，她肯定早就来了，现在不来就是觉着自己没错，如果我硬想要，那陈默就得求她，我为什么给太后机会让陈默求？"

王朝阳瞠目，结了婚的人逻辑果然就不一样。

"再说了，我为什么要让太后道歉啊？她本来就不喜欢我，就这态度了，没来落井下石就不错了，本来就没指着她帮我。我早就想通了，我和陈默结婚就是因为陈默对我好，太后要对我好点儿，我就对她好点，要不然，反正也不搁一屋子过，我难道还指望着她能把我当亲闺女看？"苗苑咬牙切齿地收拾着面包，不过下手颇重，看得王朝阳胆战心惊的。

"那你怎么办啊？"

苗苑一听，又闷了，半晌，叹了一口气说："我也知道陈默他也挺无辜的，但我就是难受！没事儿的，过两天就好了。"

王朝阳彻底黯然，这心病最没得医，尤其是无疾之症。

苗苑因为想到了某个不指着当妈的人，于是陡然想到了自己亲妈，忽然觉得满腔的悲愤有了一个出海口，以至于晚上回家的路上就掏出手机往家里拨。

何月笛正在屋里愤慨，死没良心的东西，你家那个没脸面的公爹都知道做样子打个电话过来，你居然到现在一点声息都没有??

苗江接到电话连忙交给何月笛，努努嘴说女儿的，那满怀柔情的亲爹样摆明就是说，好好说话，别再吓着闺女了。

何月笛白了他一眼，刚刚一声“喂”，那头的苗苑已经哇的一声哭出来了。

其实苗苑自己也想不通为什么要哭，这几天都惨成这样了，她已经欲哭无泪很久了，可是听着她老妈一声轻叹，鼻头顿时酸楚。何月笛堪堪心软了一点点，就听着苗苑带着哭腔的吼声——

“你怎么可以这样?!”

何月笛着实一愣，什么?!

“你怎么可以这样!!啊?? 你居然不要我了，你就为了一个男人，你就不要我了?”

何月笛一时气极吼回去:“那是你老公!”

“对啊!我不就是嫁了一个你不喜欢的男人嘛，你就不要我了，我们二十几年的感情你说不要就不要了,你还让我好自为之,你……你……”苗苑越说越委屈，索性坐到马路牙子上专心打电话。

这个……你……这个……何月笛气得无语问苍天，心想这是哪来的歪理。

“你说话啊!”苗苑嚷道。

“说什么?”何月笛气结。

“你到底想怎么样嘛，你说个话啊!你是不是想让我离婚啊?为什么啊?离婚陈默多可怜啊!他是被坏人灌醉的，又不是他的错!”

“苗苑!”何月笛倒吸了一口丹田气才把话吼出去，“你给我成熟点好不好!你现在结婚了，你有自己的家了，你得为你自己的生活负责你听懂了吗?你结婚也好离婚也好都是你自己的事，你能过就过不能过拉倒，但是你得自己拿主意，你别把这事往我这儿推，你能听懂吗？”

苗苑沉默了一会儿，眨巴眨巴眼睛觉得既然妈还是要她的，也不硬逼着她离婚，那矛盾也不是不可调和的，她闷闷不乐地说：“我觉得我能过，可是你不想见他，你不想见我老公，你还不让我过年回家。”

“我是不想见他，因为我现在很生气你明白吗？你不能要求我不生气吧？嗯？我这辈子就没有这么丢人过，你还指望我能给他多大的好脸？”何月笛深呼吸，冷静点儿冷静点儿。

“那你要生多久的气？！”

何月笛哑了半天，心想我倒是还从来没发现，我女儿也是个牙尖嘴利的。

“那过年我能回家吗？”

苗江在分机听电话终于忍不住出声：“你过年当然要回家。”

“那陈默呢？”苗苑坚持原则不放弃。

何月笛无力地叹了口气说：“到时候再说。”

苗苑“哦”一声。

何月笛咬牙：“你自己把日子过好了，让我省点心，比什么都成！”

苗苑又“哦”一声，嗫嚅：“我会和陈默都好好的，那你以后也别说不要我了……我很难受。”

何月笛叹气：“我也没说不要你啊！”

这世道都乱了，都没有是非黑白了。

两个老的挂了电话面面相觑，何月笛哭笑不得地看着自己老公，苗江叹息说：“算啦，儿孙自有儿孙福，这丫头也不是真能多受委屈的，她不会苦自己，你还为她担心什么？”

何月笛心想，我现在倒不是怕她受委屈，我就是看着他们有气啊，把日子过得这么不着调的样子。这女儿养娇了，长大了苦头也是自己吃啊！

苗苑站起来抹了抹脸，午夜寒冬哭得这么稀里哗啦的一张小脸冻得冰冰凉。把老妈的问题解决了，事情就变得容易起来了，说起来也就没什么刻骨铭心的根本矛盾了。她把手机放进口袋里，紧了紧上衣往家走。

屋里屋外都亮着灯，陈默把所有的灯都开了，一个人站在客厅里，苗苑发现陈默很喜欢站，尤其是心情不太好想发呆的时候，远远地看过去好像旗杆一样。每当他这样的时候屋子里的一切好像都跟他没有了关系，就那么孤单单的，却也不让人觉得他很可怜。

陈默看到苗苑进门眼睛亮了亮，迎着她走过来。

苗苑有一瞬间想要拥抱的冲动，可是下一秒，那些糟糕的记忆喧嚣吵闹地灌进她脑子里，她想到她妈刚刚说的，我就是生气啊，堵得慌，你不能要求我这么快就不生气吧?

所以别逼我，但是，也别不理我，让我明白你还是很爱我!

“睡觉吧? 挺晚了!”苗苑低着头从陈默身边绕过去。

陈默愣了愣，不知道这是否能算一个转机，女人的心思果然是海底针。

等陈默洗完澡回卧室，苗苑已经先睡了，虽然听呼吸并没有睡熟，可是陈默没有惊动她，静悄悄地关了灯。窗帘没有拉，窗外还有一些街灯的光影漫进来，苗苑慢慢转身看着陈默的脸，往事一幕幕涌上心头。

这个男人，就是那么一头撞进来，只要一点点笑，就能让她欢喜无限。

你说他有多好呢?

苗苑心想，其实也没多好，可就是喜欢他，看着他就觉得开心，可是他也不坏啊，虽然笨点儿呆点儿，可是对她是实心的，并没有让她真正失望过。

苗苑忍不住，眼眶里有潮意涌上来，慢慢地没进枕头里。

怎么办?

她在心里问自己，人生好像站在某个十字路口，之前她没觉得，可是现在睁开眼却看到狂奔的汽车呼啸而来，原本平静的生活危机四伏。

往左还是往右似乎都应该作一个选择。

离婚吗?

这个念头在心里动一动，苗苑都难受得好像要死过去一样。为什么呢? 我们是为了什么结的婚?

她最喜欢的男人也最喜欢她，他们就应该要永远在一起，凭什么要为了别人离婚? 苗苑心想如果现在离婚的话太后一定开心死了，可我为什么要让自己和陈默那么难受，却让太后开心？

可是不离婚的话就得好好过下去。

是得过下去。

苗苑呆呆地看着陈默平静的侧脸，心里有一个声音很虚弱地在劝着她……

算了吧，算了……这世上你还能遇到多少张让你不知不觉就能看着发呆的脸？

早上苗苑醒过来的时候陈默已经走了，轮值早班，他需要走得很早。苗苑一个人裹着被子坐在床上很安静地发呆，然后慢慢爬起来出门上班去，你不得不承认在某些时候，有班上有事儿干是好的。

清早温度很低，空气里有一种潮湿的凉意，大街上已经有了一些过节的气氛，而店里的生意倒着实一般，天凉了，大家对西点的需求就少了。苗苑的工作有些悠闲，回头看到红波奶酪没有了便自告奋勇地要跑出去买，杨维冬本来想跟着去看看，可是被王朝阳拉了一把，他一想也是啊，人家小夫妻感情磨合期，他一个男同事是不应该表现得太热情了。

苗苑把买好的奶酪放进纸袋习惯性地抱在胸前站在车站等车，公交车站旁边的街面上新开了一间蛋糕店，就是那种社区内最常见的临街小店的模样，门面不大，卖些面包饼干生日蛋糕什么的，东西也不怎么地道，胜在价廉物美。苗苑习惯性地多看了几眼，便看到裱花师把一个切得见棱见角的蛋糕胚放上了裱花台。

苗苑一下就乐了，心想这也太不专业了。

圆形蛋糕的蛋糕胚按理应该本来就是圆的，模子脱出来几寸是几寸规规矩矩的。可眼前这位很明显是用大块的海绵蛋糕硬切的，好吧，这么切也不是不行，可你切也切专业点儿啊，切成这奇形怪状的怎么拿得出手？

苗苑心中小小鄙视，恨不得冲进去再帮他光光边。

年轻的裱花师傅还在专心致志地忙碌着，他在蛋糕胚子上撒了一些水果粒，又加上一层，于是那局面就彻底东倒西歪得不能看了。苗苑痛苦地捂住脸：丢人啊！

裱花师折腾好蛋糕胚轻松地笑了笑，拎起案台上的奶油盆大刀阔斧地挖出一刀来砸在胚子上，苗苑在外面看着都心里一抖，可他却还是心情很好的样子，吹着口哨转动裱花台把奶油抹平。

苗苑微微怔了怔，神色慢慢起了变化，在她视线的终点，一个平整的蛋糕正在渐渐成形，没有人能看出它曾经有一个那样破破烂烂的胚子，白雪般的奶油抹平了一切坑洼。

公交车开走了一辆又一辆，苗苑一直站在窗外看着那个蛋糕被慢慢地装饰成型，写上漂亮的花体字。

最后切开那个蛋糕的人应该是不会知道，它曾经有一个那么难看的胚子吧？

像那样的蛋糕胚如果直接卖，应该是没有人会想要的吧？虽然料是足的，货也是真的，可是真的太难看了一点。

犹如她此刻的婚姻！

如果……如果现在就放弃的话，她的婚姻就会像这个难看的蛋糕胚一样，成为一个丢人现眼的失败没有人要的作品。所以不能放弃，不能再去伤害它，要用奶油去把它抹平。

当然，如果一个生日蛋糕能有个专业烤制的圆形胚是再好也不过的，就像两个人的婚姻如果能有个完美的婚礼，能拥有来自父母的祝福那该多幸福，可是，现在也没什么别的办法了不是吗？

毕竟还是一个蛋糕啊，至少它的味道还是很好的。

苗苑悄悄地握紧拳头：不管怎么说我要开始灾后重建程序了！！！

–03–

无论什么事，在下定了决心放弃之后都会有解脱感，而苗苑决心忘记她那个噩梦般的婚礼，是的，当它没有存在过，即使自欺欺人，却是唯一的通途。反正方方面面绞在一起，那场婚礼就是一笔烂账，不去理它可能还省心一点。

然后苗苑开始谋划怎么来收拾心情。回家去刷刷天涯吧，苗苑心想，看看最近有没有什么新的犯抽的帖子。再去刷刷晋江，有没有时兴的小白文看两个；苗苑很失望最近大家都不偷菜了，要不然还可以把开心的菜园子再种起来，总而言之，给自己找点儿欢乐的事情干起来吧！

至于陈默，等她心情转回来之后再慢慢奴役。

嘿嘿！悍女苗苑咬牙切齿自言自语："你敢欺负我，我就欺负你儿子去！"

唉……淑女苗苑不屑地鄙视之："瞧你那点儿出息！"

好……好吧，虽然这种反抗方式是有那么一点消极啦，只是苗苑一想起太后就头痛，一个让她这么头痛的人，她真是宁愿吃点亏算了，也没兴趣与之正面对抗。只希望太后这次威风八面呼风唤雨地威了一把之后，能放过她这只小虾米。

她那时还小，不知道放过这种话，从来不是被放过的那一方能随便说说的。

这天晚上是陈默值班，按理是不能回去的，可是现在非常时期，陈默在9点半查完房之后找了人代班还是急匆匆赶回家了。

卧室的灯还亮着，陈默恍然听到里面有笑声，走过去一看却愣了，苗苑抱着电脑倒在床上笑，眼睛眯成一个月牙的形状，弯弯的，快乐如昔。

陈默左右看了看，幻觉了？

呃……苗苑停下来看着陈默，夸张的笑脸慢慢变成严肃的模样，陈默略有些紧张地等待着。

"陈默啊！"苗苑有些苦恼地说，"我觉得吧，你今天晚上还是让我一个人待着吧！我很快就好了。"

"真的？"陈默问。

苗苑用力地点点头，没办法，我现在一看到你就想起旧事儿，好歹先把第一步脱敏过程给搞定再说吧。

陈默点了点头退出门去，转身之前给苗苑带上了门。

夜色很好，可能是因为前几天下过雪，天空透亮带着一点点幽幽的蓝。

陈默站在阳台上吹着寒凉的夜风回忆往事，居然也不觉得冷。

有人说麒麟很苦，其实他不觉得，那是个简单的地方，他很轻松。有人说社会上有很多享受，他也不觉得，这里太乱，五光十色没有分明的界线，他觉得累。

曾经也犹豫过，回来是不是一个错误。可是他永远也忘不了当时他坐在床边，看着爸爸慢慢睁开眼睛，那种惊喜，失而复得又不可置信的惊喜让他一辈子都忘不掉。那个瞬间让他无比羞愧，这一生他为了追求自己的生活忽略了他们太多。

有时候自己也想不通，其实他回来也帮不上什么，他妈那么能干，需要他帮忙的地方是真的不多。不过是每周回家吃顿午饭，说一点家常，陪爸爸出门散个步。

说穿了那有什么用?

可是他们喜欢，那种快乐可以感觉到，让陈默无法拒绝。

陆臻中校的电话总是掐着钟点在午夜时分匆匆而来，陈默刚刚按下耳机键就听到一声响亮的：默爷！节哀顺变！

陈默顿时失笑，你不得不承认有些人天生就知道怎么活跃气氛。

“小杰子今儿把噩耗告诉我了，婆媳大战一百回啊，默爷啊，你真不容易，夹在两个女人中间。”

陈默笑了：“女人真麻烦是吧?”

“切……你以为男人就不麻烦? 老子犯抽的时候那是你没见过，你们家小苗苗还排不上号。跟你说，是人都麻烦，你要觉着谁不麻烦，那只是他不来麻烦你，再不然就是你不上心。不过呢我琢磨着吧，你这次果然是人间悲剧，嫂子也辛苦了！没把你怎么着吧?”

陈默说：“没有！”

“唉，惨了，我就猜到会这样，陈默你知道你什么地方最招人恨吗? 就是没人能把你怎么着，你他妈就是一蛋，还是铁的，无懈可击啊！”陆臻夸张地长叹一口气：“苗苗真命苦啊！”

静了很久，陈默听着电话那一头均匀的脚步声，慢慢地轻声问道：“我这种人是不是不应该结婚？”

“啊？”陆臻愣了。

“以前她很高兴，因为她一直很高兴，所以我觉得我是可以让她快乐的，但是现在……”

“陈默！”陆臻很严肃地打断他，“我不知道你是不是应该结婚，我只知道没有人应该孤单。”

“那人为什么要结婚？”

“因为没有人应该孤单！”陆臻的呼吸忽然粗重起来，带着一丝明显的怒意，“陈默，你还能结婚你抱怨什么？你想想看？你还能结婚！”

陈默沉默了半晌说道：“其实我有点怕！”

陆臻切了一声：“新鲜了，还有你会怕的事儿！”

“我就是怕我不害怕……能听懂吗？一直都这样。我怕我会习惯，如果她一直都不高兴，我也会习惯，我觉得会对不起她。”

陆臻思考了很久终于慢慢回过味来，叹道：“默爷啊……”

“当时，我爸生病我一定要回来，我怕我会忘记他，我怕他死了我不够难过，我觉得我会。唐起，他说……”

“陈默你别听他的，”陆臻勉强笑道，“唐大医生他自己就是疯的，他那叫妄想症，他还说我有神经官能症，他说夏明朗强迫症，方进那叫狂躁症……他有时候是在开玩笑。”

陆臻说到最后终于吃不住劲儿了：“陈默啊，没那么严重的，你是好人，我们都知道的。嫂子她心疼你的……默爷我求你了，你去做点儿什么吧，做什么都好，吵架都好，别习惯，真的……我们都不想看着你习惯这些。”

“什么都好？”

“是的，什么都好！过日子其实挺混乱的，夏明朗说过日子就是抢地盘，你进我就退，你急了我让着点，趁你高兴我揩点儿油，没什么应该不应该的，唯一的规则就是，不散伙！”

苗苑听到门响时心里有小小烦躁，心想这死狗怎么忽然变殷勤了，让我一个人待会儿都不成了。她恋恋不舍地从屏幕上转过头，看到前面有一个透明的微波炉盒子，里面放着切碎的苹果。陈默伸直了手臂站在床边递给她，眼神明亮动人。

苗苑有些想哭又想笑，她忽然觉得自己挺傻的真的，明明挺简单的事，干吗和自己耗那么久？她忽然又觉得自己很可怜，明明生那么大气的，现在一个苹果就打发了，真没出息。

陈默把叉子和苹果盒放进她的手心里，摸了摸苗苑的头发说："早点儿睡。"

苗苑忍不住点了点头。

苗苑正在看一张旧帖，名字叫：快来八一八你生平最糗的事！

因为现实总是最大的后妈，人倒起霉来常常比笑话还笑话，苗苑看着乐得前俯后仰，她心想，陈默生平最糗的糗事她已经掌握了：史上唯一的，在婚礼上喝完交杯酒就醉倒的新郎！

结果与如此劲爆的八卦比起来，她自己的糗事倒是不那么明显了，比如说，被一个苹果就收买了，决定原谅毁掉自己整个婚礼的那个浑球儿的，无原则性的傻女人！

苗苑在考虑是不是要披上马甲回个帖，后来想想也罢了，混合在众多杯具之中，就她这组餐具也不显得多么闪闪发亮了，更何况她当时哭狠了，错过了抄起海碗去刷牙的最佳良机，也就失去了成为洗具的潜力。苗苑看着满屏悲惨的笑料，心中感慨不已。

算了，这不是一个需要太认真去过的世界，那句话怎么说的来着，做人得有点娱乐精神。

苗苑抱着 KUSO 的心态重新推演了她的婚礼，忽然觉得其实也不是真的那么悲惨。其实她可以把醉得晕乎乎的陈默搬到楼下去，然后抽得那群坏小子哭爹喊娘，至于她婆婆招来的那群大人物，OK，管他娘的爱干吗干吗去……是的，其实无论是悲剧惨剧喜剧都是你自己的杯子，你可以用它来泡茶喝汤，也就能拿它来刷牙。

所以加油啊，苗苑，快点振作精神！

想想看陈默是爱你的，虽然这个笨木头什么都没干，可是他那么紧张，那么担心，他是爱你的！

苗苑这么想着想着，这么多天来，终于第一次由衷地笑出了声，肚子也就跟着叫了起来。

苗苑很麻利地从床上跳下去，打开了门。

陈默正在书房里看书，只亮了小小的一盏灯，这让他的轮廓模糊。不知道为什么，陈默没像之前那样在客厅里站旗杆而是选择干点正常人也会干的事儿，这让苗苑觉得轻松不少。

她扒着门边小声地问："陈默你吃消夜吗？"

陈默愣愣地看着她。

"吃吗？"

"吃！"陈默连忙点头。

"好的。"苗苑跑去厨房翻冰箱，好几天没开伙了，家里面能吃的东西也不多了，苗苑拆了一盒花生汤圆，又切了一只红薯下到锅里煮，陈默困惑而忐忑地站在厨房门口。

"没事儿，你先回去忙，煮好我叫你！"苗苑挥一挥威武的大铁勺。

"你，不生气了？"陈默惴惴地问。

"废话，怎么可能？我当然生气啦，你等着，等我气消了好好收拾你！要几碗？"苗苑一本正经地看着他。

陈默笑了笑："两碗。"

热气腾腾的汤圆，金黄酥甜的红薯块，苗苑一口吃下去才想起这其实是她这么多天来的第一口正经热菜。

舒服啊，暖洋洋的，从食道一路滑到胃里。苗苑暗下决心以后再生气也不能饿着自己，否则多可怜啊，本来心里就在难过了，胃里再难过，那不是雪上加霜了吗？

陈默刮锅底吃完，拿起碗筷去洗，苗苑托着下巴看陈默的背影——木是木了点儿，不过，好像也没别的什么毛病了。

晚上睡觉的时候苗苑忽然想起了一个很严重的问题，她问陈默如果她今天晚上不让他上床睡，那怎么办？陈默理所当然地回答“那就不睡了吧”。

苗苑安静了几分钟之后很严肃地说：“嗯，以后我允许你耍无赖，等我睡着以后再爬上来。”

陈默忍不住笑了：“我以为这是很重要的事。”

苗苑翻身抱住陈默：“只要你还爱我，就没什么更重要的事。”

第二天早上王朝阳看着神采奕奕的苗苑吃了一惊，虽然一向知道这姑娘自我修复的能力够强，也没觉得她真能把自个给郁死，可是这么快就恢复还是让人震惊了。

王朝阳呆呆地看着苗苑说：“哎……”

苗苑向她竖起一根手指摇了摇说：“不许提那事，那件事情不存在，明白吗？”

王朝阳一愣，苦笑。

苗苑转头问杨维冬：“我上周六在干吗？”

“在家睡觉！”杨维冬非常严肃地说。

苗苑一拍巴掌：“答对了，给你加十分！”

王朝阳与杨维冬各自翻起了白眼，心里却着实松了一口气。

苗苑心想，这些天就净为结婚忙了，婚前婚后，忙里忙外，现在想想真是不值，风光尽让别人看了，埋单的是自己。苗苑心想下次结婚绝不再办婚礼了，再一转念，也对，反正也没机会了。

苗苑觉得自己也得想点儿正事儿了，比如说如何在这过年期间把蛋糕店的生意搞上去，自从入了冬除去日常的面包之类销量不太受影响，那些真正的利润所在，比如说芝士啊，黑森林啊……销量就一落千丈，招牌抹茶慕斯更是滞销得让她想哭。苗苑瞧着 12 月的账本心中忐忑，这样下去是不行的，她这个店长不能只顾着自己结婚，忘了兄弟们的口粮。

下午两三点的时候生意更是清淡，苗苑坐在临街面的小吧台一角，绞尽脑汁地咬着笔杆构思新品，恍然看到窗外一个颇有风度的中年男子冲她笑了笑，苗苑心里一惊，风铃声响起，那个男人已经进了门。

苗苑再看第二眼时就愣了，这……这位是，陈默他爹陈正平啊!!

他来干吗？苗苑脑子里瞬间闪过无数种乱七八糟光怪陆离的画面。

“有空吗？我觉得我们其实需要谈一下。”陈正平笑着说。

“呃……啊啊，有有……有有有……”苗苑结结巴巴地答应下来，冲回更衣室把工作服换下来。临走时王朝阳拉了她一把，苗苑估摸着陈爹一直看起来都蛮好的，大概也不会把自己给吃了，深呼吸几下，毅然决然地跟着陈正平出门去。

陈正平领着苗苑在街面上随便找了个清静的茶座，天冷，也有点风，陈正平走得很慢，苗苑小心翼翼地跟在他身边踱着步子。

坐定后陈正平要了一壶人参乌龙，一边冲洗着茶具一边循循问起："陈默有没有跟你说起过我？"

苗苑点了点头说："有，他说你的身体不太好。"

“是啊，前两年生了一场大病，九死一生哪，”陈正平叹气，“所以，那天你们结婚，可能是吵吧，我就觉得有点不舒服……”

“哦，难怪了，我就说呢……”苗苑露出恍然大悟的神情。

“当然，不管怎么说，你们结婚这么大的事，现在这样，我们做家长的也有一定的责任。陈默他妈妈脾气是有点硬，所以我希望你能体谅一些……”陈正平看着苗苑的表情斟酌着用词。

“没，没事啦！”苗苑连忙摇手说，“我没生她的气。”

“哦？”陈正平一愣，倒有些诧异。

苗苑红着脸低下头："我，我其实知道啦，陈默他妈不喜欢我，我们结婚吧，她也不高兴。所以我们本来就打算好了你们过来就是坐坐的，能来就挺好了，也没想过让你们帮什么忙。其实这事主要怪陈默啦，他要不喝醉哪能搞成这样啊……当然那也是让别人害的。其实……关键吧，我也想了，主要是我们在家那场办得太顺了，啥事儿都不用管，张嘴就行，要什么有什么，事儿都让别人给办了，自己就不觉得，而且在这儿还请了公司呢，就轻敌了。结果现在……唉，算了，都过去了，就算了吧。您也别往心里去，我没生气，我也不怪陈默。”

哦……陈正平点了点头，他来时预备着这姑娘会棘手，陡然发现这么通情达理倒还有点转不过来。只是说话听音，看这意思，倒是心无芥蒂了，只怕也心如止水了。然而，陈正平这一辈子从不怕人想从他手里要什么，他只怕人不要。

无欲则刚！

陈正平仔细观察苗苑的神情，想判断，她是否真的如她所说的那样愿意放弃自己，放弃像他与韦若祺那样有权力有势力亦有一定财力的家长。苗苑坦然地看着他，眼角有一点点羞涩的迟疑，但那更像是一个新媳妇初见公爹的忐忑。

陈正平忽然觉得他懂了，陈默为什么会给自己挑选这样的妻子，在这个年头找个这样的女人是不容易，他终于明白儿子为什么不会放手。

陈正平想了想说：“你们觉得陈默他妈妈不喜欢你。”

苗苑没吭声。

“那你们觉得我呢？”

苗苑一愣，尴尬地看过来。

“你们也没个人过来问问我的意见，按道理你们领了证也就算是成了家了，办事儿之前还是应该要见一面的。”

“我我……我们是一直觉得应该……要的。”苗苑有点委屈，“可是……可是，他妈妈一直也没发话……”

陈正平倒去了第一开洗茶水，泡出第一杯浓茶放到苗苑面前：“陈默这孩子不太懂事，人情世故他一窍也不通，他也不想通。当然这方面是我们做父母的有欠缺，从小没教育好。只不过，你现在既然已经做了他的妻子，我还是希望你能帮帮他，有些事他想不到，就只能靠你了。”

苗苑用力点了点头。

“我相信你是个懂事儿的孩子。”陈正平慈爱地笑了笑，“你回去跟陈默说说，周末到家里来吃个饭。不管怎么说，结了婚就是一家人了，既然是一家人还是得多亲近点儿，家和万事兴嘛！”

“那当然！”苗苑脱口而出。

陈正平很满意地笑了。

“可是，可是……可是……妈，妈她怎么看？”苗苑结巴了很久，终于很努力地吐出了一个“妈”字。

“你妈她……”陈正平沉吟了一下，“我先帮你劝着，你就让着她一点，也别往心里去，过些日子气消了就好了。”

苗苑默默地点了点头。

陈正平心情舒畅了不少，果然出来跑这一趟是值得的，又拉着苗苑说了一些闲话，明里暗里点了点韦若祺的喜好，也算是告诉他们周末上门时应该提点什么。苗苑这姑娘倒也不笨，头点得很到位，看来是听懂了。陈正平也不敢在外面多待，现在这身体经不起折腾，也经不起多动脑子，就这么打的过来坐着说话都觉得有些累了。

苗苑提前跑出去帮陈正平拦出租车，说是风太大，你吹着不好。

男人看女人的眼光总是不一样的，和婆婆看媳妇的眼光就更不一样，陈正平站在门后看苗苑哈着手站在路边拦车的身影，恍然觉得有这么个媳妇其实也不错。

回去之后苗苑向沫沫汇报了一大通陈正平的好，沫沫想说他要真这么好，早点干吗去了，他老婆干的事他难道全都不知道？只不过这些话在心头滚了滚，又按了下去。做人难得糊涂，居家过日子还是不要深究的好。

-04-

陈默在下午接到他以前的老队长郑楷的电话说下周过来西安玩，他顿时就觉得奇怪，郑楷现在转到地方上做刑警，年末正是忙的时候。后来才知道全是陆臻搞的鬼，小陆中校还没结婚更没经历过婆媳问题，没有实践就没有发言权，苦恼的陆臻同志就把求助的对象指向了队里模范老公的代表。

陈默失笑说其实现在已经好了，苗苗已经不生气了。

郑楷“切”一声，说：“行，那正好，反正年前也难抽出假来，我年后过去看你，西安咱也没去过，就当是带着老婆度个假吧，反正你结婚我也没赶上，连弟媳妇都没见过活的。”

陈默当然一口应承，心情也随之好了很多。

成辉趁机敲边鼓说：“眼跟前谈什么都是虚的，最要紧的就是快点生个娃，你嫂子没生娃那会儿成天折腾我，现在生了娃，成天和我一起折腾娃，这话题不就有了嘛，统一战线不就出来了嘛！”

陈默听着将信将疑，只是下班走人的时候看到食堂门口蹲着的某尊灰白色毛线团，心中微微一动。

陈正平的意外出现给苗苑心中那有如旧时黑暗深宅的陈家抹上了一抹亮色，连带着把她的婚姻都照得光辉灿烂起来。苗苑下了班就兴致勃勃地杀去菜场买菜，伙头军罢工好几天，陈默都瘦了，刚好今天不值班她得给陈默补补。她一边挑着排骨一边感慨，太后那么凶，一定在家老是欺负公公，瞧她公公瘦得那样，都没人给他补。

思虑至此，苗苑再一次发出了她今天下午已经嘀咕了一千遍的感慨——你说像我公公这么好的人，怎么就娶了那么个老婆呢?

因为陈默比较能吃，苗苑买起菜来也豪迈，大包小包地拎满，费劲儿地空出一只手开了门，脚尖一推，一只长得异常神奇的大狗冲她响亮地“汪”了一声。

苗苑吓得一僵。

陈默连忙迎过去帮苗苑拎东西：“别怕别怕，它不咬人。”

“这这……这位……”苗苑小心翼翼地凑过去摸了摸大狗的脑门，大狗从善如流地在她掌心里蹭了蹭。

“这是侯爷，还记得吗，当年陆臻送给我的，在你们店里送的！”

苗苑大为震惊：“长这么大啦！”她拎起侯爷粗粗长长有如黑人发辫似的长毛：

“怎么，这个毛……谁给它编的啊！”

“没人给它编，天生的。”陈默有点汗，“是这样的，负责养它的人回家休假了，所以带回来养几天。”

事实上陈默思来想去认为成辉有关生娃的建议值得一试，只是考虑到要生一个娃从现在开始努力怎么也还得十个月，完全来不及应付眼前的危机，于是……

陈默难得说个谎很不习惯，佯装给侯爷理毛，不敢转头看苗苑。

苗苑倒是一点没注意，兴奋得大眼睛闪闪的。

俗话说，有什么样的爹就有什么样的儿子，当然这个俗话套不到陈默身上，只是用在侯爷身上就再合适不过了，它基本秉承了它老爹那种奸猾的，馋嘴爱撒娇耍赖顾地盘儿的个性。

侯爷和它爹发财一样也是养在操场边上吃百家饭长大的，可是武警部队毕竟不如麒麟基地的训练辛苦，官兵们相对要更空闲一些，也就更无聊一些，于是侯爷也就有了更多的人宠爱，一个个惯得它上天。

苗苑和侯爷玩了一会儿去厨房做饭，肉袋子刚刚一打开，就看着一个矫健的身影从客厅飞掠而过，一本正经地端坐在灶台前，以一双温柔水润的大眼睛认真而深情地瞅着苗苑。苗苑软弱无力地在心中叹了一口气，一斤排骨还没焯水就送了三两入狗腹。

陈默拿上狗粮来引它，试图让它不要骚扰苗苑干活，没想到此狗低头在他掌心里嗅了嗅就鄙夷地扭过了头，坚定不移地蹭着苗苑。没办法，这狗是养在军营里的，大老爷们见多了不值钱，如此温柔娇美水嫩嫩的小姑娘没见过啊……

苗苑用散发着肉香的小手温柔地抚了抚侯爷的脸，侯爷伸出湿嗒嗒的大舌头更加温柔地舔了舔，陈默隐隐地感觉到自己的额角有点爆。

这一顿饭两人一狗吃得热闹，苗苑感慨肉买少了，陈默埋头吃肉，侯爷嘎嘣嘎嘣地咬着脆骨，嚼得那叫一个过瘾。吃完饭，苗苑上网去查了查可蒙犬的饲养指南，打发陈默去小区门口的宠物店里买香波，陈默暗忖这狗养在部队只怕半年都没人给它洗一次澡，领回家果然是享福了，洗个澡都得是专业用品。

可蒙是大型犬，侯爷因为打小养的人就多，跑动得也多，所以发育得也好，长得膘肥体壮身高马大，一站起来比苗苑还高。结果给它洗澡就费大劲儿了，陈默和苗苑两个人把它按到浴缸里，一个抹香波一个搓，不洗不知道，一洗这么脏，连泡沫都是灰的。侯爷发现自己身上沾了水成了落水狗心情很是不愉快，时不时地一抖毛，让细沫和水滴漫天飞舞。

苗苑被它逗得直笑，一边英勇地与侯爷的“黑人辫子”作斗争，一边指挥陈默按头按脚，最后狗是洗干净了，两个人都成了落水人，只能顺带着把自己也一起搓吧搓吧。

苗同学洗完澡拿着小电吹风一边给自己吹头发一边给侯爷吹毛，吹着吹着才惊讶地发现原来这狗是白的，它不是个灰狗。苗苑登时就震惊了，那原来得多脏啊！她指着侯爷的狗头说：“你真脏！”

侯爷无辜地眨了眨眼睛，呜呜地把下巴搁到苗苑的大腿上，苗苑笑得欢乐，一点一点地给它吹干毛发。

陈默并没有参与这一人一狗的温馨画面，他静静地站在门口看着她们。

房间里，有某种带着淡淡粉色与橘色的温暖的东西在慢慢生长，让灯光变得温柔起来，有阳光与火的味道，陈默闭上眼睛呼吸，脸上有宁静的神情。

陆臻说得没错：没有人应该孤单！

幸福的大狗侯爷在暖风中惬意地眯着眼，有一双温柔的小手在帮它梳理毛发，这让它舒服得直哆嗦。可是慢慢地，小手离开了；慢慢地，风没了；忽然间，连那嗡嗡的嘈杂声也没有了。

侯爷不满地睁开眼睛，惊讶地发现今天对它很好的那两个人正在非常投入地吃对方的嘴……

侯爷委屈地“汪”了一声：你们在吃什么，好像很好吃的样子。

侯爷伤心地“汪”了一声：你们在吃什么，为什么不给我吃？

侯爷愤怒地“汪”了一声：你们在吃什么，我也要吃！！

侯爷激动地“汪”了一声：……冲过去了……

苗苑绯红着双颊把那只狗头推开，惊呼：“它要干吗！”

陈默黑了脸。

侯爷以一只伪军犬的直觉瞬间感觉到了危机，它呜呜叫着心不甘情不愿地退出了卧室，陈默站起来关房门，侯爷拿出最后的勇气冲他响亮地“汪”了一声。

陈默眉头一挑。

可怜的大狗屁滚尿流地夹着尾巴逃走了。

苗苑不放心地跟过来：“哎，我们得给它弄个窝……”

陈默转身锁门，抱住苗苑说：“等会。”

“那现在干吗？”苗苑不解。

陈默细细地抚着苗苑的耳垂慢慢地笑起来：“……陪我造人！”

那天晚上，陈默看着怀里睡颜甜美的苗苑期待地想，老成说得也没错，生个孩子是必要的！

门外，客厅黑暗的角落里，有一只忧伤的大狗愤愤地撕咬着扔给它垫窝的旧衣服。

苗苑做梦都觉得自己忘记了一件大事，直到大清早陈默起床时惊动她这才恍然想起来。苗苑带着浓浓的睡意说：“陈默，你爸爸昨天来找我了！”

陈默正在扣扣子的手顿了顿，随即旋开台灯：“他说什么了？”

“他让我们周末回家吃饭，”苗苑裹着被子像一只毛毛虫那样在床上蠕动着蹭到陈默身边，“我觉得你爸爸人很好耶……”苗苑依靠她清晨时分残缺不全的备份理智强压下了后面那半句话：“怎么就娶了你妈呢？”

陈默“哦”了一声，灯光下的苗苑不自觉地把头埋进被子里，只露出乌黑的头发和半张粉嫩的小脸，陈默俯身吻了吻苗苑的脸颊。

苗苑睡眼惺忪：“晚上早点儿回来，商量下带什么东西吧。”

陈默说：“今天要值班！”

苗苑皱起脸："我怎么觉得你最近值班多起来了。"

陈默说："因为这之前都是别人给我代了，现在婚都结了。"

苗苑陡然醒了过来，她怀疑地睁开眼睛："我怎么听着好像当年是大家在给你保驾护航，制造工作清闲的假象，现在老婆到手了，就不值钱了，就轮到您老人家还情了……"

陈默笑了："差不多就是这样。"

"哦！"苗苑痛苦地捂住脸，"我还能后悔吗？"

陈默笑着说："不行，军婚是受到法律保护的。"

苗苑把一个枕头砸过去："你给我滚！"

陈默照例把半空中的枕头接住放在床尾，整理好制服出门。

虽然大队长不一定需要跟晨练，可是陈默婚前习惯如此，婚后也就没有搁下。清晨6点30分，古都的天空还是灰蒙蒙的，陈默难得地在训练中走神，他想起了陈正平……父亲。

如果说母亲的形象在回忆中是一笔如火的重色，那父亲就是有些淡的灰。18岁彻底离开家，然后每年回家的日子不过十数天，于是印象就淡了，甚至有些割裂，以至于两年前陈默看到缠绵病榻的陈正平几乎不能相信这就是自己的父亲。

记忆中的父亲永远是忙碌的，不常出现，但是从没有动怒的时候，高大而镇定。相比较母亲的咄咄逼人固执强硬，似乎这个父亲要和颜悦色得多，但是陈默从很小的时候就知道，父亲比母亲更厉害。

当韦若祺说不行的时候，他会坚持到底，直到她松口说行；但是陈正平不会，他可能一开始会说这不好，可是中途又说那挺好，但是最后你发现其实他从来没有赞同过你，而当你发现这一点的时候，你多半已经因为他的缘故永远地失去了得到的机会。

不过陈正平的性情在一场大病之后变了很多，医生说他不宜动脑，只能静养，所以现在的陈正平安静得像一个平庸怯懦的老人。

以前陈默回家探亲时常常会被老爹拖着讨论国家大事，听他谈论省委及国家各部委的人际网络派系分布，并且逐条分析相关政令，预测干部升迁及人事调动。陈默是个好听众，轻易不会不耐烦，但毕竟没有兴趣，表情自然不会太专注。

陈正平常常无奈地笑话他，说："我这些话别人花钱都听不到。"

陈默相信这是真的。甚至他很能理解陈正平，每个人都对自己研究的事物有分享的冲动，陈默心想，就算是他这么冷淡的人，在摸熟了一把好枪之后也会很乐意给人打个靶，亮一亮相的。

陈默一想起周末的会面就有不自觉的警惕，他长这么大从来没怕过韦若祺，因为他从不畏惧强硬，但是父亲是不可捉摸的，只希望他观望了这么久才出手，会是站在自己这一边的。

年轻的新婚夫妻在这个城市不同的角落里思考着同一个问题，只是苗苑这边要热闹得多，她很郑重地给王朝阳与苏沫的老妈打电话，仔细询问本地新媳妇上门有什么规矩礼数。

苏沫怀孕初期反应严重，这几天都在家里休养，一听说苗苑要主动上门拜访马上恨铁不成钢地重重叹气，直言像那样的婆家拿轿子来抬我都不会踏进去。苏沫妈一巴掌拍飞女儿，回头对着苗苑语重心长："闺女啊，一家人不说两家话，再怎么说过了门了，日子也得往好里过。"

苏沫把电话抢过去吆喝："蒸包子啦！热腾腾的大包子，蒸熟了开嚼啊！"

苗苑在一片鸡飞狗跳中得到全盘信息，擦着汗心想这谁家的日子过得都不易啊！因为陈默要值班，苗苑给陈默打了个电话报备一声，下班之后独自采购了全套礼品。

说实话，忒重！

苗苑狠狠心打了个出租车回家，这里她开始心疼起她的酒席钱了，六万七啊六万七，打出租都能绕着地球跑一圈了，浪费了！可怜的苗同学抱着满手的礼品，默默地宽面条泪。

等她好不容易把大包小包扛回家，门一开人又傻了。苗苑在侯爷深情期待的棕色大眼睛的映照下羞愧地低下了头："我……我把你给忘了！"

"汪呜……"吃饭吃饭!!

侯爷兴奋地大叫。

事实是陈默不在家，苗苑就打算自己凑合一下，完全忽略了现在家里还有这么一口子，晚饭苗苑给侯爷倒了碗牛奶，煮了两个白煮蛋就狗粮，侯爷委屈地呜咽着:我要吃肉，老子不要吃狗饼干，嘴里淡出个鸟来!

苗苑因为在食物上克扣了侯爷心中尤为过意不去，就打算饭后带它出门放个风，她找了根头绳给侯爷扎了一个帅帅的黑人头，要不然她总疑心这娃走路看不着道，别一头栽坑里去。

可蒙毕竟是大型犬，新买的狗绳扣上，溜起来也着实威风。苗苑与陈默住的这个小区因为军区驻地没怎么特别绿化，所以苗苑体贴地牵着侯爷去了隔壁的高尚社区。

隔壁小区的中心花园里有很多狗……是的，重复一遍，有很多狗……于是侯爷疯了。

可蒙的发情期一般开始于一岁多，个别开窍早的八个月就开始嗷了。侯爷前半辈子都生活在军区的操场上，除了人没见过别的生物，当然还都是雄性。那青春的骚动啊，那公狗的热血啊……通通在这一刻燃烧起来，苗苑就听到侯爷嗷呜一声，拽着她撒丫狂奔一头扎进犬群的中心地带。

伟大的匈牙利牧羊犬来自遥远的北方大草原，从古时就是干体力活的一把好手，就苗苑那百来斤的小身板儿被它拖着那就跟玩儿似的，苗苑万般无奈之下松了狗绳痛苦地捂住脸，透过指缝看着侯爷在新的领地中欺男霸女左扑右跳……

就听着耳边一声声——

哟，这也是狗啊……

这狗长得真稀奇!

呀，哪儿来的狗啊?

哎，这狗这是要干吗?

哎呀，我们家囡囡还小啊……

来来来，你快看啊，这狗长得真是如梦似幻，风中凌乱！

……

回家的路上侯爷一步三回头留恋不已，苗苑算是彻底地让它折腾掉了体力，回家沾床即倒：这年头养点啥都不容易啊！

门外，客厅黑暗的角落里，有一只兴奋的大狗正幸福地揉蹭着扔给它垫窝的旧衣服。

–05–

正是万事俱备时，只欠东风过……周五晚上陈默最后给他爹打了个电话敲定了时间，小夫妻两个大眼瞪小眼地开始了第一次家庭会议。

陈默说："我妈估计还没消气，明天你忍着点儿。"

苗苑点头说："行，反正最难听的也听过了，应该也很难更难听了。"

陈默羞愧不已。

苗苑搓了搓脸跳起来深呼吸高呼口号："苗苑加油！"

陈默狂汗加羞愧不已。

"其实你爹还是很好的，我觉得可以成为主攻方向，以达到曲线救国的目的！"苗苑一脸的严肃，陈默恍然觉得有点像以前出任务时政委的表情。

听说每一个出色的家庭主妇都是外交家，那大概每一个纠缠于婆媳问题的媳妇都有望成为政治家。

苗苑做沉思状，一手托着下颌："我发现爹都比妈好搞定！我们家那位太后也是。哎呀……"苗苑一拍巴掌："忘记向何太后报备一声了。"

苗同学素来听风就是雨，想到就干，抄起电话就打，陈默还不及做好心理准备，已经听到他老婆甜甜嗲嗲的一声“亲爱的妈咪”叫得他全身鸡皮疙瘩落了一地。

呃……不是，不是说不要你了吗？

陈默惊愕不已。

何月笛牙酸地“唔”了一声，没好气地堵回去：“干吗呢？”

苗苑连忙把最近的动态一一汇报。

何月笛倒是不意外陈正平会主动去找苗苑，毕竟这老头儿早就漂漂亮亮地把电话打到了自己这儿来。按说陈正平之前按兵不动拖到现在才亡羊补牢，早先十之八九也是和老婆一条道上的，现在是受形势所迫不得不出面挽回。但是于情于理，何月笛都乐见男方出这么一个和事老。虽说她不介意招个女婿进门，可女儿如果和婆家搞得太不愉快也不是件好事儿，对方肯给梯子也得给人家脸面，人敬我一尺，咱也得还他一丈。

于是何月笛就这么一边数落着苗苑没出息倒贴，一边教她怎么送礼怎么行事怎么说怎么做……恨不能从进门的第一句话开始教起教到出门最后一句。苗苑一路点头不迭，就差拿支笔记下来。

这母女俩聊着聊着就聊到了陈正平的身体上，苗苑颇为心疼地说：“我公公可瘦了！”

何月笛一撇嘴，心想：那是你婆婆不会调理。

苗苑瞥了一眼陈默，忽然眼前灵光一闪：“哎呀，对了，我让陈默跟你说说他爹的病情，你看有什么办法能调理调理。”她小手一伸顺势就把电话塞到了陈默手里，陈默呆呆一愣……啊？

苗苑扬起眉毛用口型说：跟我妈说话！

陈默讷讷地“喂”了一声，说：“妈，是这样的……”

何月笛心中咬牙切齿，这养女儿真是没什么好的，外斗外行内斗内行，所有的聪明才智都用在自己妈身上了。人嘛，都是这样的顺着什么本子唱什么戏，因为头是这么起的，何月笛最后也就没能很有谱地摆起来。

苗苑用笔在纸上写下大大的：向我妈道歉！

陈默说完病情之后马上话锋一转，妈，对不起您……

何月笛顿时泪流满面，心想我是不是就不用替这闺女操心了，她就用对付我这劲儿去对付婆婆就成了话虽这么说，女儿家庭和谐毕竟是当妈的最大乐事，何月笛挂了电话守着苗江说了小两口一小时的坏话，苗江边听边笑，最后笑得趴到床下去了。

当然，再说不紧张站到门口还是紧张的，苗苑站在大门口深呼吸，拽着陈默的袖子说："你妈不会用扫帚把我打出来吧？"

陈默知道她这是在故意搞笑放松心情，抬手搓揉着苗苑的头发说："不会的。"

开门的是家里的阿姨，苗苑抢先进门先亲热地叫了一声"爸"，再紧张地叫了一声"妈"。韦若祺一声不吭。陈正平呵呵笑着说："来啦，过来坐。"苗苑顺杆上，坐到陈正平身边去。陈默知道不能冷落老妈，乖乖坐到两个女人中间。

苗苑很紧张，越是紧张的人越是受不了冷场，没人给她抛话题就自己起了头，拉着陈正平做惊喜状：爸你今天气色好多了嘛……爸你还是得好好休息啊……我这几天问过人了，你的病就得怎么怎么调理。

陈正平忙着应声，却有些讶异，心想这姑娘要不是绝顶聪明就是绝顶的单纯。

这两人的话题火热越发反衬出另外两人的沉默清冷，陈默试着想聊点什么，思来想去最保险的话题也只有老爹的病。陈正平有点无奈：老子今天的牺牲可大。就这样两边的话题渐渐合到一处，貌似融洽的气氛在苗苑试图与韦若祺直接对话时为止，韦若祺淡淡瞥了她一眼说："我跟我儿子说话，要你插什么嘴？"

哗啦一下，就像一盆冰水直下，把那点虚火泼得一干二净，两位陈先生相视一眼，苗苑在心里无奈地打了一个响指：宾果，果然……

陈正平打着哈哈说："哎呀不早了，开饭吧。"

午饭是阿姨做的，因为韦若祺拦着没怎么大弄，只是比家常小菜丰盛了一些，苗苑捧着碗完成了她有生之年最文雅的一次用餐。不敢喝汤，不敢去夹远方的菜，不敢挑肉吃……只管闷声不响地埋头与自己眼跟前的两盘东西死磕。端的是味同嚼蜡食不下咽，唯一的好处就是可以理直气壮地不出声。

可是熄了她这一挂响炮，气氛顿时冷得小风飕飕的，陈正平夹起一块带皮儿的红烧羊肉放到苗苑碗里："多吃点儿，专门给你们做的，我们老人家吃不了这么腻。"

苗苑心头一阵感动，插筷子夹了一块鱼，左右看看，小心翼翼地放进了韦若祺的碗里。

韦若祺心里堵着那口气一直未散，现在也就是看老公面子不发作。她自问就算是把心端平了看，也还是瞧不起这丫头，瑟瑟缩缩的小家子气，没有一点大方的气度。

韦若祺见苗苑筷子头往自己跟前递心里就是一惊，转瞬间一股怒火就冲上了头，心想：给你三分颜色，你倒来开店堂了？跟我装什么亲热劲儿?? 当下，她把脸一板，夹着那块鱼肉挑了出去："我不吃这个！"

陈默默默地在桌下踢了踢苗苑的脚尖，苗苑偷偷团着手指在桌边给他做了一个 OK 的手势，心头抹下一把无奈的汗：宾果……果然，又中了……

于是，这顿饭吃得有些沉寂，还好在座的各位都没指望能一口吃个胖子，在陈默看来，能进门坐下一起吃个饭就算是进步，现在老妈的态度没有更坏一点，媳妇的心情也没有变差一些，就成了。

饭后，苗苑主动抱着碗直奔厨房，说要和阿姨一起收拾。有时候吧，你还真别说，当一个人看谁不顺眼的时候，连吃饭睡觉都是错。韦若祺极瞧不上地瞥了一眼苗苑的背影，心想这女人这辈子大概也就这么点出息了。

天冷了，陈正平身体太弱不适合再出门散步，韦若祺就把向阳那面的阳台给封了，全套无缝玻璃窗到底，把一个半封闭式的阳台打造成一个暖房。陈正平好喝茶，在暖房贴墙的那一面放了张藤制躺椅，右手边一个檀木矮几，几上搁一方乌金石雕的行云流水黑涧茶盘。一只老段泥制的紫砂龙胆壶就放在茶盘的那一道玄黑上，旁边是几只仿官窑的青瓷茶具。

陈默把陈正平扶进躺椅里，仔仔细细地为他掖好毛毯。

韦若祺正坐在客厅里看电视，苗苑还躲在厨房里磨蹭着不出来，陈正平伸出一只手去给茶壶里续上水，沉声缓缓地说："就没什么话要跟我这个做爹的说吗？"

陈默半蹲在他面前一径地沉默着，过了很久才慢慢抬起头看着陈正平的眼睛说："爸，我只喜欢她，我只想要她，如果跟她离婚的话，我就不会再娶了。"

陈正平半阖着眼，眼皮微微地跳动："你这算是在威胁我吗？"

"不，我只是想给您一句实话。"

"臭小子，跟爹说话这么绝！"

陈默苦笑："跟您说话才能这么绝，跟妈就不行，她会说不娶就不娶，我怕你吗！"

陈正平失笑，垂手抚了抚儿子头顶的短发："你应该早点找我商量。"

"我在等您开口。"

"要你求我就这么难吗？"陈正平声调一提，有些不悦地看着儿子。

"不是，我担心我求你帮忙你说好的，别急。可是再过几天，我就找不见她了，或者她妈妈铁了心要让我们离婚。我不是很担心妈那边，但是我知道你如果想的话，你就会有办法。"陈默按了按眉心，"我一直在等你的意思，后来我想你大概也不想管，医生一直说要静养。"

"是啊，政府都让我回家静养了，你们呢？"陈正平把泡好的茶水倒出来，没来由地一阵心酸，要不是这些日子身体真的好些了，想管都管不过来。

"陈默?!"苗苑把阳台的移门拉开一条缝，又冲着陈正平眯眼一笑："嗯，爸爸好。"

陈默看见她整张脸上都写满了一句话：我们什么时候走？

陈默说："你先去陪妈看会儿电视，我再陪陪爸。"

苗苑很慢地点了一下头，哀怨地退了回去。

陈正平偏过头看着苗苑的身影在眼角余光中消失："证都领了，为什么不带回家来？别的不说，这事儿总是你干得不地道。"

“妈一直没松口。”

“你妈也不会真的把她打出门！”

“但是妈的态度也不会好，今天有你劝着也就这样，而且我那时候不知道你的意思。妈她骂我，打我，说实话都应该。她养我这么大，我娶个老婆没让她开心是我欠了她。可我不想让苗苑因为这些看妈的脸色，因为她没欠她什么。之前我去她家，她爸妈对我非常好，这次结婚她妈很生气，可她都自己处理，最后才让我出面认个错。我答应过她妈要好好照顾她，我不想让任何人欺负她。”

陈正平看着儿子沉静的神情，忽然问：“你不相信她？”

陈默诧异地挑起眉。

“你不相信她不会离开你，你也不相信她说愿意陪你承受这些……我的意思是……”

陈默却笑了：“我和她认识不到一年零四个月，我们结婚还不到一个月，即使她愿意陪我承受这些，我也不想去考验她。以前我们出任务，最基本的原则就是不冒险。”

陈正平蓦然间感到一种哀伤，他伸手扶住陈默的脸：“你把我们当敌人。”

“我没这个意思。”陈默意识到他大概打错了比方。

陈正平却放了手，颓然地躺下。

“爸，我……”

“我老了，”陈正平出声打断他，“我不管你以前怎么看我，但是现在我老了。一场病生完，看以前都是空的，当年觉得很重要的东西，现在想想都没意思。我老了，就想过几天安生日子，我就想你能在我身边，好好成个家，生个孩子，叫我爷爷……”陈正平抬手遮住脸，声音有些哽咽：“我，我再努力多活几年。我没什么多的想头了，我就想要一句话：家和万事兴！”

陈默觉得难过，虽然有一种淡淡的释然冲淡了那种难过，可是他的心情仍然沉重，他慢慢放平膝盖把父亲干枯苍老的手掌握在掌心，然后说：“我会的！”

如果您的愿望真的如此，而且只是如此的话，那就是我的愿望，我……

会的！

过了好一会儿，陈正平慢慢点了点头说："回去吧，我要休息了。"情绪太过激动，就他这种身体状况来说，显然是不适合的。

陈默又跪着陪了一阵，慢慢把父亲的手放进毯子里，悄声离开。

陈默走出阳台的时候差点乐了，他看到苗苑努力地坐在离韦若祺最远的沙发的角落里，以一种小心翼翼但是伪装气定神闲的态度在看电视，然而电视里放着她完全没有兴趣的财经新闻。

然后，她几乎用一种野兔式的灵敏在瞬间转过头，僵硬的表情在刹那间融化，那种惊喜不亚于中央红军看到陕北红军。

可以走了吗？

陈默发现苗苑那双眼睛比平时亮了不止十倍。

陈默指了指阳台说："帮我爸弄个热水袋。"

苗苑失望地"哦"了一声，转而大约是感觉到能干点这种差事也很不错，又欢天喜地地去找吴姐要热水袋去了。韦若祺冷冷地看了陈默一眼，陈默犹豫了一下却只是叫了一声"妈"，简简单单地又讨论了几句父亲的病情，苗苑这个炸弹型的话题就这样被绕开了。

到最后反而是苗苑在阳台上陪着陈正平絮叨了更久，临走时还不忘和吴姐招呼，说："我下次给你把单子带过来啊，你给弄弄，给我爸补补。"那副殷勤的样子让韦若祺看得火冒三丈，心想这女人还是有点手段的，单这份开口叫爹的水平，就不是她能赶得上。

苗苑出了家门还是僵的，小心翼翼地往前赶，直到出了小区才彻底活过来，站在马路牙子上活动脖子说："陈默，我很厉害吧……"

陈默点头说："是啊，我爸很喜欢你。"

"不是你爸！你爸本来就喜欢我。是你妈……哦，天哪，那气场无敌了，你妈她到底是个什么官儿啊？我怎么觉得国家主席都没她劲儿呢！"苗苑露出匪夷所思的表情。

陈默心想也不是，她只是觉得她应该在你面前特别劲儿。

陈默慢吞吞地说："其实我也不太清楚。"

"陈默，你真可怜……"苗苑扁着嘴，踮脚尖捧起陈默的脸。

陈默不解。

"你小时候她一定老是欺负你，哎，不对，她现在都欺负你。"苗苑说着就心酸了，缠着陈默把从小到大跟太后死磕的事迹都说了一圈。听到最后苗苑眼泪汪汪地犯起了愁，唉声叹气地说："陈默，我看将来也就只能你这边让着点儿了，你妈都那么大年纪了，要让她换个活法也不容易。"

陈默默默地点了点头，心想是啊，可是她有时候是想让我换个活法，这个没法让的。

"乖！"苗苑看左右没人，在陈默脸上亲了一口，"其实我觉得吧，你有时候也得学学我。一家人过日子哪有那么多道理可讲，你是小的嘛，你最小你就得会耍赖。我妈上次多生气啊，我回头……跟她小撒一娇，不是就和好了嘛！"

苗苑说得得意扬扬眉飞色舞，陈默困惑地低下头去看她："你，让我，跟她……"

苗苑自动脑补了一下苗版陈默 VS 韦氏妈咪，禁不住生生打了一个寒战，真的，数九寒冬都没那么冷，苗苑心虚地换了一个话题："那……咱们下礼拜还用过来吗？"

"我得过来，你……"

"行，我陪你，"苗苑极豪迈地喊了一声，"刀山火海没得闯了，陪你吃个饭还行，再说了我还答应吴姐教她怎么炖补品呢。"

陈默伸手揽住了苗苑的肩膀。

刚刚干完一件了不得的大事，苗苑心花怒放地倚着陈默走得很是腻歪，反正此刻穿的也不是军装，没什么军容风纪问题，陈默也就随了她去。自打结婚后，陈默的着装问题就由苗苑一手包办，彻底终结了那种一年四季只有三套便装的土人生涯。苗苑在陈默身上一向舍得花钱，而且最得意的就是把自己老公打扮得帅气十足地挽着出门，结果结婚时新人的置装费倒有大半是砸在陈默身上。

一套套的衬衫大衣毛衣，T恤加牛仔……恨不得能一下子买齐四季，好在苗苑的军装制服控根深蒂固，买来的衣服也多半带着点军味的硬朗，与陈默的气质并不相冲。

苗苑满怀柔情地看着今天被自己精心打扮过的老公，正想开口自夸一下，不料肚子很不应景地叫了一声。

“饿了？”

“废话！”苗苑苦下脸，“饿死我了，你看我才吃多大一口啊！”

陈默失笑：“干吗不多吃点？”

“哎，我还不是怕吃到最后吊桌角不好看嘛，再说了，那肉都离我那么远，我眼前就一盘菜，还是纯绿的……”苗苑揉着肚子发现自己不说还好，越说越饿，揉着肚子嚷道：“我饿了，我要吃肉！”

陈默听着直想笑，手下揽着他老婆紧一紧，笑道：“我带你吃肉去。”

-06-

这人哪就是这样，心情好胃口就好，下午两三点的回民街生意清淡，苗苑轻而易举地把自己给吃撑了，原本坐着还好，一站起来就……苗苑一边挽着陈默一边揉肚子，苦着脸说：“咱先别急着回去，先遛个弯，消消食。”

天气还算好，可是冬天的阳光再烈落到脸上也就像羽毛轻抚，只是苗苑刚刚吃得油辣，小脸上腾腾地冒着火，再怎么寒风扑面也不觉得冷。热闹的时候还没到，美食街上只有三三两两的行人，伙计们懒洋洋地在门外晒太阳，苗苑吃得太饱昏昏欲睡地走出这片世俗人间的烟火地。

她半闭着眼睛斜倚在陈默身上被牵着慢慢地溜达，忽然就听到嘈杂声，苗苑好奇地扭头去看，便看着一群人跑向拐角的横街，有人在叫嚷着：“抓小偷！！有人抢东西啦！”

苗苑心里一惊，果断地松开了陈默的手，果然，陈默匆匆低头叮嘱了一声：“自己小心。”话音还在风中，人已经像箭一样射了出去。

考虑到自家老公的离奇战斗力，苗苑放心大胆地追了上去，毕竟以一敌N单挑两伙小混混都不在话下，料理一个毛贼那不是跟玩儿似的嘛。

这年头或者是人心不古，或者是大家都更懂得什么叫自我防范，这一路上追在后面看热闹的多，挡在前面正面对抗的一个也没。陈默一个冲锋就甩开了所有人，被认定为小偷的男人在拼死逃命，净捡刁钻的小巷子钻，陈默一声不吭地猛追，估摸着还有几步就能赶上……忽然从斜刺里窜出来一个小警察，巷子窄小避让不及，小偷在高速的逃命中与他迎面相撞。

陈默腿下一缓……

不料一声惨叫转瞬而来，小警察抽搐着蜷缩到地上，小偷已经从他身上跳了过去。

陈默连忙冲过去把人翻倒放平，就看到小腹上横切一刀血口，很明显是高速相撞时带着冲击力刺进去的，刀口斜斜上挑捅得不浅，血像泼出来似的转眼就染红了一片，小警察疼得直抽搐声音嘶哑。

腹腔刀伤，没有急救工具什么都干不了，陈默简单帮他处理了一下，暂时捏合伤口按压止血。

苗苑上气不接下气地跑到陈默身边，猛然看到这血腥场面，吓得一声尖叫。

“过来，按住这里！”陈默一把扯得苗苑跌坐到地上。

“我我我……我我按？”苗苑吓傻了，就看到一天一地的血，还有地上那人一声哑过一声的惨叫。

陈默把小警察的头枕到苗苑腿上，侧向一边以免呕吐物造成窒息，他拉过苗苑的右手按到伤口上，盯着她厉声道：“按住，不许松，别让他乱动，也别让他咳嗽，他的命在你手上。”

苗苑不敢放手，眼泪一下子就急得滚了出来：“陈……陈陈默，那你去哪儿？”

“我把他抓回来。”陈默一边扯开大衣甩到地上，转眼间已经拐过巷口不见踪影。

这……这这这……

苗苑这下傻眼了，这地方就丢下她一个人加一堆不明围观群众，还有个死了一半的伤员。她吓得一动也不敢动，整个人僵住，哭兮兮地冲着路人嚷：“你们别光看着啊！帮我报警啊！”

有人扬着手机示意，说早就报了。

天冷，血腥味凝住了，慢了一步才弥散开，苗苑慢慢感觉到她全身都是血，那种又腥又甜的锈味儿直钻脑仁，搅得她胃里像翻江倒海似的直想吐。而掌下滑腻腻的，血还固执地涌出来，透过破开的伤口苗苑感觉到那人的内脏在自己手下蠕动，那种感觉又是恶心又是惊恐。

猛然间，那个人似乎又不叫了，苗苑顿时魂飞魄散，揪着他的衣服喊道：“你别死啊！”

那人艰难地抬了抬左手，苗苑连忙握住他：“你傻啊，他有刀，你又不是陈默！”

小警察动了动手指，小声说：“我是警察。”

一连追过几个路口，陈默马上又在群众的指引下找回了小偷的踪迹，虽然面对持刀歹徒一般人不敢当真去拦，追着不放的胆子还是有的。

前方乱蓬蓬一团鸡飞狗跳，陈默果断地横插了一个巷口，他虽然不曾生长在这个街区，但是刚调到西安时为了熟悉业务，整个西安城的大街小巷都在他脑子里。从这个巷子抄出来，陈默已经越过所有人追到了小偷身后，那小偷显然已经认出他，情急之下困兽犹斗，随手从街边扯出一辆自行车推向陈默，抄刀子就想捅过来。

警察都捅了，也不差这么个死老百姓！

可是没等他算盘打好，陈默已经高高跃起，侧身飞踢轻松地掠过横挡的自行车，左脚尖准确地踢中对方手腕。那人一声惨叫瞬间被踢翻，腕骨顿时变形。陈默顺势落地右膝卡进他的脖颈间，只是跪地时留了力，否则当场颈椎断裂就得去见阎王。

人被逮着了，跟得最近的那几个看得真切反而不敢凑近，都让陈默给吓着了。

小偷受不了陈默那一下，早就背过气去，陈默脱了他的外套把手脚捆到一起，折断的手骨受力剧痛，那人哀号着醒了过来。陈默也不理他，提起就走，原本跟着一起追小偷的群众们吓得纷纷给他让开一条路。

陈默转回刚才那个巷口，苗苑还僵在那里，右手维持着刚才陈默离开时给她规定的姿势，眼泪汪汪地看着他，那眼神简直就像是看到了神。陈默心中一软，把小偷随手丢到地上，半跪下去给苗苑擦眼泪，只是没料到自己满手鲜血，倒把苗苑那张小脸擦得血迹斑斑。

"我来吧。"陈默说。

"我，我……僵住了！"苗苑可怜兮兮地说。

"那就再坚持一下，你做得很好。"陈默仔细检查了一番发现换自己上也没什么大分别。

"真的吗？"苗苑眼睛亮了，"他不会死了吗？"

"是的，他不会死。"

苗苑顿时乐了。

毕竟是市区，也不在高峰时，警车和救护车都来得很快。110先到了一步，陈默给出警的民警看警官证，两个民警忙着看伤员，一阵惊呼："这是我们局里的啊！"说完卷袖子就想上。

陈默拉了他们一把，指着小偷沉声说："手已经断了，别太过。"

民警同志很不忿地沉着脸，有一个走过去踹了一脚怒骂："你最好保佑他别死。"

很快地，救护车闪着蓝灯杀到，后门一开，急救大夫拉着单架床跳了下来，陈默把苗苑抱起来，好让医生把小警察抬走。苗苑全身冰冰凉，一半是冻的，一半是吓的。陈默握住她冻僵的手掌合在掌心里暖着，苗苑伸长脖子看向救护车。

"想跟过去？"陈默问。

苗苑点了点头，她救下来的人，她想看看救成了没。

陈默和民警商量了一下，与苗苑兵分两路，苗苑陪着小警察去医院，陈默跟110回去做笔录，苗苑听说小偷也骨折了就想提醒他们一声，可是看警官先生满脸喷火又没敢。

苗苑爬上救护车乖乖地坐在角落里，护士分神递给她一块酒精棉，苗苑连忙分辩："我没受伤啊！"

护士说："擦擦吧，满脸的血。"

苗苑登时一声惊叫，这才发现自己全身上下那叫一个惨烈，脸上沾的血还好办，一擦就干净了，可怜她今天为了扮乖女讨公婆欢心，穿上了准备着过年的那件白色澳毛娃娃大衣，如今白衣染血触目惊心。

新衣服啊……刚买了，还没下过水……苗苑欲哭无泪。

护士姑娘好心劝她："没关系，血是洗得掉的，回去找个正经的干洗店，再说了，要不是你，那人说不定就不行了，一件衣服嘛……"

苗苑一听就觉得自己居功甚伟，得意之下甚至给陈默打了个电话报告之。

救护车一路开进医院，苗苑跟着急救床跑，最后被挡在手术室外面，有护士过来问她："你是他女朋友吗？跟我过来办手续。"

苗苑想说"我不是他女朋友，我是他救命恩人"，可是心里嘀咕了一下也没好意思，另外考虑到好歹是堂堂国家警察估计也算是一工伤，政府应该不会拖欠医药费，苗同学很大方地把钱先垫了。

苗苑坐在手术室外面等了没多久就看到几个警察急匆匆地跑过来，苗苑站起来冲他们挥手，打头的高个警察跑得太急，差点把苗苑撞倒。

"是这儿吗？你是苗苑？怎……怎么样？"

苗苑点了点头说："医生说不会死的！"

高个警察松了一口气，从兜里掏烟抽，旁边人扯着他的胳膊说禁止抽烟，也有人劝，说小陶年轻，一定能挺过去的。苗苑坐着听了一会儿，才知道受伤的那位叫陶冶，是个技术类的警察，苗苑心想难怪一捅就倒。高个子的警察叫程卫华，是市分局刑警大队的副队长。

苗苑搭话说："你们来得真快。"

程卫华苦笑道："哪里啊，带那小子来看手，随便上来看看……"他附到苗苑耳边低声道："你老公是真厉害，绝了！"

苗苑忍不住有点得意，她本来倒是津津有味地想再听一些八卦来着，但是没多久陈默也来了，的确，太过简单明了的案子，也是没什么可录的。苗苑给程卫华留了电话，说小陶要是醒了记得告诉她，她明天给炖点猪肝汤过来给他补补血。程卫华拉着苗苑感动得眼泪哗哗的，"嫂子你这觉悟，真的，绝了！好军嫂啊……还是自己人知道心疼自己人。"

陈默面无表情地把苗苑从他手里拽出来。

回家后苗苑先把两人的大衣送去干洗，傍晚时分程卫华亲自打电话给苗苑，告诉她手术结束脱离生命危险。苗苑心花怒放地抱着陈默回味了一整个晚上救人一命胜造七级浮屠的心得，最后苗苑完成了整个逻辑连线，郑重其事地问陈默，是不是你也觉得救人的感觉真好，所以你做武警啊！

陈默想了想，只能点头。

苗苑抱着陈默的脑袋说要是你能只救人不用杀人就好了。

陈默又想了想，很温柔地把苗苑的手拉下来，吻了吻她的掌心。

我能够让你这双手只救人就好了。

这件事在第二天早上就传遍了整个西安城，苗苑身为参与者自觉与有荣焉，可是偶尔卖蛋糕时与客人闲聊几句，却发现多半都是不屑的口气。类似，这种警察连小偷都打不过还能干吗啊……或者警察什么的，最坏了……

苗苑郁闷了，愤愤不平中。

她想说那个坏人长得很壮的，刀子很长；她想说小警察只是技术员，瘦瘦的又不经打；她想到小警察最后对她说"我是警察"……苗苑忽然觉得自己结婚那么点委屈算什么啊，在现实这个最大的后妈面前，谁都不能说自己最惨，小警察连命都差点没了，换来的却是被更多的人冷嘲热讽。

她想起一句流行了很久的话：人生就是一张茶几，上面摆满了杯具（悲剧）和餐具（惨剧），我们总是与梦想充满茶具（差距），只好勇敢地拿起牙刷把一切当洗具（喜剧）。

在瓶颈了那么多天都没有想出新花色之后，苗苑在那个下午总爆发，思如泉涌，完成了她新年里的第一组蛋糕作品。杯具是一只咖啡味的蛋糕卷，底层浸了咖啡朗姆酒，于是越是往下吃越苦，却也越是香醇。餐具是夹了腊羊肉片的蒜茸面包，香脆而坚硬，那是需要一口铁齿钢牙才能消受的美味。茶具里运用了苗苑最最招牌的抹茶慕斯，清香微苦。最后的洗具，主调是轻盈活泼的冰冻香橙舒芙蕾，在碗里浅浅铺上一层，上面铺满打发的淡奶油，像刷牙时的泡泡。

每一个蛋糕都不大，放在圆形的布丁碗里，苗苑清空了冰柜的一层，裁了一块黑色的卡纸把那句话写在上面，把蛋糕放在相应的位置。单个六元，全套二十，苗苑只潦草地做了十套试卖，转眼就被一扫而空。只是出乎意料的，原以为最好卖的洗具最不好卖，倒是杯具和餐具被抢得厉害。

看来大家这日子过得都不易啊！

苗苑感慨。

苗苑还记得答应给陶冶炖的猪肝汤，只是晚上送去医院才知道陶冶伤得太重，还不能喝汤，于是那一保温瓶的汤就全进了程卫华的肚子。苗苑见程副队长顶着硕大的黑眼圈，一边啃馒头一边喝汤，一边还不忘记大刀阔斧地数落陶冶。苗苑觉得这人真不厚道，何必要告诉小警察其实当时陈默就在他身后这么悲摧的消息呢？

小警察陶冶一开始没说话，过了好一阵才听到他小声地在背什么东西，那声音太轻，苗苑听不清楚，可是程卫华一下就哑了。苗苑还惦记着陈默一个人在家着急回去，看到程卫华喝完汤了就想走。程卫华连忙热情地相送之，并且从口袋里掏出一把钱来恭恭敬敬地递给苗苑："昨天嫂子给垫的！"

苗苑接过钱，又看了一眼病房里的小警察，有些悲伤。她把程卫华拉到一边小声说："你别把什么都告诉他，外面有人说话不好听，他听着得多难过啊！"

程卫华堆起满脸的笑："是是是，让嫂子费心了。"

"对了，他刚刚在说什么啊？"苗苑好奇地问。

程卫华的脸色变了变，露出些许无奈："中国人民警察法第二十一条。"

苗苑“哦”了一声，其实她不知道那个第二十一条是什么内容，但是她能看出来这个人现在很难过，苗苑一向都不愿意让别人难过。她讷讷地想了想，鼓起勇气看着程卫华说：“我目前还没和警察打过交道，我想，干哪行的都有坏人，但是我觉得你们两个是好人！他们不应该那么说。”

程卫华听得一愣，转而夸张地抹了一把脸说：“太感动了！理解万岁啊，嫂子！”

苗苑被他夸得不好意思，红着脸局促了一阵，像是忽然想起什么似的“哦”了一声，从钱包里翻出干洗大衣的单据递给程卫华：“这个能报销吗？”

程卫华绷不住捶墙大笑，接过来说：“能能能……一定能的。”

苗苑心满意足地走了。

程卫华本来还等着苗苑报销猪肝汤的钱，后来才想起来，人家早说过了那猪肝汤是主动送的，得，又用坏人之心度君子之腹了。

虽说用别人的悲惨来平衡自己的遭遇这事干来不厚道，可是苗苑还是忍不住把自己和陶冶作了比较。同为职业性被歧视，苗苑觉得自己再怎么说还是比小警察幸福多了。毕竟瞧不起她的人只有一个，瞧不起小警察的人有很多。而且她从不曾对韦太后抱有希望与期待，也就无所谓失落与不甘，可是小警察看起来却是很想做一个好警察的。

苗苑扁了扁嘴，身为一个除了问路与钥匙丢了打不开大门就不会与110有瓜葛的普通良民，苗苑觉得她应该对小警察好一点，以抚慰小警察被其他良民刺伤的脆弱心灵……嗯就像，她公公对她也特别照顾，苗苑认为那是一个道理。

所以她非常尽心地又给小警察炖了两次猪肝汤，第一次小警察身体还很差，所以大半进了程卫华的肚子，第二次苗苑特意又多炖了一些，结果还是大半进了程卫华的肚子。程卫华舔着嘴角，异常感动地看着她说恨不相逢未嫁时！苗苑一针见血地指出“你没有陈默帅”。程卫华窦娥状傻眼，陶冶在床上捶床笑到惨叫。

过了几天血色恢复了，苗苑发现小警察长得还是很帅的，眉目英挺，五官端正，而且一口一个“嫂子”叫得那个亲热。

多好的小伙子啊，苗苑暗自惋惜，可是最近就连跟着她做蛋糕的小妹都有男朋友了，上次答应方进的事儿都还没谱呢！

最近的大龄未婚女青年都跑哪儿去了！

苗苑愤愤地想。

因为茶几系列产品意外地受欢迎，销量直线上升，苗苑专门去广告快印店订制了一批不干胶标签与广告看板，鸟枪换炮之后茶几系列俨然成了镇店之宝。苗苑看到有人在点评网上写留言：人间里充满了杯具与餐具，但是店长很洗具，让我感觉生活很有差距。

苗苑看着大笑，在家捶桌不已，陈默探头过来张望，没看出笑点在哪儿，但是他喜欢苗苑快乐明亮的样子。

只有稳定的男人才能让他的家稳定，陈默记得很早之前他从某本书上看到过这句话。那么，如此说来，只有懂得快乐的女人才能让她的家快乐。

–07–

这一周苗苑过得极忙碌，她要敲定茶几系列的准确配方，要跟广告店讨论设计图，要记得在陈默回家吃饭的晚上整一桌子好菜，还要去医院探望小警察……于是，直到周四晚上和陈默煲电话，聊起周末应该穿什么衣服回家，苗苑才恍然想起来，哎呀，她其实还有一个挺凶的婆婆一直搁在旁边没处理呢。

苗苑紧急通告各方英雌召开党委会议，王朝阳下班就直接过来了，而小米则十分贴心地护送沫沫前来。

结果会议正式开始，唯一的男人小米倒抢在了第一个发言。

小米说："我觉得我们不能把对方的态度作为自己行为的准则，我觉得我们应该要努力去做那些正确的事情，努力地去爱人，只要你觉得自己是对的，没有遗憾的，你就可以得到内心的纯粹坦然，这样的满足是内部的充分的。所以我觉得你不必因为你婆婆对你的态度而改变你对婆婆的态度。"

沫沫听完盯着苗苑看了三秒钟，然后问："你觉得你有那个思想觉悟吗？"

苗苑小心谨慎地摇了摇头。

沫沫一把把小米推出房间，看你的《圣经》去，咱们俗人有俗人的活法儿。

"那……现在怎么办？"苗苑把目前的情况详细地介绍一番，唉声叹气地趴在床上，"不过……反正我觉得我不能指望陈默，他和他妈的关系已经够不好了。"

"本来就不行！"沫沫横上一眼，"你家陈默只要站稳立场不偏帮就行了，具体的事儿还是得咱自己去干。你看小米他妈现在见我，态度怎么样？不错吧！那就是一开始规矩立得好，她知道我不是好欺负的，也知道我不算没良心，彼此都知道对方的底线，这才能进入良性循环。"

苗苑极羡慕地看着苏沫："那陈默家那位的规矩怎么立……"

沫沫张了张嘴，哑了，哂笑道："遇上你家太后那级别的，我基本上就连儿子一起甩了。"

苗苑眼中一片黯然。

沫沫抚了抚苗苑说："不过你现在婚也结了，只要她没摆明了踩到你头上，大不了当她不存在就行了。"

王朝阳大惊："怎么能这样！她怎么说也是你老公的妈啊！"

沫沫一阵愕然，大概是相识日久也算彼此了解，怎么也没想过会在这么本质的问题上有如此巨大的分歧。

结果王朝阳没进行有效发言倒是和沫沫争了起来，王朝阳说人心都是肉长的，主动对她好点儿，将来总是会好的。就算婆婆不承认媳妇，当媳妇的也不能不把婆婆当妈看啊。沫沫诧异，婆婆什么时候都不是妈，凭什么她当我是个草，我还得当她是个宝？王朝阳说，可那是你婆婆啊，她没有养你，也养大了你老公吧！

……

苗苑的头越垂越低，终于在垂到床单时用力砸了一下床说："安静！"

双方辩手停下来面面相觑，结果党委会议发展成了党委扩大会议，俩姑娘开始各自电话老妈。

来自王家的结论比较悲摧，王妈妈说，那完了，准备着路人吧！不过补充条款为一家人没有是非对错，同时当媳妇要把礼节顾周全。

来自苏家的结论略微令人振奋一些，因为在重复引用了如上观点之后，苏妈妈还给出了一线生机，老人语重心长地说，先僵着吧，三十年的事别想着三个月解决，生了孩子会好的！

苗苑默默自语，若有所思。

王朝阳与沫沫又开始陷入了第二轮的讨论。沫沫说，现实一点，你能不能给我举一个真情融化冰雪的例子来听听。王朝阳想了半天说，早当年有一个很有名的韩剧叫《人鱼小姐》的。沫沫以头抢床单说姑娘啊，你能少看点韩剧不？

苗苑忍不住插了一句嘴说那片子我也看过，我外婆很喜欢。王朝阳说是吧，我外婆也很喜欢。苗苑想了想说其实我觉得那个女人挺奇怪的，她怎么可以对婆婆比对自己老公都好，从婆婆那里受了气，都朝老公撒。沫沫横插进来吼道："那是因为她搞不清楚重点！！"王朝阳大声反驳："胡说，明明她对自己老公也很好的……还不许她老公在婆婆面前帮自己说好话……"

沫沫呆视良久说那是神哪！小米都要去膜拜的那种，你要坑死老苗子吗……

于是，话题再次被引走，王同学和苏同学又开始向这个主题的延伸面进发。

苗苑很认真地在心里做总结：嗯，首先要独立处理问题，别给陈默脆弱的母子关系增加压力，然后要顾全礼节让场面上过得去，最后顺其自然别强求，听说生了小孩会好点的。

苗苑跑去客厅叫小米："哎，你老婆要回家了！"

沫沫莫名其妙，我什么时候要回家了。小米柔情款款地扶着老婆说早点回家睡觉，沫沫腿下一软，就随着老公去了。临走时还不忘记叮嘱苗苑说你记得女人得自己站得稳啊，关键时刻你要能踩得住，你别指着有人会帮你，地球又不围着你转。你别听朝阳那傻大姐做烂好人，那韩剧都是拍出来骗人的，我妈都说了，那都是现实里没有的事才拍电视呢。你就记住我一句话，人敬我一尺，我敬人一丈；你要坑我一厘米，我给让你一寸；你得寸还进尺，就别怨我让你从头吐出来！

苗苑一脸严肃地点头称是，王朝阳颇为忧虑地看着她说："你别这样，沫沫跟自己家里人都算得太明了，哪有那样的。进了门就是一家人了，为了家庭和睦你一个小辈儿吃点儿亏其实也没什么的，我觉得你婆婆也不能算坏人。"

苗苑继续一脸严肃地点头称是，最后关上大门长长地呼出一口气。

苗苑心想，我大概要让她们两个都失望了，我既不像沫子那么强悍爽辣，也不像朝阳那么甘心奉献。苗苑有一个姐姐念社会学，她说所谓婆媳问题其实就是主干家庭与核心家庭之间的势力划分。这句话苗苑当时没听懂，解释了很久之后也是一知半解，但是此刻亲身体验，她觉得自己悟了。

苗苑自问不是一个抢地盘争势力的高手，也没有沫沫那个爱做主的心气儿，她只是一个平凡的只想过幸福小日子的小女人。苗苑相信电视剧里说的可能都是真的，她相信很多很多的真情一定可以挽回一颗心，她相信无限的温暖一定能融化冰雪。

可是，为什么非得这么干呢?

是啊，她苗苑不是什么大人物，也不用日理万机，可她的爱也是限量发售的，也不是无穷无尽不会枯竭不需要呵护的存在。这个世界上还有那么多爱她的人在需要她的爱——所以亲爱的婆婆，我还真不打算在你身上花费太多。

周五晚上陈默回家过夜，苗苑又做了一桌好吃的，饭后消食遛弯，顺便去干洗店里拿大衣。干洗店的老板看着他们目露同情，他说我们已经尽力了。苗苑回家展开一看，登时仰天长叹。

陈默那件还好，反正黑色也看不出印子，可怜她自己那件雪雪白的澳毛大衣，从此再不能见人。

我应该晚点让程卫华报销干洗费的！苗苑伤心地想。

更倒霉的是大清早全省降温北风呼啸，苗苑无奈之下认命地裹了件羽绒服灰头土脸地跟着陈默去参见太后，韦若祺看着她那一身肉虫子模样，不屑地说这种衣服我从来不穿的。苗同学赔笑说那是啊，您身体好不比俺怕冷。

所以凭良心讲，苗苑还是很钦佩陈老夫人的，在西安这个风野得近乎苍茫的城市里生活，她这一辈子就没有穿过一次羽绒服，那得是一种什么样的精神啊！

相比头回上门，这顿饭吃得更加波澜不惊。上午的大部分时候苗苑都借口教吴姐炖汤，躲在厨房里与其探讨专业技术。中午吃饭时，吴姐很好人地把肉放到了靠近苗苑的这一边，她很满足地吃饱了。下午苗苑和陈正平谈了一小时茶经，她的老家盛产白茶，从小有家教。

苗苑记得她进门时很恭敬地叫了一声“妈”，离开时喊了一句“爸妈，我们走了”。她记得陈正平看她的眼神很温和，但是她不记得韦若祺，苗苑一向只乐意记人好，如果她觉得那个人没有好，她就会忘记。

再一次走出门与陈默并肩走在古城喧闹的街道上，苗苑开始觉得婆婆也不是那么可怕了。毕竟比起天涯新浪上爆的那些极品婆婆，她家这尊太后也不能算特别经典。再怎么说韦若祺都是讲究姿态的人，你高举双手把她捧上神台，她也就不可能自己下凡与你正面死磕。于是她现在能做的最多也不过就是尽量展示一份不屑一顾的态度，一种居高临下的身份。

可是那又怎么样呢，说话不好听可以听过就算，脸色不好看可以看过就忘。至于鄙视瞧不上，那就更没什么了，因为苗苑感觉她其实也不怎么瞧得上韦若祺，身为一个女人把老公养得病恹恹的，让儿子活得这么不开心，苗苑实在不觉得那有什么好骄傲的。

于是，在史上最糟的婚礼结束两周之后，苗苑再一次盘点起她的婚姻，目前她有一个她很爱也很爱她的丈夫，有一个温和而通情达理的公公，有支持她的爹娘及一个别扭的婆婆。

相比起很多人的婚姻，苗苑很满足。

蓝天下幸福而满足的苗姑娘轻轻握住陈默的手说：“晚上给你做好吃的。”

陈默低头笑了笑，心忽然变得很柔软。

他的新婚妻子正依偎在他身边，带着猫一般的神情，她的眼神看来快乐得清澈。陈默一直知道他需要一个可以自得其乐的女人，因为那正是他灵魂中缺失的那一部分，陈默相信他的直觉不会错。

第三章

亲爱的，我会保护你

-01-

年前陈默持续地开始变忙，而苗苑也有了意外的生意。

苏会贤的会贤居正在筹备第二家分店，新店走商场路线，时尚川湘菜，开在大型百货公司的六楼，于是租金金贵。苏小姐又打算赶在春节黄金周前开业，主菜大厨不可省，而糕点小食顾不上挑精细厨子和家什，她就把那些普通厨子做不来的酥啊糕啊的，江湖救急全托给了苗苑。苗苑有过做广点的经验，虽然这种饭店活利润不高，但是胜在收入稳定工艺简单，又适合锻炼新手，反正冬天开工不足，苗苑试做了几天之后核完成本账，索性跟苏会贤正正经经地谈起了合作事宜。

苗苑延续了她做西点时的方式，逐步敲定细化步骤和精细配方，做到半成品之后急冻，品质稳定。正式蛋糕店里做出来的糕点滋味总要好过一般的菜馆，苏会贤灵机一动，索性在这块一分不赚就当卖点。这年头川菜馆开得全城都是，水煮鱼馋嘴蛙又能做出多大的神迹来，为什么选择会贤居呢？因为那家有好吃又不贵的榴莲酥。

生活开始红火起来，当一切曾经的困难看起来都不再是困难，平顺也就成了最大的幸福，至少对于陈默与苗苑这个核心家庭来说是的。

当然，如果忽略这个家庭的编外成员。

侯爷焦躁地在屋子里走来走去，这种日子叫狗可怎么过……汪呜……我要出去玩我要出去玩我要出去玩，侯爷心想骨头吃多也是会腻的，更何况骨头也没吃多。成天窝在这么个小破地方，对着那么两张老脸，那小娘们虽然笑起来很水嫩，看多了也是要疲劳的。

老子闷得要发疯!

侯爷无限地怀念那个黄昏，那如茵的绿草，那如云的母狗，好多……可怜的大狗在一遍又一遍的怀念中抑郁了，在一天之内啃掉了厨房半扇门。

陈默借口养狗的士兵探亲回来了，火速把侯爷又送回了大队操场，五队的广大官兵们见他们的群宠归来，纷纷上前慰问之，却惊讶地发现他们的群宠深沉了。

深沉的侯爷时常孤独地奔跑在广大的操场上，偶尔遇上军犬训练，它激动地告诉那些黑背们：兄弟啊，你们知道吗？我去过一个地方那里有很多很多漂亮的母狗。

军犬不屑地说：汪呜，做梦吧。

好吧，这些都是后话，不表。目前最关键的关键是，陈默坐在办公室里看着操场上狂奔的侯爷若有所思：果然，狗是不能代替娃的，造人的计划还要加紧啊!

造人计划在陈默少校有条不紊的推进中规律地进行，可是苗苑那边又出了意外事件，人间的大老板要盘店了。人间蛋糕店背后的大老板也姓陈，与陈默三百年前是一家。陈老板不光会开店还会生儿子，儿子念书极好一路念成了博士娃出国投奔了万恶的资本主义。陈博士娃在美帝的土地上又找了个博士女缔结了博士的一家，然后就成天撺掇着老爹一起奔赴新生活。

陈老板原本还抵赖来着，开着分店向儿子证明你老爹我在社会主义的土地上也是一样的资本主义，可是最近捷报传来说博士女怀上了，陈老板在老板娘的强烈要求下终于顶不住了。

陈老板要移民美利坚，就此过上民主自由的生活同时尽享儿孙福，这按理说也算是件喜事，可苗苑却怎么也笑不出来。她这人恋旧，做熟不喜做生，她和陈老板处得熟了，大家彼此了解好说话，新来个老板不知道规矩是什么样，人都说一朝天子一朝臣，苗苑很担心在这个节骨眼上失业。

她心里有事，脸上就藏不住，晚上看电视时抱着陈默直嘀咕："你说失业了怎么办呢，年末不好找工作啊……"

陈默淡然道："我养你啊！"

苗苑一愣，眉花眼笑："你养我啊！"

陈默点点头有些莫名，心想怎么这么高兴。

苗苑腻到陈默的颈间蹭蹭："不管怎么样你都养我吗？"

陈默被她蹭得有些意马心猿，偏过头吻了吻那双流着波光的笑眼，笑了："我不养你谁养你啊！"

苗苑笑得更甜了，抱着陈默的脖子轻轻吻他的嘴角，声音黏腻着："一直养下去吗？"

陈默点了点头，伸手摸到遥控器关了电视。

其实，有时候，沙发是好物，嗯，偶尔用一次的话。

第二天苗苑有意无意地向沫沫说了三遍"陈默说他会养我哦"，沫沫狠狠地教育了她，经济基础决定上层建筑，让男人养的女人没有地位。苗苑笑得乐呵呵地点着头，眼神甜蜜而满足，腰板很直，有人撑腰的样子。

当天晚上沫沫向小米隆重推出陈默老兄的养老婆论，小米苦笑，连忙接下话茬子说："你放心，但凡有我一口粥喝，干货都是你的。"

这种时候漂亮话是一定要讲的。

沫沫有些扭捏，拍着桌子说："谁要你养！"她嘴上说得凶，眼神却是柔的，到底心里是甜的，女人嘛。

不过苏沫毕竟不是苗苑，苏沫是有心气的姑娘，她寻思着跟谁干都是跟着干，还不如索性自己干。沫沫想到就做，首先联合了苗苑，苗苑原先是没想到这一层，被沫沫这么一提心思也就活泛了起来。而陈老板那边，反正是盘店，卖给谁不是卖，卖给老熟人还爽气点。苗苑那间店基本就是新的，陈老板最后报了个总价 17 万，连所有的装修、用具、过户手续费及剩下的三个月房租。

苗苑对市场不熟，私底下悄悄问了苏会贤和沫沫都说出价公道，苗苑便狠狠地动上了心，回家跟陈默商量了一下，不出意外地得到了支持，苗苑又开心了半天。

然后……需要动脑筋的就只剩下钱了！

17 万，如此恰到好处的数字让苗苑惦记起了她传说中的 20 万嫁妆。这笔嫁妆当初何月笛说好是用来给小两口买房子用的，可是现在男方家里不配合，房价又在下半年一飞冲天，直入云霄而去，买房计划暂时搁浅，那笔钱也就一直一直的没有动。

苗苑想既然是嫁妆理论上她也是有份做主的，怎样都是花，为什么不能把有限的金钱花到无限的赚钱中去呢？反正现在房子还有得住，买了新房子也只能用来出租，可是这年头房价噌噌地涨，租金还不及银行利息。

苗苑打定了主意要用自己这一笔娘家嫁妆给自己谋划一份安身立命的小产业，她自知韦若祺瞧不上她，如果将来真失了业让陈默养着，韦太后只会更瞧不起她。虽然她并不在乎太后的眼色，可是她不乐意让陈默丢脸。这心思拿稳了，苗苑就开始活动，先是在例行的聊天电话里提了点意思，回头曲线救国又向苗江拍胸口保证一定不把事情办砸。最后终于挑了一个她娘亲开心的时刻正式把话给挑了明。

何月笛听了倒也心动，可是心里又惦着房子，她是谨慎人，总觉得别人给的房子住着不踏实。

苗苑捧着电话絮絮地念叨："哎哟妈……你别老是房子房子的，这房价都涨得没边儿了，买了得亏死。"

"不买房子，那陈默转业了怎么办？"何月笛顿时不高兴了。

“那就租呗！米陆说了，租金和房价有个什么比，全世界就中国最低，在中国租房子最合算了，所以你看连沫沫都不买房子。”苗苑抹了抹汗，苏沫家不买房子是因为错过了去年年底那次跌价，现在眼看着当时相中了嫌贵的房子爆涨五成，苏沫愤怒得连“房”这个字在她家都是禁词。

“租房子总归不是个事。”何月笛道。

说话听音，这就是心动了，苗苑连忙抱着电话煽风点火：“妈你看啊，现在房子这么贵买它干吗啊！我们只要拿出半个平方米，日韩新马泰玩一圈；一个平方米，能在尼泊尔住上一个月；豁出三个平米欧洲十国游；再往下就能去北非大草原看狮子了，你看就这么一圈玩下来，环游世界了都，可能还没花完一个厨房的价钱。但是那时候，说不定咱的世界观都变了。有钱，置点产业，吃好玩好干点啥不行，咱不能全耗在房子上啊！”

苗苑口若悬河滔滔不绝，心想小米说的话就是有说服力啊，难怪连沫沫那个死僵的性子也让他哄得服服帖帖的。

何月笛沉吟良久终于问了一句：“陈默怎么说？”

“陈默说听我的。”苗苑乐了。

“行，那你再和陈默商量着，虽然是你自己的工作，可是一家人过日子你也要多听听他的意见。”何月笛长叹一声，平心而论女儿懂得上进，肯干更大的事业，承担更多的责任，她这个做妈的心情总是复杂的，一半惶然一半骄傲。

苗苑挂了电话开心得在卧室里直蹦跶，陈默皱眉站在门口声音有些沉：“你需要钱为什么不找我要？”

苗苑一愣，不明白究竟是哪里出了问题。

苗苑眨巴眨巴眼睛小声说：“那是我的嫁妆啊！”

陈默叹了口气拉开床头柜子的第一层：“钱在这里，早就告诉过你，密码是你的生日……”陈默顿了顿：“假的那个生日。”

苗苑看着陈默的神色知道问题严重，可是为什么问题会严重，她想不通。

苗苑小小声有些委屈：“我生日是7月3号，我当时也不是故意要骗你，那不是想找个合适的借口约你嘛。”

“不说这个。”陈默挥了挥手，“钱都给你了，为什么还要找你妈要钱？”

“可那是你的钱。”苗苑脱口而出。

陈默皱起眉来看她，苗苑被他看着有些害怕，心脏打鼓似的扑通扑通地跳。

“我以为结了婚就不用再分你我了。”陈默垂下头，眼神有些失望。

苗苑连忙偎过去抱着他，小声起腻：“结了婚当然就不用分了嘛！”无论事情的源头在哪儿，是非如何，这种时候撒娇是一定要的。

陈默抚了抚苗苑的长发，在她额角上吻一吻。

似乎是急了点，这怒起得有点莫名其妙，人家母女连心二十几年的亲情，真正的骨中骨肉中肉，那份亲昵与信赖他是亲眼见过的，凭什么他一个半路杀出来的人，不过一两年的感情就以为自己应该排到她母亲的前头。可是逻辑上说得通，陈默在感情上却不肯承认。苗苑遇到难题首先想到的不是他，这种感觉让陈默很沮丧。

陈默看着苗苑的眼睛心想，你是我的女人，我的！

苗苑愣愣地睁大眼睛回望，陈默漆黑的眸子看起来有些凶，好像要吃人一样，可是莫名其妙的却不觉得害怕，心头一阵酥软。苗苑蹭了蹭陈默的脖子说：“你干吗这么盯着我？”

陈默笑了笑，别过眼去。

苗苑抱着陈默的脖子撒娇：“来嘛，我们来清点一下陈少校的老婆本儿！”

“你没看过？”陈默更加不爽。

“稍微翻了一下！”苗苑尴尬地笑，那是一种什么样的心态，还真真不足为外人道，知道陈默的钱就放在那里，可就是不想去翻不想去看，这是为了维持一种什么样的姿态苗苑完全形容不来。

之前缺钱办事，她是彻彻底底地忘记了陈默这一笔，压根儿就没把心思往这头动过。

为什么？

苗苑自己问自己，还是形容不来。

似乎总觉得那是自己的事儿，自己的产业，是自己的！

可是对于最后的劳动成果，苗苑自问也并不吝啬与陈默分享啊！

于是，这姑娘深深地，困惑了。

当时陈默急着结婚需要钱，可是所有的积蓄都被韦若祺扣在手里，存单和卡是警局的老何帮陈默从银行挂失回来的，拿过来就放在一个信封里，陈默一直没去动过。

几张存单，一张活期卡。所有的存单加起来一共有50多万，之前刚好过期了一张十万的存单，陈默提现了结婚用，剩下的全在这里。苗苑兴奋地一张一张算着存单说："老公你有好多钱！"

"嗯，我以前的部队津贴比较多。"

苗苑在陈默脸上亲一口："老公你真能干！"她掂着那张小绿卡说："卡里有多少啊？"

陈默摇头说忘记了，他那时心思全不在此也没细问，而且看数目存单凑起来也差不太多了，卡里多半就是个零头。

苗苑兴致勃勃地拿起电话说："我们查查！"

陈默见她这么开心，心情略好了一些，蓦然就看到苗苑变了脸色，嘀咕着按键重复。

"怎么了？"陈默问。

"陈默！你卡里有六十多万！"苗苑震惊不已。

不会吧！这下，连陈默都愣了。

"陈默，你到底应该有多少钱！"苗苑挂好电话万分严肃地端坐。

陈默默然心算，麒麟基地的工资津贴虽然比普通部队要高出一大截，可是十年特种生涯满打满算也就七八十万的收入，虽然他当时几乎零开销，但是回家探亲总是要花掉点，怎么算也不会超过八十万。

苗苑僵着脸问："你会不会把妈的钱也挂回来了？"

陈默困惑了，按他老妈的个性，如果出了这种乌龙，她是绝对不放过的。

"陈默，我们要不要把钱还给她？"苗苑很苦恼，虽然钱是个很好很好的好东西，她是如此钟爱，可是韦太后的钱，她还是宁可不要。拿人的手短，吃人的嘴软，手里拿了她的钱，好像就不能这样明目张胆地鄙视她。

苗苑当机立断地拿起电话塞到陈默手中："去，给你妈打个电话问清楚，是她的就还给她。"

陈默愣了一秒钟，这姑娘刚刚费尽心思从自己老妈手里弄来20万，现在又同样地费尽心思要求他把他老妈的那几十万还回去。这样的进出对比实在不能让陈默觉得赚了，他多少有些郁闷，而更郁闷的是，连他自己都觉得自家老妈的钱，能不拿还是不要拿的好。

陈家人说话一向直接，三言两语直奔的就是主题，韦若祺听完，只淡淡的一句话："不用还了，我帮你做过投资。"

苗苑拿着分机在听，用口型说：那是她赚的！

陈默无奈："不过那也是您自己赚的钱。"

"我自己赚的我拿走了，你提供本金我算你一笔，10%的年增率，省得说我连儿子的便宜都要占。"韦若祺说完才觉得自己很不是滋味，怎么好好的事硬是让他们整得怪里怪气的，别说是实实在在的票子送到你面前，她平时但凡给人提个炒股的消息，对方都是感恩戴德的。

韦若祺思来想去又觉得问题还是出在了陈默那头，她预想中的对话完全不是这样的，她甚至还打算趁机对陈默开始理财教育。可是没想等来等去终于等到了这个电话，儿子开口就是一句还钱，那威武不屈富贵不淫的样子怎么看怎么触目，韦若祺一时怒起，又想不出还有什么话说，断然挂了电话。

陈默拿着电话与苗苑面面相觑，陈默说："既然是妈给的，那就收着吧！"

苗苑默默地点了点头，非常固执地把差不多40万的存单折起来，捧着剩下的钱欢天喜地地说原来我嫁了个大款。陈默看在眼里，倒也没说什么。这姑娘最初时看着软，其实日子过久了才知道也是有脾气的，轻易不发而已，认定了的事，骨子里拧得很。

陈默原本以为这件事这样就算是定下了，可几天后苗苑得意扬扬地向他炫耀起自己的法人身份，而抽屉里的钱却一分没少。陈默发觉有时候他是真的搞不懂女人的心思。

苗店长如今晋升为苗店主，一字之差差之千里，小苗子此刻踌躇满志壮怀激烈，以前她只嫌自己要操心的事儿太多，现在她只嫌自己当时操心的事儿还不够多，所以说有时候工作多干点还是有好处的，吃亏也有福。

不过时近年末，苗苑把她的宏图大志暂且搁下，要拉着陈默回娘家去。

今年是结婚第一年，新媳妇新女婿规矩多事儿也多，苗苑与陈默商量好兵分两路，苗苑在小年夜陪着陈默去婆家吃完饭，连夜赶火车直奔回家，而陈默就留在西安自己爹妈家里过年三十。

年底正是春运的最高峰，火车上什么事儿都会发生，苗苑一趟车晚点又晚点，连火车带汽车一直折腾到三十晚上才到家，差一点就赶不上春节联欢晚会。

苗苑扛着大包小包的进门，把东西交给苗江自己就瘫了，累呀，那叫一个累。

苗江伸长了脖子往她身后张望："噫，陈默呢？"

苗苑愁眉苦脸地看着何月笛："我妈不是说不想见他嘛。"

苗江顿时急了："你这孩子！"

苗苑马上飞扑过去抱住苗江的脖子："陈默一个人在家里很可怜的，都没有人给他做饭吃！"

何月笛咳了一声："你们一大一小的唱双簧唱得可以了，我就不相信了，西安城满大街上都是开石灰店的，陈默那么大个人能把自己饿死！"

苗苑瞄了一瞄老妈，可着劲儿地给老爸使眼色，苗江无奈之下揽着老婆说："哎呀……"

何月笛扫了他们两人一眼："吃饭！"

苗苑唉声叹气地捧起碗，饭后又与陈默亲密电话之，千叮万嘱饭要吃好、衣要穿暖、记得睡觉、不要担心，待到陌上花开，为妻自当缓缓归……那份细致，简直不像是在关照老公倒像是在养儿子。

何月笛上上下下瞟她，苗苑连忙打蛇顺杆儿上，抱着何月笛细数陈默是如何如何的生活白痴，如何如何的不会照顾自己，听得何月笛直想笑，敢情人家跟了你那是走大运了，生活一下子从解放前进入了共产主义。

苗江犯愁地瞅着老婆说怎么办啊，正月里得去乡下拜年啊，陈默可是新女婿，不能不上门的云云。

何月笛终于受不了嘀咕着："我也没说不让他跟着拜年。"

苗苑一愣，顿时大喜过望，连忙通知陈默说太后大赦啦，你速度!!

人类最大的迁徙活动——春运，在年三十晚上戛然进入低谷。陈默连夜去火车站买了票，上车才发现还真挺空的，一个人占三个座位几乎可以横着睡。没了临客的干涉，这辆车顺利地准点到站，当陈默大年初一敲响苗家大门时，何月笛还没有起床。

事后何月笛一直疑心自己又让女儿给卖了，其实陈默一早就过来了是吧，他只是在门口旅店里住了一晚。

-02-

苗苑常说，我们家里人宠女婿，那是出了名的！可是上回结婚匆匆而来匆匆而去，也没什么感觉，但是正月这几天大拜年陈默这次终于深切地感受到了。

陈默家一直人丁单薄，陈正平一脉传到他这一代已经是只有远亲没有近戚，倒是韦若祺还有点兄弟姐妹，可是住得远，一年也不见得会碰一次面，日子久了自然生疏。所以陈默从小对过年都没有太大的感触，就更别说拜年了。

所以大年初一晚上，陈默看着苗家人整理拜年的礼品就彻底地被震惊了，那简直……如山如海，陈默终于明白苗江为什么需要借一辆车。年初二大清早，苗苑乐陶陶地带着陈默下乡去，陈默这是第一年新女婿上门，在苗苑家乡算是个很重要的时刻。苗苑一路念叨着说等下你不要怕，就跟着我叫人，我叫什么你就叫什么，你放心，一切有我在！大家人都很好的，不会难为你，给你红包就拿着。

于是七大姑八大姨，到最后陈默自己都不知道一天走了多少家。人倒是都挺好的，极热情，拉着说长短。苗苑把陈默护在身边，红着脸说你们不要欺负我老公，他很害羞，不太会说话的。大家哄然大笑。赶上了饭点就被留下吃饭，席间有人开白酒，苗苑便拉着姑爹撒娇，替陈默喝了一杯啤酒居然也让他这么混过去了，原本陈默还准备着继续横着回家的。

晚饭是在苗苑的外婆家吃的，苗江与何月笛已经先到了一步。苗苑的外婆外公俱在，都是八十多岁的人了。外婆的腿脚不灵便，耳朵也不好使，所以特别爱絮叨，可是心宽体胖笑眯眯的极为慈祥。是那种会拉着小辈儿的手坐在床边上唠叨半小时，然后偷偷摸摸从床里面拉出一个锈斑斑的小铁盒子从里面掏出糖来喂给你，还坚持说一般人我不给他吃的老人家。

陈默没别的优点，但是胜在耐力惊人，一帮孙子孙女孙媳妇孙女婿都被唠叨得鸟兽散了，只有他还浑不当事，表情特专注听得特认真，苗外婆感动得眼泪汪汪的，吃饭时硬生生拉着陈默贴自己身边坐，连带着苗苑都捞到了个上座。

苗苑冲陈默眨眨眼，心道：想不到你还有这一手。

陈默失笑。

如此一来，有老太君保着心爱的外孙女婿，陈默又一次逃过了被灌酒的命运。

晚上回去是苗江开的车，苗苑偎着陈默坐在后面，颇为体贴地给陈默捏着肩膀说："累了吧！"

陈默摇了摇头说："还好！"

亲戚多是多了一些，胜在不算难缠，没有那种仿佛要喝到不死不休的酒桌文化，这让陈默感觉挺好。苗苑像一只小耗子那样扒拉着数红包，笑得贼兮兮的，何月笛轻轻哼了一声，苗苑连忙异常狗腿地说："妈，我正给您数着呢！"

何月笛回头白她一眼，笑道："合着你还真想全卷走啊！"

苗苑嘀咕着："那外婆……"

"外婆那辈儿的你收着，剩下的给我。"

苗苑抱着她妈的脖子亲一口，说："行，成交了！"

何月笛随手一弹，曲指弹在苗苑脑门上，轻哂："没大没小。"

苗苑嘿嘿笑，又窝回陈默怀里去。

陈默一直很困惑，像这样没大没小的事件在他面前反复地出现，有时候他看着这对母女好像抢钱似的讨价还价；看着苗苑大呼小叫地教育她老爹怎么做饭；看着何月笛在家好像横草不拈，却是一个家的女主人对大事小情都尽在掌握；也看着苗江仿佛不经意地一揽，就能让老婆瞬间平静。

这是一个与他的概念中有偏差的家庭，这一家三口中无论是丈夫、妻子还是女儿的形象都不是那么鲜明，好像那只是三个人，他们彼此腻着，在一起，彼此信任，彼此坦然。他们觉得生气时就发火，感觉不平就反驳，他们也会吵架，可是转眼又和好。他们彼此坦荡，会把最丢人现眼的事情相互说，就像苗苑津津乐道的，一家人哪来的是非对错。

这样的家庭情感让陈默觉得很羡慕，可是他不喜欢看着苗苑与她的家人在一起，那样的亲密感让陈默感觉自己像一个外人。

陈默不自觉地把苗苑揽得更紧。

陈默的年假不太多，年初五就要回去值班，就这也是因为新婚的身份得到的特别照顾。苗苑虽然心有不快，可工作就是工作，她也知道陈默的无奈，只是这么一来拜年的繁忙程度大增。陈默是新女婿，按风俗什么远亲近戚都得一一走到。

苗苑领着陈默每天雄纠纠气昂昂地出门，气若游丝地回屋，自我打气说快搞定了快搞定了，也就第一年这么麻烦，往后只要挑个日子一起吃顿饭就好，不必这么一家家地跑。

最后一家走完，苗苑抱着陈默的脖子在街上喊，说我们成功啦！

那种兴奋的心情陈默无法感同身受，可是那种兴奋的样子让陈默感觉很是可爱，这人间的烟火，世间的冷暖，你说不清缘由。或者就是在这些看似无聊无趣的客套虚礼与走亲访友中，维系着这些他不曾经历过的暖意。曾经，陈默很不喜欢陌生人，可是这些天他见了无数的陌生人，与无数陌生人吃饭却也不觉得多么别扭，或者这就是所谓的亲情。

陈默与苗苑新婚之后的第一个春节就这样匆匆走向尾声，临走时苗江塞给他们无数年货特产，什么咸鸡咸鸭竹笋笋干应有尽有，好在陈默是壮劳力，力量非等闲凡人可比，顽强地没让苗爹给压趴下。

回程急，坐的是飞机，陈默当天晚上就要去值班，急匆匆把苗苑送回家也来不及帮着收拾一下就往部队赶。

苗苑独自一人坐在客厅里清点她爹给的特产，夕阳落幕时有一种特别的清冷。刚刚从最火暴的走亲访友中跳出来，陡然面对这样的环境让苗苑很不能适应。她兀自琢磨了一会儿，收拾出一只咸鸡一只咸鹅外加一大包笋干，整整齐齐地找了个漂亮的纸袋装好。

还在正月，都没出假期，既然回来了似乎也很应该去公公家看看，顺便捎点家乡特产，也算是来自苗家的礼物。苗苑自己这么盘算着，扛着东西兴致勃勃地出门去。

天冷，正月里出租车的生意好得不得了，苗苑走了一路也没打到车，一张小脸让北风吹得发紫。

按下门铃她才意识到自己在做什么，这是第一次，她身边没有陈默，苗苑蓦然间觉得心里有些没底。

大过年的吴姐回了老家，是韦若祺亲自开的门，刚开门时看着她倒也不见惊讶，可是锐利的视线往苗苑身后一扫，顿时就变了颜色。

“陈默呢？”韦若祺说。

“他去值班了，他今天要值班。”苗苑见韦若祺拦在门口不动，一时错愕不知道是进是退，迟疑了三秒钟，她连忙把手里的礼物举起来，笑道：“我们今天刚回来，给你们带了点年货。”

“刚回来，挺好啊，你让陈默把假都休在你们家了，合着我们这边就不用上门了是吧?”韦若祺说话一贯的冷冰冰夹枪带棒，就着苗苑手里看了看:“什么东西?”

苗苑蹲在玄关处把东西掏出来给她看:“有鸡，还有鹅，鹅是自己腌的，我爸说带给你们尝尝，还有笋……”

“什么啊?”韦若祺抬脚拨了拨，“这东西谁吃啊?还真是什么都往我家里拎。”

苗苑垂着头，眼前霎时一片模糊，她用力眨了眨眼睛，深吸了一口气:“那什么，我就过来送一下，我还有事，我先走了。”说完，话音儿还没落下，苗苑已经转身退出了门，她听到韦若祺在叫她，可是她反手关上防盗门，头也不回地下了楼。

苗苑一直撑到走出小区才让眼泪流下来，可是她觉得很奇怪。

那种心里犯堵，莫名其妙的悲伤、委屈与失望的感觉陌生而熟悉，恍然间让她有一种冲动，想要告诉所有人她的遭遇，想要得到所有人的肯定与同情，虽然她知道那是最无聊的期待。

正月里的西安四处车水马龙，苗苑独自一人走在街头最喧闹的地方，眼角湿润。

真奇怪，苗苑心想，我本来以为我已经不会为了这种事而难过了。

苗苑回家挑了一只最肥的咸鸡大刀阔斧地一剁两半，用淘米水洗了又洗，加了黄酒和姜片扔到锅里煮。

这些鸡是苗江亲自去乡下买来的，都是吃虫子长大的草鸡，新鲜肥嫩，肉质细腻，堪堪长到四斤左右的时候宰杀了用粗盐腌，腌透风干，每一只都是均匀的两斤多。煮了不多时，就有那种咸鲜的味道从厨房里飘出来，那熟悉的香味模糊了数千公里让苗苑恍惚间以为自己还在家。

苗苑坐在客厅里愣了很久，最后她擦了擦眼泪，把煮好的咸鸡剁成均匀的小块用一个保鲜盒装起来，出发去找陈默。

是的，苗苑心想，我已经结婚啦!

我的家不再是千里之外的江南，也不是这里那里的某一所房子，我的丈夫一丈之内的地方那才是家。

陈默听到哨位上说嫂子来见，心里莫名地一紧，他有古怪的直觉，从苗苑兴冲冲地向他报告要给家里送年货起他就觉得不对头，而现在他很后悔，其实不应该让苗苑单独去的。

苗苑提着一只小包袱站在哨岗门口等待，月色很淡，星光也淡，淡淡的天光下那双熟悉的眼睛温柔地看向他，嘴角扬起，笑容甜美，陈默慢慢放下了心。

“你怎么来了？”陈默问。

“想你了！”苗苑笑得很甜，“能进去吗？”

“还在吃饭！”

苗苑连忙把手里的小包袱扬一扬：“刚好啊，我给你们加个菜！”

陈默笑得有些软，拉着苗苑的手带她进门。

新年伊始，队长夫人莅临那是大事，嫂子莅临时还带着菜，那更是大事儿，小伙子们极为兴奋。苗苑那一盒鸡肉转眼间转遍了整个食堂，当然大部分人没分到。

苗苑没料到会是这么个情况，顿时大窘，她结结巴巴地解释说：“明……明天，我让陈默再多带点儿过来。”

真可惜啊！

她开始懊悔起送给韦若祺一鸡一鹅外加一大包笋干，虽说鸡和鹅切出来也就够他们塞个牙缝的，可是那么多笋干泡发了，还是能让大家吃一顿的吧。

也不知是谁领的头，小伙子们齐声高呼：谢谢嫂子！

那山呼海啸似的一声“嫂子”瞬间填满了苗苑空荡荡的心，她自觉受之有愧，脸上烧得发烫。

饭后，陈默领着苗苑参观驻地，他指着远处人间咖啡厅的窗户说我以前就在这里看你。苗苑在一瞬间有不可置信的幸福感，她站在那里看了又看，只看到最模糊最淡的一点光斑。

“你……你能看到我？”苗苑的声音微微发抖。

“是的，我能认出来。”

苗苑紧紧地抓住了陈默的手，眼睛里湿乎乎的。

今天的苗苑有些过分的沉寂，陈默能感觉出来，他一向都有超人的敏感，只是过去的很多时候，他对绝大多数的人都没有深究的欲望。他们高兴也好不高兴也罢，陈默对此没有好奇心，那些正常的人的烦恼他常常无法感同身受。

可是这一次，陈默觉得他想要问清楚。

天色已黑，陈默拉着苗苑送她去车站坐车，平时像小鸟那样总是兴致勃勃得直扑腾的小姑娘今天安安静静地走在他身边。

陈默说：“你有心事。”

“嗯！”苗苑很老气横秋地点头说，“不过我会自己解决的。”

陈默停了下来，苗苑堪堪转过头，眼前一黑，已经被陈默包了起来。

07 式武警制服的冬季大衣质地密实，苗苑整个人都被陈默严严实实地封在怀里，温暖而厚实的手掌贴合着她脸颊扬起的弧度，如此恰到好处，一分不多一度不少，仿佛彼此相嵌的吻，炽热而缠绵，连这样的冬夜无孔不入的寒气都被陈默的气息驱逐得一干二净。

苗苑一时缺氧，被放开时仍然带着一丝摸不着头脑的昏眩，然而熟悉的声音沉甸甸地压下来：“我不要你自己解决，我要你告诉我。”

苗苑愣了一会儿，慢慢转过身抱住陈默的腰，她的声音很轻，三言两语就说完了整件事。

陈默一径地沉默着。

苗苑不无懊恼地扯住陈默的衣角，探出头来看着他：“其实我也不知道为什么我今天这么难受，其实你妈一直都这样我都知道的，可是我也不知道为什么，我就是难受了。”

陈默温柔地拨了拨她的刘海，轻声问：“那你打算怎么办？”

苗苑的眼神有些黯然：“我觉得，我以后很难会喜欢你妈妈了。当然，那是你妈，你想干什么我都不拦你，可是我觉得我很难会……喜欢她了。”

“嗯……”陈默微微点头。

“不过你放心啦！”苗苑急忙分辩，“我不会跟她吵架的，我不会为难你的……”

陈默慢慢地眨着眼睛，他的神色在夜色中模糊不清，只有一线猫爪似的冷月映在瞳孔里，苗苑有些心慌，陈默按住她的小脑袋扣进怀里。

“没关系，我知道了。”陈默说。

苗苑稍稍放松了些，闷声道：“其实你爸挺好的，我喜欢他。”

“我知道。”

“陈默你不生气吧！”

“不会，以后你想干什么都告诉我，我都不会生气。”

苗苑抬起一只眼睛偷偷看他，笑了：“真的啊?！”

陈默想了想，却问：“你明天真打算请全队人吃饭吗？”

苗苑顿时懊恼：“你们队里有多少人?！”

“好几百。”陈默握起苗苑的手放进大衣口袋里，向着车站的亮光走。

“这个……”苗苑急了，“怎么会这么多……”

陈默笑了：“你以为呢？”

“我可以请他们吃别的不?”

“军中无戏言的。”

苗苑欲哭无泪。

站台上空荡荡的，昏黄的灯光像是一团迷蒙的雾，苗苑还在纠结着明天请吃饭的大问题，公交车晃晃悠悠地从远处开过来。

陈默把苗苑推上车，笑道：“明天把鸡都煮了吧！”

苗苑垮下脸：“不会吧?！”

陈默笑着挥手，公交车晃晃悠悠地又开回夜色里。

天很冷，一个人的黑夜，让陈默都感觉到一丝淡漠的凉。

那是一个从小富足的女孩，不是金钱，是感情。她自小就拥有很多爱很多关怀，所以她从不吝啬于付出也不执著于得到，因为她不缺。

陈默想这很好，这又不太好。

他在想是否会有那样的女孩，她自得其乐，有满腔的柔情却只为他，即使被无心忽略也不觉得委屈难过。

陈默笑了笑，知道那是无知的妄想。

他养了一朵玫瑰，夏天时最娇艳欲滴的那一朵，那么香，那么脆弱，因为没有被伤害过，因为她是那么的富足，还可以肆无忌惮地信任与给予。她从不固执于是也从无坚韧，她不太在乎钱财与名望，也就常常忘记人们的身份。她不会因为韦若祺是他的母亲就更迁就一些，也不会因为那些士兵，那些士兵只是他手下几百名士兵中的一个就觉得能够理所当然地忽略。

她有那么多的缺点，与她的优点一样的多。

然而陈默觉得这很好。

他喜欢这样不完美的人，他喜欢一眼就能看到底的人，他喜欢能把一切都告诉自己的妻子，喜欢需要自己的女人，他不迷恋神秘感，不喜欢那种不可捉摸不可控制的伴侣。

甚至，他不知道是否所有的男人都会如他这么想，他甚至不希望苗苑心里住下太多人。所以苗苑不喜欢他母亲就不喜欢吧，只要她们能相安无事就好。

反正他娶一个老婆回家，也不是为了帮自己孝敬爹妈用的。

第二天苗苑给陈默送去了剩下的全部三只鸡两只鹅，虽然全队官兵每人一块肉是不现实了一点，但是食堂的兄弟们研究了半天，切小块混大锅炖了汤，也算是让大家都尝了点味。

又过了几天，陈默终于值完所有的夜班，带上苗苑回了一次家。

苗苑张望了阳台与所有的窗口，没找到自家那一鸡一鹅，估摸着大概是被扔掉了，心里十分惋惜。陈默家的饭桌气氛一向沉寂，食不言寝不语，苗苑虽然一开始不太习惯，可是后来想想炒气氛也不是她的分内事，也就释然了。只是韦若祺还在气头上，脸色比往常来得更差。

苗苑发现心态真是很玄妙的东西，当你决定不再为某人伤心委屈不再对她抱有希望的时候，她的喜怒也就不再能对你造成任何伤害。这是苗苑生平第一次被迫与一个自己不喜欢的人亲近，这也是她第一次朦胧地明白了一些道理，归根到底，能伤到自己的人，也只有你自己。

苗苑一向觉得自己软弱，喜欢看人脸色，也乐于讨好人，总希望自己身边要一团和气其乐融融的才过得下去。可是真正事到临头，却又发现也没什么大不了，之前挺不住，大概也只是因为之前都还能避开。苗苑有些庆幸，因为无论是钱财、权势甚至一个笑脸，她都不需要从韦若祺手里讨什么。

只要陈默还是她的，她也就不介意偶尔安静这几个小时跟这个女人吃顿饭，陪陈默完成一点心意；如果陈默不再是她的，那么什么关系都没有了，更没什么好操心的。

苗苑一直不相信自己也会有狠心的时候，现在才发现其实人人都有冷漠的本事，只是缺点理由。

韦若祺不是会生闷气的人，她心里有火总是要发出来，所以吃完饭之后就开始数落陈默与苗苑这年过得有多失厚道，新婚第一年，年节里重要日子都在娘家过了，商量都不商量一声，这算什么道理。

苗苑有些诧异："我二十九就跟你们说过我要回家啊，然后陈默走的时候没跟您说过吗？"

"陈默那叫商量吗？"韦若祺怒了，"临上火车打个电话说要走了，我有反对的余地吗？"

苗苑眨了一下眼睛："那您为什么要反对呢！"

韦若祺愣了，发现今天的苗苑话有点多，居然开始顶嘴了，不由得口气就重了："年夜饭你就让我儿子一个人回来，这事我也就算了。但是要我说，你着什么急赶什么火车啊，我儿子没钱给你吗？大过年的你不会买张机票飞回去……就为省那百来块钱，小眉小眼的。但是陈默总共就五天假，全耗在你家了，我这里一天没来，你还觉得有理了是吧？"

苗苑想了想，没说话，陈默一手按住苗苑，视线一转，落到陈正平身上，陈正平叹了口气，拉住老婆说："算了，我们住得近，随时想见就能见。那边一年就回这一次，路又远，你就算把年假都给他们又怎么了？"

"这话怎么说的，过年能跟平时比吗？一年能过几个年呢？结果把我们全撂下了，像话吗？什么平时不平时的，平时我不在乎，我要的是过年……"

“妈，你是认真的吗？”陈默忽然说。

陈正平连忙瞪了陈默一眼，按住老婆不让她再说下去，韦若祺原本就是话赶话，说出口了自己也知道失言，却更加地恼怒。

“你说你们……”陈正平左右看看，声音又沉又无奈，“若祺你那个脾气是要收一收，人家闺女也是独生的，就这么一个，平时见不着，过年还捞不上，换你，你能乐意吗？”

苗苑鼻子一酸，眼眶红了红。

“不过呢，你们小两口也欠考虑，早点回来又怎么了，你看现在拖得年假都过了才两手空空地上门，我们是做家长的，不和小辈儿计较，但是做人行事，真的不能这样。”陈正平各打五十大板。

苗苑张口欲言，陈默手指一收，整个地握住了她的手背，苗苑忽然心软，心里软得一塌糊涂。她转头看了看陈默，心想算了真的，说出来又得吵，吵输吵赢陈默都得闹心，反正陈正平算是个她能认可的公公，被他说几句她也不介意。

于是，她笑了笑说道：“我们老家那边就时兴送土特产，咸鸡咸鹅什么的，妈也不喜欢。不过我跟我爸说了，等新茶上季给我寄两斤，我们那儿的茶特有名，我家有亲戚种这个，保证是没有化肥农药的。您就当换个口味尝尝鲜。”

陈正平徐徐笑了，乐呵呵地说好。

虽是一场风波，但好在两边都给面子，这让陈正平有了一种大家长的满足感，至少表面看来一家人也算和乐，他是在官场混久了的，不会妄想扒开面子把里子都漂漂白。

就这，就不错了。

晚上回去的路上，陈默拉着苗苑的手，轻声说对不起。苗苑转身看向他，手掌贴到陈默脸颊上，笑着说没事，我不会让人欺负你的，你是我的呀，我自己都舍不得欺负，怎么能给别人欺负。

陈默愣了一会儿，说走吧，我们回家。

-03-

开过年，苗小老板的蛋糕店正式启动，虽然在表面上看起来这家店没有任何改变，可是骨子里挑大梁的那位已经换了主。原先苗苑觉得这世上最清闲的工作就是当老板，嘛事儿不干，只管坐着收钱，闲来还可以白扯个她好你不好。

可是真到她接了手才知道内有乾坤在，就这么一街边小店，麻雀虽小五脏却全，工商税务食品卫生监察一家家都得跑过来，小苗老板累瘫在椅子上呻吟，在中国这块神奇的土地上，要干点事儿那还真不易。好在苗同学生了一张亲和的脸，再者毕竟小本经营，真有个什么魑魅魍魉的囧事儿，人家也不屑捎带你。

苗苑凭着一盒手工精制的小西点与税务局做业务的小姑娘聊得火热，无意中晒起各家的男人，小姑娘一拍桌子说，哎呀，你这是军嫂啊，按规定军嫂是有优惠的呀!

苗苑一听就乐了，对呀!

你说家里生了一根木头，长久了也就默认他只是个木头，完全没想到还有剩余价值可供开发。

苗苑当场拨了一个电话给陈默，无奈这种军民一家亲的热乎事陈默自己也说不出个一二三，当场又把电话转给了成辉。成指导员业务过硬，大大方方地一手揽下，帮苗苑把事情办得顺顺当当的。事后苗苑包了一大堆好吃的让陈默转交成辉，成指导员心怀大慰，心想老子帮你陈默清扫了那么多次的战场，这还是第一次见着回礼了。

到底是有老婆的人了，学会做人了。

感动啊！

苗苑就这么磕磕碰碰地摸索着自己的店，虽然陈默这小子靠不上，可是遇事则扯着沫沫与苏会贤讨教也多半能解决，这姑娘没有太大的优点，不过胜在不拿自己太当回事儿，万事信人劝。所以即便辛苦，倒也没出过什么真正的岔子。更何况她盘店的钱全是自己的嫁妆，一笔付清还有节余，没什么财务上的压力，赚到全算是自己的，这么一来，苗苑顿时发现自己月收入颇高，俨然城市白领。

只是苗苑如此忙碌，一日胜过一日的忙碌，虽然陈默隔日回家仍有热菜热饭甜蜜微笑，可是陈默同志仍然觉得有些不安了。这个女人太忙了，而且忙得好像完全不需要自己的帮助，晚上听着她唠叨各种生意经离奇琐事，这位姐姐那位姑娘剽悍的行事灵活的手腕……陈默自觉有微茫的失落。

好像午夜梦回时蓦然惊醒，心头一片清明。

陈默发觉自己的存在于苗苑而言实在没有太大意义，除了那一纸似乎会受到法律保护的婚书与苗苑从不吝于给付的感情之外，像他这样的一个男人对于苗苑来说，又能有什么作用呢?

这个女孩子有没有他都是那样的快乐，她自得其乐，有很多朋友，并且从来不寂寞。她还在变得越来越能干，要独立搞定更多的困难。陈默想假如真有那么一天，苗苑能把所有的难题都解决，甚至不再抱怨别扭闹情绪……那么，自己在这个家里存在的价值难道就只是坐下吃完她做的所有的菜?

陈默很不爽，因为在这个领域，侯爷比他更有发挥的优势。

新官上任嘛总是三把火，再苦再累也是火热的，如今苗小老板工作热情高涨，回家都带着账本儿，拨拉着小算盘算这个算那个，美滋滋地赚着钱，苦哈哈地抱怨开支。

由于去年下半年全国的房价都在飙涨，房东先生故作关切地来找苗苑谈心，言下之意就要涨房租，苗苑很是恼火。明知道装修那么大的本钱下去了，一时半会儿又不可能说搬就搬的，你还涨价，你这不是摆明了欺负人吗?

苗苑气呼呼地扯着陈默分析："你看哈，现在房价上涨了，大家手上的余钱少了，大家手上余钱少了，买蛋糕买零食啥乱七八糟的开销就都少了，所以生意不好做了，所以收入低了。我们的收入都低了，他门面房怎么能涨房租呢？他应该降价才对！！”

陈默摸摸苗苑的头发说：“但是房价涨了。”

苗苑一拳捶在掌心：“所以房租就应该降下去。”

陈默说：“不会的。”

“凭什么？”苗苑的眼睛瞪圆了。

陈默看着气呼呼的小妻子忽然觉得很好玩儿，难得她开始关心国计民生的大事，并且如此投入地把自己气得不轻。陈默不算好为人师的家伙，但是男人嘛，都需要在自己老婆面前寻找存在感。

于是，陈默难得的，甚至有些小小显摆地向苗苑细细道来：“因为中国的土地是国家的，税费改革后地方政府的经费不足，需要土地出让金来补充开支，所以只要中国现有的行政经费使用的制度不发生根本性的改变，各级地方政府都不会让房价降下去，进而影响卖地的收入。”

苗苑眨巴眨巴眼睛，其实她没太听懂，她苦恼地皱着脸小声说：“但是我记得我前几天看新闻，说中央又出台什么什么条例要调控了。”

“是的。”陈默说，“但是中央的调控目标是抑制房价过快上涨。”他把重音放在“上涨”两个字上。

苗苑泪流满面……太过分了。

得知如此噩耗，苗苑连续好几天都闷闷不乐，她开始有一种生活得很漂泊的错觉，她心爱的小店在别人手上，那个别人说涨房租你就得涨房租，说你搬出去你就得搬出去。当然那个别人也别得意，他的心爱的小屋也在别人的手上，某个八竿子打不着的人说拆了吧，他就得拆了……

苗苑被这种奇怪的心理障碍折磨得很是不爽，总觉得自己两脚离地，生活很是不牢靠，眼前的一切美好都如镜花水月，随时随地的一场空。

简而言之，这就是一种强烈的，不安全感。

于是，就在她心情郁闷目光黯淡了几天之后的一个下午，陈默忽然打电话报了个地址让她过去，苗苑顿时一头雾水，现在是工作日工作时间，在这种时刻陈默从来都没主动找过她，怎么今天太阳从西边出来了不成??

苗苑匆匆向王朝阳交代了一声，换好衣服随手招了一辆出租车直奔过去，她实在是好奇，她家的木头死狗男人要给她玩什么小花样，苗苑左思右想，今天也不是个纪念日啊!

出租车开到了地方才知道原来是房产交易所，陈默站在门口等她，苗苑疑疑惑惑的:“怎么啦，这是?”

“跟我走。”陈默把手伸给她。

苗苑一头雾水地跟着陈默往里去，说真的，有时候这丫头的反应就是慢半拍，迎面看到房东先生都还在想，怎么这么巧。陈默推给她一张纸说:“签名吧!”

苗苑端端正正地签上自己的大名，然后问:“干吗呢? 这是?”

负责交易的工作人员一下就乐了:“你不知道啊?”

苗苑茫然地摇头，拿着文件开始从头看，没多久，“啊”的一声就蹦了起来:“你你……你把房子买啦!”

“是啊，怎么你还不知道啊?”房东先生签完名也乐，“这是你老公吧?”

“你你……你这就买啦? 买房子这么大的事儿你怎么不和我商量一下呢!”苗苑登时就傻了，脑子里乱七八糟的，几千几百个声音都在嚷嚷，吵得她找不到地方。

陈默被她这一问倒也问住了，神色间有些僵硬，旁边一个阿姨实在看不下去了，把刚做好的文件指给苗苑看，苗苑一低头，端端正正孤零零的一个“苗苑”写在“房主”二字的后面。

即便是这丫头的反应总是慢半拍，但是这张文件到底意味着什么她还是知道的，于是她彻底地就蒙了。就跟那次结婚登记一个样，苗苑觉得剩下的时间就比较梦幻了，她像一个娃娃那样被陈默牵着走，一路走到门外的车里，苗苑乖乖地坐在副驾驶座上。

沉默着……

陈默有些忐忑，他觉得自己是真的不了解女人，虽然同样是自作主张，结婚那次他确信是他的错，可是这一回，他怎么都以为这应该是一件好事。

可为什么明明是一件好事，苗苑却没有表现出应该的喜悦呢？

陈默有些沮丧，这事其实挺简单的，他有心要把苗苑的店面给买下来，就向成辉提了一下，成辉让他去找老何，老何同志在西安当了十几年的警察三教九流都熟得很。于是陈默一个电话找到了老何，老何头就替陈默找了一家靠谱的中介。

这中介与老何是旧相识，三人一起吃了顿饭。陈默那种条平板直的形象个性与行事风格对男人可能有点膈应，面对女性那是杀伤力无限。尤其是当中介阿姨听说陈默这门脸儿是买来给老婆的，老婆的生意做在那里面，房东卡着要涨价，老婆心情不好了，他心疼了。他陈默的老婆就不能在外面看别的男人脸色，所以他决定动用婚前积蓄把房子买下来。

当然，陈默的原话断然没这么煽情，可是挡不住人自己会脑补。

中介阿姨这么一脑补就彻底地对此事上了心，这位阿姨人到中年，房产中介干了十几年什么人没见过，就对两类人特别的没有抵抗力，一种是孝顺儿女赚钱给爹妈买房子，一种就是陈默这号的宠夫给老婆买房子，当然关键词得是老婆，那什么小蜜啊二奶啊什么的，阿姨的大刀片子就得狠狠地宰。

于是中介阿姨当场拍板说这事儿你要信得过我，就搁大姐这儿了，大姐一定给你办得漂漂亮亮的。

要说这位阿姨十几年就是没白混，那是真的会办事儿，原本房东先生是不肯卖的，可是经不住阿姨三忽悠两忽悠，拿着租售比这个大棒狂说事儿。

阿姨说您想您这房子要卖得卖多少钱，要租那才能租多点钱？你觉得这个有意义不？

一年期定额商业贷款利息5.94%，结果您这房子成天看着顾着还得担心租不出去，一年下来还没银行的利息高，您折腾个什么劲儿啊？您还不如把房子卖了收回现金，再多盘几个楼，这年头囤房子看中的是涨价啊，吃租金那得吃死。

再者，您别看人小姑娘生意好就想能跟着涨点儿，那是她自己会做生意，她现在名声打出来了，牌子也亮了，她不在你这儿做，换个地儿一样干。而且人家那男人正满城地找房子呢，要给自己女人置办，你不卖，成啊，人家换个新地方重新装修，人小两口谈的是百年大计，不差这点装修费。

就这样，没几天中介阿姨的电话就到了，事办成了，准备好钱过来签字吧。

陈默有不少现金，不足的部分银行存单可以办抵押贷款，所以一次性结清，连按揭都不必，手续简单。只是人到钱到了陈默才知道这个名非得由苗苑来签，只好一个电话把苗苑招了过来。

陈默正犹豫着是不是应该解释一下，以说明这个事他真没有太操心，也不是故意要隐瞒，只是找的人太得力，一转眼就水到渠成。苗苑悠悠地叹了一口气："你这人怎么就这么傻呢？"

陈默扬起了眉毛，不明白。

苗苑特紧张特恨铁不成钢地瞧着陈默："你说你啊，我跟你结婚才多久啊，也就是我了，你说你要是换一个人，万一她卷上钱跟你离婚了，你上哪儿哭去啊！"

陈默笑了："换一个人，她不是我老婆。"

"话不是这么说！"苗苑皱着眉头，"那你现在是娶到我了，你万一娶别人了呢……"

"我不娶别人。"陈默侧身在苗苑脸颊上吻了吻。

苗苑红着脸躲："陈默你现在越来越坏了，我在和你说事儿呢，你不要这样转移我的注意力。"

陈默微微笑着发动汽车。

一个男人一个老婆与一间房。

在陈默看来，一个男人总得为自己的判断负责，一个女人被娶回家当成老婆，如果在老婆心里，一个男人的下半辈子还不值一间房……

那么，人是他选的，他认。

苗苑觉得自己长大了，长大了的标志应该是什么样呢？

她深沉了！

苗苑觉得如果再早一年，也不用一年，就早几个月吧，她就该欢呼雀跃不知道蹦得成什么样了，她会不会抱着陈默亲了又亲，会不会马上招呼着去买好吃的要庆祝，会不会告诉所有人，你看……这是我老公！！

可是现在，她却觉得心里沉甸甸的，甚至还抽空托人问了问这个价钱买这个房是不是贵了，听到人家说价格还算公道，心里大大地松了一口气。苗苑伤感地检讨自己，以前看明星八卦杂志，看到那些女人们过生日啊，老公动不动豪宅名车相送，心里羡慕得不得了，可是为什么现在搁自己身上就完全不是那回事儿了呢？她曾经的那些个风花雪月的感动哪里去了？

晚上睡觉时苗苑抱着陈默从头看到脚，心想，没得救了，怎么就能这么傻呢，怎么就能这么笨呢？这么傻这么笨要遇上个坏女人还不被人欺负死啊！

她又从脚看到头，心想，不能够啊，他现在有我了，不能让他有机会去遇到坏女人。

嗯！苗苑用力地点了头，这么笨的男人，就由我来好好圈养吧。

"陈默！"苗苑戳了戳陈默，"其实我还是很高兴的！"

陈默说："那就好。"

"但是你以后真的不能这么傻乎乎知道不？我知道你这人不在乎钱，可是你也不能这么不当回事，而且咱们都结婚了，这么大的事你得跟我商量啊……"

"我没有不当回事，"陈默说，"我不会把别人娶回家当老婆。"

这句话陈默今天说了两次，第一次苗苑没听清，第二次她听清了，所以她哭了。

苗苑坐在自己的床上抱着自己的男人哭得稀里哗啦的，眼睛鼻子都肿得红彤彤，像一只小兔子，她抹着眼泪说："陈默你真好！"

陈默把她抱进怀里："我真好就不用哭了吧。"

那天晚上，苗苑睡得特别有安全感，不是因为她的小店终于是她的了，不会让人要涨房租就涨房租，说不给租就不给租了，而是……因为她有陈默了。

午夜最静谧的时分，一场雪悄然而至，纷纷扬扬地落下。

这是新年里的第一场雪，碎琼乱玉压住了古城青灰色的沉重，苗苑早上起床时陈默已经走了，气温又降了，玻璃窗上一片雾茫茫。

苗苑看着窗外朦胧的雪景，伸出手指在玻璃窗上画出一个心，她想了想，在心里写上“陈默”。

这个男人就算笨点呆点木点，工作太忙没有时间，不懂浪漫不会哄人，婆婆太凶长辈不亲切……那又怎么样，至少，他从不曾让她在生活中失去安全感。

苗苑穿好衣服干劲十足地出门开工，新的一天，她觉得很踏实。

-04-

郑楷老大身为一东北汉子自然言出必行，年后没太久就订了机票携娇妻直飞西安，苗苑对这位大哥很好奇，因为她在八卦时无意中问了一句嫂子漂亮否，陈默很郑重其事地点了一下头，说：很漂亮！

哇呀呀，陈默说嫂子很漂亮！！

苗苑简直觉得那三个字都得加重音，所以虽然苗小老板最近事务繁忙，可接机那天苗苑还是强烈要求地跟着一起去了。

飞机没晚点，苗苑伸长了脖子往出客口看，混沌的人群中忽然闪出一名红装女子，长靴过膝，高挑有致，美得几乎逼人的感觉，容华艳艳将欲然。

苗苑小心翼翼地指着她问陈默：“这……这个？”

陈默点了点头，还在找郑楷。

苗苑激动地扯着陈默的袖子摇晃：“这叫很漂亮？啊，这怎么能叫很漂亮呢！这叫非常漂亮啊！！！”

陈默登时囧了，不知道苗苑扯着别的女人发花痴，他是不是应该要妒忌。

郑楷夫人穆纱有些迟疑地走到陈默面前："陈默？"

陈默很严肃地点了点头。

"哎呀呀！"穆纱大笑，"不穿军装都认不出来了，长帅了嘛！有老婆打理了啊，就是不一样了，哈哈！"

穆纱有八分之一的俄罗斯血统，骨架修长，再加上一双十厘米高跟长靴，从苗苑那个角度看过去，她简直就和陈默一样高，苗苑生怕美人儿两眼平视就从自己头顶上掠过去了，于是很努力地举起手吸引注意力说："嫂子，我在这里！"

"我知道你在这里！"穆纱捂起嘴笑，"我保证我看到你了，哈哈，陈默你老婆真可爱。"

"大哥呢？"陈默面无表情。

"他呀，在后面帮人干苦力呢！跟着他出来就是这样，好像是上辈子干搬运的，没事儿，咱们在这儿等他。"穆纱笑嘻嘻地扶住苗苑的肩膀上下打量："呀，我真没想到，陈默的老婆会是你这样的。"

一般来说正常人的美貌都是有限度的，大街上被人叫一声"美女"，总是不能和电视机红地毯上的人物相提并论，但是穆纱属于超限的那一类。

苗苑心想这简直就是明星啊！

明星都没她这么漂亮，好漂亮……苗苑兀自花痴着，眼见漂亮嫂子的脸离她越来越近，苗苑晕乎乎地问："啊？"

穆纱忍不住又笑了。

苗苑觉得她这辈子都没见过像穆纱这么适合大笑的女子，红唇轻启，露出标准的八颗牙，眼角边的纹路微微往上挑，她明明已经不年轻了，可是别有风情。这个女人好看得不像真人，超出一般水准，以至于苗苑无法把她当同类。

苗苑忍不住又扯起了陈默的袖子……她真的好漂亮。

陈默满头黑线。

郑楷几乎是最后一个出来的，硕大的旅行箱被他轻松提在手上，臂弯里搭着穆纱的黑色长款羽绒衣，陈默的眼睛一亮，冲过去帮他提行李。

穆纱笑着挽起苗苑说："来吧，我们两个凑一堆吧，他们男人就是这样的，有了兄弟就不要老婆了。"

"谁说的？"郑楷无奈地追过来给穆纱披衣服，"穿上，外面也是零下。"

那款柔情，那般蜜意，苗苑看着羡慕不已，只是郑老大比起自家老婆和陈默，身高越发的马大，苗苑仰头看，也只看到老郑一只方正的下巴。

苗同学陡然有了一种进入大人国的自卑感，幸而大人国的女皇陛下披好衣服又亲亲热热地挽起她，如此艳遇，让苗苑的心情又好了起来。

真漂亮啊！简直像外国人！

苗苑转头看，心里啧啧称赞。

坐上车，穆纱偷偷指着老郑问苗苑："我老公帅不帅？"

"还不错！"苗苑评得很中肯。

穆纱偷笑，眼波流动上上下下地打量苗苑，却还是惊讶："真想不到你是这样的。"

"你觉得我应该是什么样的？"苗苑很好奇。

穆纱歪着头想了半天："不好说，不过我以前看到陈默啊，我还以为他这种人就不会结婚了呢！"

"为什么啊？"苗苑大惊，陈默这么好的男人不结婚多可惜啊！

"怪啊，多怪啊，那年他受伤刚好在我老家那里，老郑就叫我过去照顾他们，两个人，都是重伤，陆臻和他。我就给他们炖飞龙汤喝，飞龙啊……多不容易找啊！他老人家喝完就说了两字儿：谢谢！我问他好不好喝，他说还行，哎哟，把我给气的啊！"穆纱咬牙切齿的，"我当时就想，这么不识好歹，将来有人会嫁给你才怪！"

陈默无奈讨饶说："嫂子。"

自家男人怠慢了美人，苗苑倒有点不好意思，尴尬地为陈默辩解说："其实啊，陈默说还行，就是很高的评价了！"

穆纱一愣，又笑，伸手绕到前座去推郑楷："挺配的啊！"

“那是！”郑楷大笑，“当然配，那就是天打雷劈的绝配！”

陈默又是一头黑线。

西安城的食宿都不算贵，郑楷与穆纱来时已经订好了住处，穆纱戴着深咖啡色的线帽，长发披肩，挽着高大威猛的郑楷走在街头引起回头无数。苗苑跟着他们身后走，被余光波及得都有点不好意思，她悄悄地与陈默耳语，这长得太漂亮也挺累人的啊！

陈默失笑，伸手揉一揉她头顶的发。

兵马俑，大雁塔，回民街……

到西安总是那么几个地方，苗苑与陈默陪着玩了一天，剩下的就由郑楷他们夫妻俩自己走。穆纱抱着苗苑笑道补过蜜月啦，她给苗苑看钱包里的大头儿子照，货真价实水嫩小正太一名，看得苗苑口水滴答。

相处不必日久，苗苑已经发现郑老大虽然长得粗，其实心思极细，开门拎包一路照顾周到，惹得她艳慕不已。晚上陈氏夫妻夜话，苗苑恨恨然提点之：“你瞧瞧人家那老公做的！”

陈默有些失落：“我做得很不好吗？”

苗苑大惊：“哎呀呀，你这是在对我撒娇吗？”

陈默错愕。

苗苑连忙腻上去，循循诱之：“来嘛，再说一次，声音再轻一点，要有点赖。”

陈默看到黑暗中苗苑一双又圆又大的杏仁眼闪闪发光，他鬼使神差的居然当真又重复一遍，苗苑捧心倒地，她说：“我觉得我的骨头都要酥掉了。”

陈默忍不住笑，原本刀剑一般犀利的眉目此刻柔和得看不到一丝锐气。

苗苑爬到陈默胸口，一本正经地看着他：“嗯，陈默同志，虽然呢，我觉得你在做老公的方面，干得比人家差了点，但是考虑到我本人在当老婆的方面，长得比人家差了也不是一点，所以基本上，咱俩破锅配烂盖儿就这么过吧，也挺好的！”

说到最后苗苑终于绷不住，窝到陈默怀里笑成一团。

陈默戳一戳她，小声说："破锅？"

"哎，"苗苑脆生生应道，"干吗呢？"

陈默坐起身开了台灯。

"怎么了？"苗苑抬起头茫然不解。

陈默却没说话，只是静静地看着她，伸手理顺苗苑凌乱的长发，一缕一缕拢到她耳后去，露出一张心形的包子脸。苗苑的脸有些短，脸颊圆鼓鼓的，整张脸上看不到任何硬朗的线条，杏核眼，鼻子小巧，嘴唇薄嫩嫣红。

就这样的一张脸，这样的眉目，走在街头并不会引人瞩目，可是站在人前，多半也会被客气地夸上一两句漂亮。

还算漂亮，如此而已。

陈默轻轻抚着苗苑的脸颊，他微微闭上眼睛，试图回忆穆纱的长相，可是脑子里一团晶光，太耀眼了，看不清。不像此刻自己掌心里的这张脸，平凡却悦目，令他铭刻在心。

"我觉得你很好看，比她好看。"陈默轻声说，带着热气呵出来撞到苗苑脸上，粉嫩嫩的包子脸瞬间匀开了均匀的红，成了一只热腾腾新鲜出炉的寿桃。

千年铁树开花，而且开得如此炫目如此自然……如此的没有征兆，苗苑惊呆了，鼻子不是鼻子，眼睛不是眼睛。

半晌，她捧心倒下，呻吟："我真的骨头都酥掉了！"

陈默心满意足地关灯睡下。

半梦半醒之际，他听到苗苑说："陈默同志，其实，我觉得你也挺好的，比郑大哥好多了！"

陈默弯了弯嘴角，翻身把苗苑抱住。

挺好！

其实，我从不是最好的丈夫，你也不是最美的妻子，其实我们挺配的。

第二天，苗苑挟着酥掉的骨头有如神助，捣腾出一样新品——玛丽酥！

她在一个精致的浅蓝色小袋中放上原味、杏仁、芝麻、花生、玫瑰五种口味一共十块心形的蝴蝶酥，配上一张半透明硫酸纸印就的甜言蜜语，用象牙色绸缎丝带扎紧。简而言之就是一包精装版什锦蝴蝶酥。就这么一包东西，售价13.14元，用苏沫的话来说你怎么不去抢。

可话是这么说，生意却是好到爆，无数顾客哀叹着为什么情人节都过了，店主你才做出这么个好东西来，苗苑暗自伤心谁让我家那棵铁树没能早点开花，脸上却甜甜地笑着："没关系啊，只要有爱，情人节每天都过……"

所以，请每天都来买吧。

而袋中的甜言蜜语除了主打的"我觉得你很好看，比谁都好看"以外，还有她从八方收集来的从"老婆，今天晚上我做饭"、"亲爱的，辛苦了"……到"我爱你，我怕自己的心没有你会完全死掉"。

上到66下到16，苗苑力求一网打尽半个世纪的年龄层，结果在白色情人节那天成功地卖掉八百多袋……

此刻，郑大哥与他美丽的媳妇都还在西安，苗苑还在时不时地客串着导游，不知道是心里有了底气，足够的幸福让人横生出自信；又或者过分的东西总是一种刺激，过分的美丽亦不例外，于是越是美丽越是容易看到疲劳。大家再多聚几次，苗苑发现绝代佳人穆纱也可以就是爽快的爱笑的漂亮大嫂，甚至前面那两个形容词都比漂亮更重要了。

苗苑是简单的人，简单人不喜欢复杂，她绕不过你，她就不喜欢你。幸而穆纱也是直性子，一个女孩子从小美到大，如果没有太过的生活欲望，个性多半简单直接，因为没有什么事需要她花费心计培养城府。像这样的两个人一拍即合是再顺理成章也没有的事，因为陈默的工作忙时间受限制，到最后反而是苗苑陪游的时候更多。

她带着老郑和穆纱去她的小店，豪迈得像一个大侠似的挥手，说放开量地吃。

穆纱痛苦地捂住脸说："我恨你！"

美食是减肥的天敌。

郑楷随手从架子上拿了只培根面包咬下一大口，脸上僵了僵："你做的？？"

苗苑得意地点点头，把自己摆成个茶壶样。

苗苑的人间小店在临窗面设了一张小圆桌几把坐椅，平时供客人们歇脚放包用，非休息日的下午，店堂里空荡荡的，连街面上都没有几个人。郑楷老实不客气地在架子上七七八八拿了一盘吃的，与苗苑她们坐到桌边。

穆纱看着苗苑笑，指指郑楷说："你别理他，上辈子饿死鬼投的胎。"

苗苑连连摆手说："哪里的话，现在都是自己家的东西，大哥喜欢吃我高兴着呢。"

"大气……"老郑竖起大拇指冲着穆纱抱怨，"你还戳我，我就说了，我兄弟媳妇，大气，就是这么大气！"

穆纱无奈，低头笑了笑。

"我操，这他妈什么运道！"老郑忽然拍桌子感慨，把苗苑和穆纱都唬一跳，"你信不信，陈默那小子，这辈子没什么别的好，就是运气好，老天爷赏饭吃，他那是天生的顺啊，干什么都不费劲。"

苗苑眨眨眼说："不会吧！"

陈默多可怜哪，摊这么个妈，听说小时候连爹都不亲。工作这么忙，一点闲工夫都没有，还说过去的工作更忙，要这样的也叫运气好，苗苑都不知道那运气不好得惨成什么样儿。

"有些事儿嘛，过去久了，我跟你说说也没关系。"郑楷浓眉一扬，虎目生辉，穆纱偏头闷笑。寻常人看着郑楷那张脸多半就一个感觉——忠厚粗鲁！其实日子过久了才知道完全不是那个理儿，猛张飞，心思细腻头脑灵活。

穆纱轻轻踢一踢自己老公的腿：哎这么单纯的小姑娘你也好意思哄！

郑楷还她一个眼色：我这也叫哄人？你就是没见过会哄人的！

苗苑看不透他们夫妻之间你来我往，一心的雀跃全在陈默身上，她双手握拳捧在胸口，像一只好奇的土拨鼠那样万般期待地看着郑楷。

郑楷索性从头说起，想当年陈默刚刚入队的时候他就已经在兼副队的职了，郑楷第一眼看见陈默就觉得这小伙子有料，可是后来才知道这么有料，工作那个刻苦，全队都比不上他，基地枪械库凡是他能摸得着的枪型他都细细地练过，全队样枪的弹道参数都是他做的。

苗苑捂着嘴轻轻笑：那是他喜欢，他玩得高兴着呢。

话是这么说没错啊，老郑不服气，可是当兵的喜欢枪那也是一种天分吧，别人练久了要生厌，他越练越欢实……

原本郑楷只是想让苗苑多了解点陈默，好对他多体谅些，可是说着说着却入了情。他是军人，曾经也站在中华陆军单兵的顶峰笑傲过江湖。虽然对外说起来都是特种兵，都曾经官至少校副队长，但是郑楷自己知道是有差别的。

这辈子他只羡慕过两个人，一个是夏明朗，一个就是陈默。夏明朗他看得透，那是他看着从一个嚣张狂傲的小子怎样一步步成长起来的，夏明朗的天分的确高能力的确强，但是那种高度与强度他看得懂，也知道那人是怎么练出来的，可是陈默他们都看不懂。

陈默好像横空出世就这么落在了麒麟，他们队里。

天生的军人，可怕的军人，所有人费尽心思努力想要达到的素质他好像天生就有。

不知疲倦，无所畏惧，镇定得几乎不像人。

郑楷发现他好像很难向苗苑解释他的感觉，他眼中的陈默，因为苗苑不懂，她一个柔柔弱弱的小姑娘不会懂得什么叫军人的素质，什么叫天生枪神。她不可能体会那种生死一线之际狙击手式的绝顶冷静是多么的难得与令人崇敬，她也不会明白陈默的传说，他的成就会在麒麟那样伟大的地方流传下去，他甚至比夏明朗更像一个传说，因为他神秘。

她不懂，都不会懂。

郑楷忽然觉得沮丧，他想起夏明朗说过的：为什么不结婚，不想找个老婆过日子？因为没意思，这辈子最大的成就她不懂，这辈子干过最骄傲的事，她不觉得。

郑楷从来没这种想法，因为他从不觉得自己了不起，可是郑楷觉得陈默了不起。

他有些沮丧却急切地向苗苑解释，陈默，他真的不是一般人，第一次实战，真正会打死人的那种，当然，打坏人。可是坏人也是人，陈默第一次，九发子弹杀了八个人，除了一个需要补枪，别的都是眉心中弹。回来之后整个心理小组都炸了，可是他没事，他好好的，一点问题都没有。

还有一次，零下三四十摄氏度的天气，陈默胸口中弹大量失血，就这种情况下他还可以在800米的距离上狙杀……

郑楷忽然闭上嘴，因为苗苑的头垂得越来越低，穆纱偷偷在他腰上掐了一把，无声地拍着苗苑的脊背，郑楷很懊恼，他太心急了，这么血淋淋的事，苗苑再大气也是个小姑娘，吓着她了。

"他这个人就是这样！"苗苑小声抽泣着，"因为从小没人把他当回事，他自己也不把自己当回事。什么都不要，都不知道心疼自己，你们都不知道我刚认识他那会儿他过的什么日子。宿舍里跟雪洞一样，衣服全是军装。不知道吃不知道穿不知道休息，也不见他发火也没见他犯急，我想看他一个笑模样都不容易，也不知道跟我在一块儿他是不是高兴……"

郑楷目瞪口呆地愣了，有些事情很邪门，好像并不如你想象的，时间的长度并不能决定一切，他忽然发现十年战友，他也不能说他就比苗苑更了解陈默。

苗苑抹了抹眼泪："现在好多了，跟原来都不一样了。大哥我知道你想说什么，你说的那些枪啊，狙击手是吧，我是不太懂的，我以后会想办法……去弄弄懂。但是我觉得陈默没你说的那么厉害，他只是……他就是，都不知道自己应该被人心疼。"

郑楷一时之间不知道说什么好，他无措地伸出手去想帮苗苑擦擦眼泪，蒲扇大的手几乎把苗苑整张脸都包进去。

"你……你挺好的，真的，挺好的！"郑楷拙手笨脚，样子憨厚无比，他忽然觉得那个永远正确的夏明朗其实也不一定对。是的，其实有那么多人懂得陈默作为一名军人的价值，可是，只有这个娇小的女孩子，明白，他身为一个人的需要。

穆纱忽然捂住嘴爆笑，伸手指了指窗外，郑楷刚一回头就看到陈默困惑地站在外面瞧着他，只隔着一道透明的玻璃墙，近在咫尺的距离，郑楷连忙把手收回来，窜出门去。

穆纱拍桌子大笑，苗苑无比茫然地看过来，脸颊上还带着泪迹，穆纱万般怜爱地给苗苑擦干净脸，笑着说："你真可爱，连我都想爱上你。"

苗苑有些害羞。

穆纱非常认真地看着苗苑，慢悠悠地说："说真的，听了你和陈默结婚的事，我真的非常非常地妒忌你。"

苗苑惊讶地睁大了眼睛。

穆纱叹气："你都不知道，你有多幸福！"

"哪有啊，他那个妈，我也不容易的！"苗苑不服气。

"可是至少陈默在你身边。"

"哪有啊，他一个礼拜要值四天班。"苗苑一想起这层就委屈得不得了。

穆纱呵呵笑："有一年我就见了郑楷四天。"

苗苑惊呆了。

-05-

家家都有本难念的经，家家都有。幸福的日子总是相似的，只有不幸福才会生出各种枝节。与苗苑不同，穆纱有个好婆婆，特别亲特别宠爱，比亲妈更疼三分，像郑楷说的，这个老婆最后能守住，他妈有一半的功劳。

但是穆纱有她的痛，新婚、怀孕、生子，最甜蜜最激情最脆弱最需要爱的日子里，老公都不在身边。那个男人在千里之外，某一个模糊的地方，连去探亲都得提前约好，要不然很可能碰不上人。

要见他很难很难，要天时地利人和，有一次郑楷下午三点打电话告诉她人正在广州，明天有半天假，可以外出。穆纱马上请假订票开车去哈尔滨，赶晚上七点的飞机直穿整个中国。当天晚上 11 点相遇，第二天中午 11 点分离，12 小时什么都没干，两个人坐在宾馆套间的大床上相互看着，怎么都看不够，不觉得饿也不会困，连说什么都忘记了，只是长久地凝视。

到后来，模模糊糊地知道了一点丈夫工作的性质，就更怕，有时候十天半个月接不到电话整个人都是空的，心惊肉跳，看到长途号码的陌生来电都不敢接，生怕有个人沉重哀伤地告诉她一个噩耗。

“你能想象吗？”穆纱明丽的双眸中蒙着泪光，“我晚上睡下，躺在床上，不知道这分钟他是不是还活着。”

苗苑不自觉张大了嘴，然后紧紧捂上。

“那种感觉最难熬，我怕了。我那时候想，这男人有什么好？死就死了，死在外面算了。”

“可是……可是你还在坚持。”苗苑小声说。

“因为舍不得。”穆纱笑了笑，脸上有异样的光彩，那一刻苗苑觉得她美得惊心动魄。

“这个男人没什么好的，可我就是稀罕他，别人再好我也不稀罕。他就算对不起我，再对不起我，他至少有一样好，他从来，都不曾让我在爱中感觉卑微，他宠我，真心的。”

穆纱温柔地看着苗苑：“我是真的嫉妒你，我宁愿面对十个坏婆婆我也要一个能在我身边的男人。你现在还小，经历得太少，很快你就会发现一个婆婆真的什么都不算，你真正需要面对的是他的职业。你要能忍受有一样东西在他们心里比你更重要，他们不能像别的男人那样说辞职就辞职，炒老板鱿鱼就因为你不高兴。你很快会明白，分离还不是最可怕的东西，最可怕的，是随时随地的不在。不在，就算这一刻还在你身边，下一秒也会不在，随时随地地被征招，在你最需要他的时候，有一个命令比你更重要……”

苗苑忽然想起了那个清冷的日子，那场车祸，陈默不在的日子。

他不在。

苗苑忽然有些唾弃自己，就因为他一次不在，你就跑了，如果他不来追你呢？

“你嫁给了一个军人，从此别无选择，你要把自己的心变得很硬很硬，你要自己能坚强，能照顾一个家，别让他太担心。你要能保护他，明白吗？”穆纱垂下眼睫，眼泪滑落。

苗苑有些笨拙地站起来把穆纱抱进怀里：“穆姐姐……都过去了，我们都会好的。”

门外，陈默被郑楷拉着一路走到拐角，虽然他也知道陈默不至于以为自己在调戏他老婆，可是郑楷仍然感觉大囧，这辈子少有的丢人现眼，心里咬牙切齿。

“我们这次来，是有任务的你知道吧？”郑楷脸上烧得有点红，站在风里也不觉得冷。

陈默点了点头。

“陆臻那小子，还有夏明朗，老说你们小两口都不像是会过日子的人，当然主要是你。”

陈默又点了点头。

“然后呢，我就想啊，你小子他妈的油盐不进哪，我就想先跟弟妹去扯扯，让她对你增加了解，没想到扯过了点，弟妹就……就哭了嘛……”

陈默轻轻地“哦”了一声，调子略拖得长了些，郑楷忽然警觉：“你小子是不是在看我笑话？”

陈默微微地笑了，他退了一步，防着老郑出手找回来，可是郑楷却愣了，指着陈默的脸说：“自己摸摸，你笑了。”

陈默当然没摸，笑没笑他还是知道的，他只是诧异地看着郑楷。

郑楷却叹了口气：“你真的和以前不一样了，你以前没那闲心逗乐子，你以前也不怎么笑。”

陈默扬起了眉毛：“人总是会变的，我觉得我在变好。”

“是啊！”郑楷伸手揽住陈默的肩。

他们在街上绕了一圈，走到马路对面去再绕回来，从这个角度可以看到坐在蛋糕店窗边的苗苑与穆纱。

郑楷说：“你嫂子正在进行组织任务，你放心，她对小姑娘比我能多了，唉，早知道就应该直接让她上，我调教你就成了。来吧，有什么想问的只管问，我知无不言。”

陈默仔细想了想，又觉得此刻一切都好，似乎也没什么特别想问的，他遇到的从来都是琐事，兵来将挡水来土掩的那种，出现一次解决一次，下次很可能又是一件新问题。时间久了，又发现所谓的过日子好像就是这样，层出不穷的琐事，细细碎碎地磨，他已经有些懂得苗苑的意思，没有是非没有对错，他也赞同陈正平的心愿，家和万事兴。

陈默觉得他现在还好。

郑楷想了想，问道：“为什么，娶她做老婆？”

陈默一愣，有些诧异地看着他。

郑楷摆了摆手，说道：“我不是说苗苗不好，这姑娘好，好姑娘，但是天下好姑娘也不少，为什么找她做老婆，你想过没有？”

陈默略略垂下视线：“天下有不少好姑娘，但是别人我不认识，也不打算认识。”

郑楷闷笑：“就这样？”

陈默说：“如果硬要问为什么，我也说不好，但是看着她我很安心，我信她，我的老婆就得跟我一辈子。你知道，像我这种人，找老婆，没钱不能干没关系，长得漂不漂亮也不重要，但是，任何时候都不能在背后捅我一刀。”

“不错嘛！你小子比我当年好多了，你哥我那时候哪知道什么叫老婆啊，就知道娶了个漂亮妞，抱着睡觉美啊！可这日子不还是过来了嘛？”郑楷大声笑着拍陈默的肩，“陆臻他就是娘娘腔，叽叽歪歪扯得你好像明天要散伙了一样，他自己名堂多就以为别人也跟他似的一肚子弯弯绕，也就……哎，不是一家人不进一家门哪。我就说了，男人过日子哪有那么精细的，吵吵架逗逗嘴装装孙子哄哄老婆开心，过日子不就是这样吗？”

两个大老爷们站在风里谈着老婆经，陈默看着郑楷点头，脸上没有太多的表情，可是眸中带了一点点笑，分外的亮。

“当年你走，是嫂子的要求吗？”陈默问。

“也不算是，”郑楷的笑容一敛，有些沉重，“她没说叫我回去，她说这辈子就跟我耗上了，我想干就干，多久都成，反正这家她撑着，儿子她能养……但是，她说现在这日子她过一年得老十岁，她就怕活不到我回家。”

郑楷自嘲地笑了：“我当时，那滋味啊……我就想，郑楷你他妈就是一犊子，操蛋玩意儿，你算什么货，人家好好的如花似玉的黄花大闺女跟着你守活寡，缺德啊！我要问我那时候想不想走，拍胸脯子老子不想，我还能干，跟兄弟们在一起多爽哪！可是……”

郑楷伸手揽住陈默的肩膀：“哥以前老是跟你们说，男人大丈夫要干的是事业，就不应该把精力花在女人身上，我现在也是这话。但是有一个女人是不一样的，那是老婆，什么叫老婆，能为了你死扛的女人。为她啊，花多少工夫都应该。”

陈默忽然笑了笑，他想起了欢呼雀跃着做超人状高喊“苗苑加油”的那个苗苑，那双手虽然小，那肩膀多么柔弱，可是从不见她绝望，总是在哭泣之后又满怀希望地笑，眉眼弯弯地窝在他的怀里，像一丛温柔的火。

郑楷一时有些愣，眼前这个陈默看起来简直有些陌生，但是变好看了。不是说换了便装，五官长好了，都不是。以前的陈默也挺帅的，全队公认的帅，可那时候他不好看，甚至没人敢看他。

听说爱情能让一个男人成长，婚姻让男人成熟，这话酸是酸了点，其实也蛮有道理的。

由陆臻撺掇的一场婚后教育课没对陈默有太大的影响，倒是让苗苑的小心灵震动不已，首先，她端正了态度，其次，她找出了不足……最后，她定下了目标。

穆纱说陈默不像她家老郑目前已经转做刑警了，大部分军人将来都有转业的问题，三十多岁从部队上退下来，如果一时找不到适当的工作那是很麻烦的。在部队上手下管着好几百号兵，呼风唤雨的，转到地方上本来就憋闷，如果家里花销跟不上，必要的生活水平都保证不了，那么日子就难过了，男人一定会很受伤。贫贱夫妻百事哀，一个男人穷凶极恶小心巴拉地想赚钱的样子是最难看的。所以一定要从现在开始就做好规划，要有那种经济准备去应付一个男人事业的低潮。

苗苑深以为然，那是她的陈默呀，如果她的陈默不能威风凛凛帅气又拉风地活着，却成了被一文钱难倒的英雄汉，那得多么的悲摧，这要让她情何以堪?！苗苑觉得自己还是太幼稚太没有前瞻性了，她痛定思痛之余从此人生有了新的目标。

于是，她毅然决然地改了QQ签名档：好好工作，努力赚钱，为在十年之内能把陈默当成小白脸来养而奋斗!!

苗苑有个很好的习惯就是喜欢把决心表在QQ签名档上，颇有点公开透明请人民群众都来监督的味道，当然这通常也挺有效果，比如说在签名档写上：早睡早起，我要身体好！那么，到了11点总会有人提醒她去睡觉。

可是像这样的十年计划，苗苑不能确定这么干是否有效，可是，这毕竟是最有诚意的发誓法了，她的朋友们看到此签名档，多半笑得极贼，甚至还出现了不少变种，比如说：好好工作，努力赚钱，为在十年之内能把房管所当成小白脸来养而奋斗!!

苗苑很满意，因为陈默要比房管所好养多了。

可是没过几天，远在北京的陆臻同志忽然心痒，想要小八一卦，看看他之前派出的说客到底有没有圆满地完成任务。很可惜，陈默过河拆桥，三句话问不到半个重点；郑楷咋咋呼呼的，倒想教育他怎么处夫妻之道……小陆中校于是郁闷了。

郁闷了的陆中校忽然眼前一亮，对的，陈默是个铁蛋，连苍蝇都找不到缝，但是可爱的小苗苗那就是一只香香软软QQ的牛奶布丁，找她套话……开玩笑，陆臻自信十个苗苑都抵不上半个自个儿！

陆臻记得当时去西安吃饭，小苗苑给过他一个QQ号码，虽然时过境迁，可是陆臻还是轻而易举地把号码从记事本里找了出来，所以说，拥有一种良好的生活习惯是多么的必要。陆臻想到就干，随手下了个QQ登录，电脑屏幕的右下角弹出一个小小的对话框：外网监控。

陆臻嘿嘿一笑，心想，控吧控吧……让你们看看我党我军优秀干部的家庭生活。

可是，事实上……那天，陆臻连一个字都没有跟苗苑聊上，他在看到苗苑QQ签名档的第一眼就傻了。陆臻用力揉了揉眼睛，把那句话从头到尾小声念了三遍，然后捶桌狂笑了十分钟，从转椅上翻了下去。

外间加班的工作人员听到响声跑进来，惊讶地看着他们精明强干的上司笑得像个傻瓜一样趴在地上爬也爬不起来。

陆臻捂着肚子挥手，说:“出去出去，没事儿……”

他挣扎着爬回去坐好，把整个QQ对话框截图另存，略做提示，转发给了夏明朗。

春节前后都是训练淡季，冬训已过，春训未至，夏明朗最近的生活规律极为健康，结果直到早上8点才看到这条陆臻中校发于午夜的邮件提示。夏队长盯着那条提示看了三秒钟，曲指给自己弹出一支烟点上，开始一天的工作。

这一天的工作很常规，训练，计划，开会，报告……有些烦琐但不难应付。一直干到晚上八九点钟，夏明朗关闭最后一个工作程序，长长地呼出一口气，转了转脖子，起身给自己换了一杯新茶。

绿茶，茶叶是去年的，但是存得很好，热水冲下去，茶香青涩浓郁。

夏队长眯起眼极惬意地呷上一口茶，鼠标轻点，把陆臻的邮件点开……

军网内部的速度其实挺快的，于是图片附件几乎就像弹出来似的布满屏幕，夏明朗定睛一看，一口茶水喷出，颜射了整个小电。可怜的夏队长咳得七死八活地扯袖子去擦屏幕，擦到一半时定睛再看，差点没把桌子又给捶出一个洞来。

我操，这年头……夏明朗心想，这年头……你说这年头还有什么事是人不敢干的，这人有多大胆，这地就有多大产啊这是!!夏明朗深感自己看走眼了，别看人姑娘生得小，人小心不小啊!

那句话怎么说的来着，心有多大，舞台就有多大!!

这小宇宙爆发起来，岗岗的!

夏明朗把图片传去打印室，喷墨彩打，四十张，他连夜糊满了全基地两个食堂的招贴栏，长排粘好，那叫一个气壮山河。第二天早上整个基地都爆了，陈默……啊啊啊，陈默啊！！

人民群众纷纷感慨不是一家人不进一家门。

夏明朗在午饭时教育手下兄弟，男人，什么叫男人，那得有魅力！什么叫新时代的好男人，走在路上要有回头率；泡上妞，咱追求回床率；娶了老婆，那得有回养率。你们看哈，养老婆不算本事，让老婆养，那才叫本事！！

一中队集体闻言起哄，纷纷表示夏队长文成武德江湖一统，素质过硬思想进步，一定能早日完成让老婆养的宏图大业。

夏明朗淡然一笑，心想你们这帮土豆，自然不能体会有夫人养的幸福。

那一天，麒麟基地如此欢乐，虽然人已不在，但是兄弟是一辈子的，流水的营盘铁打的兵，离开了的兄弟如今家庭幸福美满，是所有人的开心事。虽然一个男人被女人当小白脸养，这话好像怎么听起来都不是什么好事，但是陈默不会，因为那是陈默，这句话用在陈默身上只有无敌的喜剧。

方进忍了再忍，忍了又忍，终于还是没忍住给陈默打了一个电话。

方进问："你知道苗苗嫂 QQ 签名是什么吧？"

陈默说："QQ 签名是什么？"

方进囧然，扭捏了良久之后低声讷讷劝道："你找个机会看看吧。"

陈默有些困惑，他想了想去办公室找原杰。

小原中尉正在努力地赶报告，忽然自家死神队长戳到近前面无表情地问："你有没有我老婆的 QQ 号？"

原杰大惊，吓得心脏都停掉一拍。

"有没有？"陈默问。

"有有……"原杰不敢说谎，可又忙不迭地解释："那个，朝阳，朝阳她让我加的，说以后，以后联络起来会方便点……"原杰语无伦次手忙脚乱，开软件上 QQ 搜索人间苗双击点开……

陈默的眼神毒辣，瞬间扫到关键处，轻唔了一声，倾身凑近细看。

原杰只觉得泰山压顶，那气场，压得他话都说不上来。他茫然又无辜地看着陈默的下巴，眨巴了好一阵眼睛，却看到陈默脸上露出一丝模糊的似笑非笑的柔和，原杰茫茫然转过头无意中瞥到屏幕两个关键词：陈默，小白脸……

原杰知道自己撑不住，一把捂住了嘴巴。

陈默低头看了他一眼，原杰的眼珠子惊慌失措地乱跑，他生怕自己一开口就笑出来，于是拼命吸气，憋得脸上发青，陈默一声不吭地走开了。

原杰强撑着忍了一会儿，像做贼似的小心翼翼地爬出去看了看，确定走廊上空荡荡无一人，顿时爆笑出声，捧着肚子瘫在门口站不起来。办公室内的其他人纷纷投以关切的目光，原杰笑得喘不过气来，伸手指着电脑：去看去看……

于是，很快地，办公楼里传出一声又一声压抑的狂笑。

其实部队远比地方上八卦，好事坏事通通传千里，冰山死神陈默同志的小白脸事件像一个风暴那样迅速地扩张，转眼间成为了西安市武警总队无人不知无人不晓的传说。

据说，当然是据说，总队长在某次开会之后关爱地拍着陈默的肩膀问：要不要给你家那位评个拥军模范标兵什么的。

据说，当然还是据说，陈默镇定而从容地回答：您决定吧。

苗苑是迟钝的人，她到很久之后才从成大嫂那里收到消息，苗苑无比惆怅地想，我的标兵呢？我都打算自费给国家养军官了，我怎么不是拥军哪里不模范啊……

身为一个从小到大没有得到过任何奖状的孩子，苗苑真心期待她也能有面锦旗挂挂，就像，电视里演的那样。

第四章

亲爱的，我们不要分开好不好

–01–

三月春近，草长莺飞，小警察陶冶伤口长齐出院，成了人间的常客。苗苑看到他有一种微妙的情怀，类似于你的生命好像有我入了点股，总是很关切。

陶冶感动之余琢磨着救命之恩何以为报，本当以身相许，很可惜，他肯她还不肯呢，人家那男人不是一般人，打估计是打不过的，一个手指就能摁死他（这句话为陈述句无修辞手法运用）。但是陶冶身为新时代正直有为宅青年，一向秉承着有仇报仇，有恩报恩的 Jump 系生活原则，眼下恩债肉偿是不成了，他就考虑是不是能卖点脑力好平了这笔账。

陶冶试探着向苗苑建议说我给你搞一个网站吧，买点空间做点页面，介绍介绍产品，再整个 BBS 也好招点会员什么，你隔三差五地上去教人做做蛋糕，炒炒网络人气。将来搞好了，还能在线下单，那就是电子商务啊！

"你会啊！"苗苑被唬得一愣一愣的，睁大了一双杏仁眼，里面闪的都是崇拜的光芒。

小警察陶冶破碎的自尊心在这一刻得到了极大的满足，他极淡然地抓了抓头发说:“小意思嘛!”

天下事会者不难,难者不会,陶冶是正职的网警,四年专业培训N年自我攻关，老爹是业余摄影发烧友，从胶片机开始就在玩单反，刚进大学又被女朋友拐进动漫社干了无数美工活，江湖人称PS小天王，招牌就是你给我一台电脑，我还你一个世界。

所以，如果陶冶放话说我要给你搞个小网站，那真是，小意思……就像陈默说我帮你把那个人给毙了那么的小意思，好吧，这个例子举得不恰当了一些。总之，事实就是陶冶想到就干，极富行动力地把这个事儿给办了起来，还不到一周，小网站已经像模像样地建立了。

陶冶自从工作后就总是在折腾公安局那素面仰天的黄脸婆，再不就是监控那些神奇的关键字，好久不搞这等风花雪月，活干得极为投入，声光电flash特效一把一把的。苗苑拿了地址，每天晚上刷一刷，就像在看自己的屋子，添砖加瓦硬装修精装修软装修，一步一步从无到有，感觉这简直就是神奇。如果不是QQ签名档已经被陈默同志牢牢占据，她简直想昭告天下:我认识了一只神桃儿!

神桃儿建立完整个页面文件，用他的话来说，房子造好了，得入住了，入住什么呢??蛋糕!美丽的蛋糕照片!色诱色诱，圣人云:吾从未见好德如好色者也!所以你看那网上卖得最好的商品，总有无敌的卖相与PS。

陶冶在QQ上说给我传点照片，我给你P一下。

苗苑很羞愧，她还没给她的蛋糕娃拍过照片，当然如果需要的话她可以明天去拍一点，她有一只800万像素的SONY卡片机。

陶冶看到“SONY”那四个字母时嘴角一抽，看到“卡片”二字直接晕菜，他用上鄙视的小表情说，得了，别折腾了，我改天回家把我的装备拿过来，我来给你拍!!别墅都造好了，还差那几身衣服吗?

苗苑心花怒放。

陶冶是技术宅，属于宅得比较有追求有技术的那一群人，他为求效果专门买了一套简易打光台，带上他的单反，带上他的镜头、他的手柄、三角架……零零总总，装好一个拖箱挑了个春光明媚的下午杀去苗苑家。

苗同学开门看见他还想客气：哎呀呀，你看这么麻烦，其实我家里也有相机的。可是一转身看到陶冶杀气腾腾的黑色拖箱，再看看自己巴掌大的小相机，苗苑知趣地闭上了嘴。

陶冶想尽可能地利用自然光，他一个个房间看光源，最后选定了客厅向阳的那一面，落地的玻璃窗拉开到底，阳光温温柔柔地漫进来，背后加一块打光板，光线正好。陈默正在午睡，虽然陶冶跳过了卧室没看，可是被他这么一折腾也醒了，穿好衣服出门，正看到苗苑在拨弄陶冶的长枪短炮，陶冶在旁边默默地看着，一脸低调的骄傲，陈默走过去摸了摸苗苑的头发。

苗苑兴奋地转过脸，现炒现卖地向陈默展示型号参数与用途。

光线不等人，选好了就要抓紧拍，为了方便看照片，陶冶和苗苑两台本子齐齐放在地毯上，苗苑负责摆盘换蛋糕做装饰，陶冶负责咔嚓。

陶冶咔嚓了一阵，忽然发现陈默不见了，转头四望，正看到传说中的冰山死神陈默少校卷袖子拎了一块抹布走进书房，陶冶吓得一个寒战，扯着苗苑说："你们家陈默做家务啊？"

"不会啊！"苗苑茫然，"我做啊……哦，你说打扫卫生哦，他干的。"

陶冶瞠目结舌，整张脸化为一个难以置信的"囧"字。

"你什么表情？"苗苑嫌弃地指着他，"分开干家务不应该吗？他也不能在家吃白饭啊！"

陶冶一动不动地维持着那张囧字脸，进而看苗苑的眼神都加了三分景仰。苗苑自觉得意非凡，但其实这活还真不是苗苑给派的。本来嘛，陈默一周回家没几天，而且苗苑自小就能干，手脚灵便，买菜做饭又是主要业余爱好，原本苗苑觉得陈默能凑合着给洗个碗就不错了。可是结婚没多久，倒是陈默先受不了，他也不是嫌苗苑不干净，他是嫌她不整齐。

苗苑起初觉得这项罪名太受伤，她堂堂一个姑娘家被一大老爷们说邋遢这脸面她得往哪儿搁啊！于是拼命努力奋斗为尊严而战，可是无论她怎么干陈默都不满意，苗苑最后终于怒了：行啊，姑娘我就这生活规格我也活了二十多年了，你要真嫌我拾掇得不好，你自己收拾呗！

有些人最喜欢指手画脚，把别人的工作一步步批评，说一千遍的“你应该……”但是陈默不会，陈默会说“我来”，他开始卷袖子。等他风卷残云一般地收拾完整个屋子，苗苑终于绝望地意识到她这辈子也不可能达到陈默的生活规格了。餐桌，东西不能摆过三件，一个纸巾盒几个碗垫，再加一个花瓶到顶；电视柜上只有电视；沙发上只有沙发垫；然而最可怕的是衣柜，那里面所有的衣服都被顺过，从长到短，从薄到厚排得有如待检阅的士兵，所有的衬衫、T恤都被折成了一样大小。

苗苑泪流满面，她说陈默，我真的不可能干成这样。陈默平静地摸摸她，口气淡淡地说：“我来吧。”

苗苑长长地松了一口气，心想那没问题，你爱怎么折腾自己折腾。苗苑有个阿姨略有洁癖，但是自己不干总爱抱怨，她很担心陈默也会这样。这层顾虑消失之后，苗苑开始强烈怀疑是不是把所有的T恤都叠成一种大小会有着某种变态的成就感。

但是陈默说不是的，这只是一种简单的习惯，并且这么干很方便。

方便……苗苑听着心里直抽，但是陈默干活可怕的快，最多一小时，整个屋子从里到外都能顺完，苗苑偶尔阴险地琢磨，陈默将来如果找不到工作，就让他去干家政吧……会很赚的，而且技惊四座。

即使是再相爱的伴侣，新婚同居都像是一场冒险，你在慢慢地向他展示自己，24小时的自己，他不曾看过的懒散与私密。而你也在慢慢地感觉他，那个与感觉中不一样的他。

所有的女神与男神都在这一刻节节崩溃，脱去炫美的荣光化为普通人。

可是苗苑总觉得她不是的，她的陈默有各种各样的怪癖，很怪，但是她都觉得可爱。与陈默一起的生活越来越像探秘，好像在挖宝藏一样，每时每刻都会有匪夷所思的发现，起初她惊讶，然后她惊奇，最后她开始乐此不疲地挖掘陈默的与众不同。

她在想，我嫁了一个神。

陈默不喜欢陌生人，他很少笑极少动怒，他对外人几乎没有任何表情。

陈默看完电视会把遥控器放在茶几上一个固定的地方，苗苑曾经神叨叨地测量过，误差不会超过 3 毫米。陈默不喜欢逛街，不喜欢百货公司，他最恨小饰品店，但是他有可怕的记忆力，只要走一次，他能把所有的东西都记下来。

当然，他也能轻而易举地告诉你，你的那条灰色呢裤，在哪一个柜子的哪一层的第几条裤子之下。

……

陶冶很诧异，他想，虽然陈默会干家务这个现实于他而言冲击力是大了一点，可是苗苑这姑娘既然已经跟他结婚这么久了，按理说在这个问题上应该已经很淡定了。可是为什么他也只是提了这么一下，现在连他都镇定得破石而出了，苗苑怎么还维持着一脸神游的微笑，眼神像在做梦……

陶冶用力地戳一戳苗苑，示意，干活啦!!

苗苑如梦初醒。

陈默很快就完成了他的整理工作，把一个略显杂乱的家打造得有如军品，结果接下来陶冶的感觉就有那么一点不太好了。据苗苑说陈默没什么娱乐爱好，平时难得有空闲也就是看个电视，CCTV-7 或者 CCTV-10，也不太挑，有什么看什么。所以陈默干完活选择在客厅的沙发坐下打开电视，那简直就是再顺理成章也不过的事，可是陶冶却渐渐地，感觉到一种如芒在背的压力。

起初，这种感觉是很淡的，陶冶常常拍着拍着就忘记陈默的存在，然后疑惑电视开着给谁看呢，无意中将头一转，看到面无表情的陈默虎踞一隅，自己把自己吓一大跳。

被惊吓的次数多了之后，陶冶就忍不住时不时地想要确定一下陈默在干吗，于是情况开始变得不对了。因为无论他怎么地伪装不经意，几乎在他看向陈默的瞬间，陈默都会掉转视线对上他，陶冶顿时大窘，有如捉贼见赃。而最要命的是陈默的目光中仿佛没有一点感情，无机质一般无惊无奇，没有询问也没有困惑，好像就是那么单纯地看着，陶冶连忙尴尬地转过头，他也淡然地收回视线继续去看电视，陶冶被他看了几眼之后全身都开始不舒服起来。

初春时节，春寒料峭，可怜的陶冶小同志在陈默不经意的存在感中后背隐隐冒汗，终于相信陈默那名头来得不虚。为了掩饰这种莫名的紧张，陶冶摸出手机在苗苑摆盘的间隙里频频发消息以显示自己很忙很镇定，然后又匆匆忙忙地扔下手机拍照。无奈架子摆得再好也是心抖手不稳，无敌兔子分量不轻，拍出来的照片十张震掉八张，糊到一塌糊涂。

陶冶很心碎，什么叫气场，这就叫气场啊！！啊啊啊！！

更可惜福无双至祸不单行，就在陶冶哀号的同时，他悲摧地发现手机找不见了，失去这一装淡定的利器，陶冶越发地手足无措起来。只见他一边无辜地安慰着自己：我很忙啊，我很镇定！一边在地毯上东摸西摸翻翻找找。

不一会儿，连苗苑都看出问题来了，诧异地问道："你怎么了？"

陶冶强笑："没事没事，手机找不到了。"

苗苑"唔"了一声，转头看向陈默，陶冶一时莫名，却见陈默一声不吭地起身走过来，伸手抬起一节沙发，陶冶骇然看到自己的手机端端正正地躺在沙发下。

陶冶这记吓得不轻，眼巴巴地看向陈默，连自个儿的东西都忘记捞，陈默等了他三秒钟，抬腿把东西踢出来，再次一声不吭地走了。

"神吧！"苗苑笑眯眯的。

陶冶愣愣地点头，下巴掉了下来。

"这算什么，我跟你说，还有更神的！"苗苑眉欢眼笑，"陈默，他刚刚发了几条短信。"

陈默说："我没注意，18 到 20 条。"

不会吧！陶冶大惊失色，手忙脚乱地一数，21 条！

这……这是什么回事，陶冶震惊了，眨巴着无辜而心慌的小眼神巴巴地看着苗苑。苗苑笑得异常开心，就像一个小女孩在展示她最心爱最美丽的布娃娃，欢喜得不知道怎么办才好的样子，眼角眉梢都是得意。

她同情地看陶冶说："神吧！这就是特异功能！"

"真……真的吗？可是，他为什么……"陶冶结结巴巴的。

“放心吧，没事，他没盯着你，要不然肯定是准数！”苗苑嘿嘿笑，“跟你说，神着呢，我以前两年丢三只手机两次钱包，自从跟他在一块，我再也没有丢过一分钱。”

啊……陶冶缓缓转头，极纠结而景仰地看向陈默。

天色渐暗，苗苑见陶冶渐渐心慌气短兼手震，以为小同志这就累了，心里琢磨着这娃真是比女孩子还吃不得苦，同时又心疼，你看人家大伤初愈就热心肠地来帮忙，好人啊！

苗苑这么一心疼就体贴上了，摆摆手说不拍了，反正也拍了这么多了，挑挑总是能用的，饿了不？我们把蛋糕吃掉吧！

陶冶闻言长长吐出一口气。

苗苑这次带回家十几块蛋糕，都是店内最招牌的招牌，拍完照在茶几上一字摆开，气势磅礴。苗苑直接拿了拍照用时的叉子瓷盘稳稳地托起一块巧克力软心蛋糕递给陈默。

陶冶这会儿对陈默同志的一举一动都分外上心，想象中勇猛的前特种兵中队长吃东西时似乎也应该龙精虎猛，但是陈默的表现让他大失所望，缓慢的细致的……如果不是那个词用在陈默身上实在与身份太不相符，陶冶感觉那模样简直有几分优雅的味道。陶冶摇了摇头把那些囧囧有神的 YY 赶出大脑，专心致志地去对付自己的份额。

陶冶不太嗜甜，苗苑贴心地给了他一份茶几系列，有咸有淡，都不太甜腻，这是陶冶的最爱。等他津津有味地干掉一只茶具再抬头，猛然又瞪大了眼睛，他发现陈默面前的盘子空了两个。苗苑眼神梦幻得像在看什么瑰宝似的看着陈默，正在把第三个蛋糕往瓷盘里移。

总共十六款蛋糕，就在陶冶吃完一份茶几四只小蛋糕的同时，陈默干掉了七个完整的全份。

陶冶百思不解，心中感叹：这真是，猫一样的吃相，猪一样的食量。

这第一次的拍摄之旅在陶冶看来是异常糟糕的，而究其原因，他觉得问题还是出在陈默身上，这个有如芒刺一般的人物可以寂寂无声地给人以无穷压力，陶冶认为那严重地影响到了自己的技术发挥。于是，他在苗苑送他出小区的路上一脸郑重地向苗苑建议：下次，能不能找个陈默不在家的时间拍照？

苗苑一愣，眉头皱起有些扭捏的。

这样不太好吧！苗苑说。

陶冶错愕，转而大悟，顿时大惊。他脸皮薄，一下子红了脸，尴尬地说了声“再见”就拖着箱子头也不回地扎进了夜色中。

真是活见鬼啊活见鬼！

陶冶痛心疾首地检讨自己，明明就没那个心啊，好端端的犯什么浑呢？怎么能乱说话呢？他回想着苗苑错愕惊异的眼神，把自己唾弃上一百零八遍，自以为已经参破陈默的特异功能之谜，于是更加沮丧，你瞧瞧连人家老公都盯上你了！

你说好好的闹点什么误会不好，偏偏枉担上这副虚名，最要命的是，他自问完全没那个心思把这虚名坐实嘛！你看人家小两口郎情妾意的多好，他小哥一个大好青年，大学刚刚毕业也没多久连晚婚年龄都没到，他连女朋友都没兴趣找，怎么会去撬别人的老婆，尤其是……陈默的老婆！

陶冶一想起陈默的眼神就全身发冷，几乎痛哭流涕，陈默大爷啊陈默大爷，小弟我真的真的没想跟您抢老婆啊！

陶冶在这清冷的早春夜晚抱头呻吟，下定决心一定要找机会拔了陈默心头那根刺。

—02—

第一批蛋糕的照片拍好之后，苗苑的人间小站正式公开上线，陶冶帮她去各大美食网站贴了些小软文广告，配套还建起了好几个 QQ 群，随时通告消息交流美食信息。因为是全新的举措，顾客们好奇又买账，一时间生意火暴得不得了。苗苑尝到了甜头，忙不迭地催促陶冶快点开拍第二季。

平心而论，陶冶是真的怕了陈默，可是一看到苗姑娘在 QQ 上忽闪忽闪的大眼睛又心下不忍。然后转而一想，我怕什么呀，做贼才心虚呢，我又不想偷，我怕个什么呢……陶冶强烈地犹豫着，从心底明白了一个词：威慑力！

所谓威慑力，那就是连好人看着你都害怕。

就这样，陶冶为了避嫌，为了力证自己没有觊觎之心，下次去苗苑家里拍照时捎带上了程卫华程吃货。基本上要在下班后忽悠程卫华去干点什么是很容易的事，程警官家在外地，西安城里没有半个亲戚，业余时间除了加班就是鬼混，不加班不鬼混的日子嘴里就闲出个鸟来。

于是，陶冶也就是忽悠着程卫华说要不要跟我到苗苗家干活去，有免费的人间精品蛋糕可以吃，程警官便欣然地，答应了！

蛋糕篇第二季，陶冶敲定好程卫华的档期和苗苑约了时间，当然这次上门陶冶专门挑了个陈默在的晚上。他自觉这次有人给堵枪眼，顿时脸不红气不喘心定手稳，闪光灯刷刷地。

程卫华是个闲不住的人，一手托着刚刚拍完功成身退的某只蛋糕吃得津津有味，一边七手八脚地指挥苗苑怎么装盘子陶冶怎么找角度。苗姑娘很乐为人徒，让程卫华指挥得非常有成就感，陶冶自恃专业，对他充耳不闻，让程警官比较失望。这边与两位小朋友游戏了一番，程卫华又开始不甘寂寞地想要挑战陈默。

陈默正在看“探索发现”，程卫华探头过去陪着他看了一会儿，老气横秋地开始点评。陈默转头看了他两眼，极淡的目光，完全没有什么情绪的样子，当然更看不出有怒气。程卫华忽然就失去了说话的兴趣，摸摸鼻子，又兴高采烈地去指挥苗苑了。

因为陶冶专心致志发挥出色，这次的拍摄速度很快，甚至灵感如泉，大有现场处理现场成片的豪情。苗苑磨好豆子，给他煮上一壶咖啡，陶冶喝完精神大振，压一压手指说看我的！

陶冶做好一张图就直接传给苗苑，同一只路由器名下的内部无线网，速度极快。苗苑捧着本子窝到陈默怀里坐好，小脸绷得一本正经，眉头微皱，十足的认真样。

程卫华不想与陈默坐得太近，陡然没了大玩具，无奈之下只能去看陶冶作图，陶冶被他扰得不厌其烦，随手塞过去一只 PSP 说您老先玩一会儿，程卫华很不爽地开机，看到屏幕上凌波丽一张冰封的脸。

“哟！”程卫华顿时笑了，“我一直以为你跟我得隔着辈呢，怎么你这品位这么过时啊！”

“万年榜神知道不?? 什么叫经典知道不?”陶冶烦躁了。

“什么东西?”苗苑一向好奇。

程卫华把 PSP 亮给她看，苗苑笑了：“这有什么啊，我现在还控着杀生丸呢，都快十年了！”

程卫华摇头说真土啊真是老土。

陶冶淡然地抬起头，淡然地说道：“杀生丸啊，我好像还 COS 过他。”

果然，如陶冶所料想的，一石激起千层浪。程卫华颇不相信地上下打量他，苗苑则惊叫出声，她兴奋了。陈默平静地伸手扶住笔记本，苗同学就像一只饿了三天的小兔子那样蹦跶了过去。

“在哪里在哪里……有没有照片，我要看！”苗苑非常激动。

程卫华扬了扬眉毛：“无图无真相。”

陶冶在心里“切”一声，打开一个文件夹，挑出一张图片点开，苗苑倒吸一口凉气，转头盯着陶冶的脸看了三分钟。程卫华扶着下巴，嘴里啧啧有声：“还真是你啊！”

陶冶傲然淡定着，其实心里乐开了花，他仿若不在意地小声嘟哝着这算什么呀，手指轻按向下，刷刷跳过几张，画面色调一改——火红的拳皇八神庵。

程卫华“啊哦”一声，半张着嘴，上上下下把陶冶看了个透，陶冶面无表情地接受这种注视，得意之心在瞬间狂涨。

哎呀呀，苗苑搓着手说真想不到陶陶你还有这一面啊！

那边动静太大终于引起了陈默的一点注意，程卫华抢过鼠标往下按，火红的拳皇眸光染血，杀气腾腾地摆出各种造型，眼角晕开黑色的阴影，颇有几分妖邪的狠劲。

程卫华与苗苑不停地惊叹着，程卫华按得兴起，刷刷地往下翻，忽然画面一改，变成了浓重肃杀的灰，旷野城墙上站了两个古装的男女，陶冶一愣，变了脸色。

苗苑指着画面上的男人说："这个是谁啊？"

"吕布。"陶冶笑得僵硬，悄没声地试图顺回鼠标的控制权。

程卫华手快又往下翻了一页，忽然沉吟道："不对啊！"

陶冶猛然扑上去，暗的不行，他只得明抢了。

程卫华连忙把鼠标扔给苗苑："不对……不对！这小子扮的是貂蝉！"

苗苑眼见陶冶杀过来，捧着鼠标大喊："陈默，帮我把他拎走！"

陶冶只觉身上一轻，四肢已经悬空，也不知道陈默用了什么手法，手脚都被束住发不出力，不等他回神已经一头扎到了沙发上，还真是被拎走的。

苗苑对着图片左看右看还有些不能相信，拉着陈默坐下："你说呢？"

陈默只扫了一眼，说道："是他。"

"真的啊？"

"颅骨线条是一样的。"

事已至此，陶冶自知无力回天，他刨啊刨啊，在沙发上刨出一个坑，把自己的头埋了进去，唉声叹气的：我没脸见人了！程卫华看了直笑，你把头埋了有什么用，屁股还在外面呢！倒是苗苑看不得人有委屈，连忙安慰说没事没事！还挺漂亮的。陶冶恨声连连，妆都重成那样了，还有什么漂不漂亮的，你把陈默交给我，我还你一个埃及艳后……

哗啦一下，房间里陡然一静，一排乌鸦嘎嘎飞过。

苗苑小心翼翼地抬头看着陈默的眼色说："真的啊！"

陈默眼眸微眯地看向她，苗苑连忙笑着说："哎呀，陶陶你为什么要扮貂蝉啊！"

陶冶虽然深受打击，不过恢复得也还算快，他郁闷地把脑袋瓜子从坐垫底下拔出来，诉说了一顿心酸的往事。遥想当年，社团刚刚成立，百废待兴，参加了个 COS 比赛算是开团盛事。社长大人但求一鸣惊人，找来一名两米的吕布，不求在质量上胜过对手，但求在高度上俯视群雄。结果全团的女 COSER 没有一个达到 172cm，陶冶就这么赶鸭子上架男扮女装，反正他彼时还算青涩，四肢纤细，挺瘦的，关键是还真挺瘦的。

陶冶说着说着自己兴奋起来，连说带比画。

当然，算上鞋跟，一位 205cm 的吕布与一位 185cm 的貂蝉还是相当让人惊叹的组合。陶冶号称当时连他的锤子都比别的女 COSER 大一号，那些小姑娘只能拎着花锤怯生生地站，只有他随便一挥就风生水起，远远看去，还真是一位英姿飒爽的娇俏佳人。

不过，也就是此役激发了陶冶的健身欲望，后来社长大人突发奇想要出汉室风流，还缺一位赵飞燕，得得瑟瑟地跑来找陶冶。陶冶一声不吭地扒了衣服展示自己小有所成的肱二头肌，社长大人悲泪而去：肌肉什么的，最讨厌了！（社长大人是女的）

程卫华最喜欢听别人不开心的事来寻开心，所以听得极为投入；苗苑最喜欢奇闻八卦，也是听得一脸神往；只有陈默眼神空白，因为此事的笑点于他而言实在相隔太远。

好在苗苑当陈默的老婆当久了，总是会当出一些心得来，及时发现自己亲爱的老公不能入戏，便体贴地拈起一块酥点来喂养他，于是皆大欢喜，大家都找到了自己的满足。

良辰美景，如花美眷，如此赏心乐事，正所谓只羡鸳鸯不羡仙。

苗苑做人一向有些迟钝甜腻，而陈默，即使他能敏锐地在瞬间发现在场所有人的情绪变化，却也不会因为程卫华和陶冶的小小嫉妒就劝苗苑收敛些，倒是索性垂下眉目，把苗姑娘抱上膝头更近些。

陶冶顿时就感觉到一阵尴尬，这空间的气场好像被这两人占全了，自己端坐于此显得那么多余。当陈默捉着苗苑的手吃完最后一点碎屑，堪堪抬头时，陶冶的心酸往事也进行到了尾声。

陶冶发现陈默又看了他一眼，而这一眼与之前不同，这次的目光中多了一些东西，某种真正可以称为威慑力的东西，陶冶心惊胆战地猜度着，这是在逐客了吗？

于是，小陶警官偷偷地递了一个眼色给老程警官：哎，兄弟，吃饱了没？吃饱扯呼了！

可是一向机敏的程卫华却没接他这个茬，那张永远都不正经的脸上破天荒显出几分肃然，眼神专注得……甚至对陈默明显带着一些询问意味的眼神视若无睹。

陶冶吓了一大跳，连忙跳到程卫华身边去，佯装收电脑暗地里猛扯他的衣角。

程卫华忽然笑了笑，陶冶刚刚把心放下，就觉着他用力捅自己："哎，有女朋友没有啊？"

陶冶叫苦不迭，嚷嚷着："要你管哪！我才多大哪！"

"什么你才多大，他才多大。"程卫华瞪起眼，"又是老何说的对不对？什么男人要先立业后成家，先办案后恋爱……屁！我跟你说，你别听他的。他自己老婆孩子热炕头，回家热菜热饭热被窝，他那是忽悠你，明白吗？结婚了恋爱了哪有那么多工夫给他卖命哪！他还说男人三十一支花呢，我现在也快三十了，你看我像朵花吗？"

苗苑"扑哧"一声笑喷。

程卫华马上找到了同盟军，指着陈默嚷："你看看，人家陈队长那老婆找的，你多跟人学学。"

苗苑笑眯眯地抬起手："报告，是我先追他的。"

程卫华长长地"哦"了一声，拍大腿，一把揽住陶冶："你瞧瞧，我就说了，女人呢还就是这个年纪的最好，多好啊！还能看上咱。你说你再拖，小姑娘都让人挑光了，剩下的要么就难缠，要么就看不上咱！"

人来疯啊！！

陶冶想挣脱却偏偏挣脱不开，他这回是真窘，脸上涨红都不敢抬头看人。陶冶同志宅男本色，虽然上天入地好像就没他不知道的，朋友也多，男女都有，可就是只野一张嘴一双爪子。一上真格的，那是羞涩得一塌糊涂，纯情得稀里哗啦。他眼睁睁看到苗苑若有所思地托起下巴，简直就是一脸想要做媒的前奏，终于忍不住上了重手反抗。

程卫华倒是机警，三五下就把陶冶压制下去，这一动手又勾起了程警官的糟心事，他随手把陶冶推出去，指着鼻子数落："你说你啊，就这么两下三脚猫的功夫也敢出来现，还吃苦不记苦……"

陶冶咬住嘴角，很不高兴地默默蹲着。

苗苑看不下去了过来打圆场，拉着程卫华说："没关系啦，以后让陈默教教他，会好的。"

程卫华一听竟然来了兴致，搓动着指节说："那正好啊，不如咱们先过两手让这小子看看？"

陶冶与苗苑齐齐惊愕地瞪大了眼，平心而论，陶冶的眼神还是有些期待的，倒是苗苑一脸的同情与不可置信。

陈默慢慢走到程卫华面前去，动了动脖子，全身上下发出一连串轻微的骨节爆响。程卫华扬起眉毛，笑了。他随手抓了一个勺子就当是凶器，迎面向陈默扑过去："瞧好了，看人怎么还手的。"

陶冶连忙盯紧了陈默，可是这……给小学生上微积分那不是瞎扯吗？陶冶就觉着眼前一花，陈默的腿那就不知道是怎么抬的，准之又准地奔着程卫华的手腕去了，程卫华侧身避开，陈默顺势就劈了下去……空间小，程卫华再往旁边让一步就是电视柜了，他不能砸了陈默家的电视机，避无可避之下只能和陈默对了一脚。陈默的脚跟砸在他的小腿侧面，程卫华龇牙咧嘴地甩了甩腿，脚尖一点又扑了上去，陈默一连往后退了好几步，赤脚踩到饭厅的地砖上。

到这时候连苗苑都看出来情况不对了，人来疯不是这么发的，程卫华这架势也太认真了。苗苑与陶冶紧张得面面相觑，犹豫着是不是要上去拉架，陈默忽然走回来指着他们俩说："站到沙发上去！"

陶冶被他那眼神扫得浑身一个激灵，拉起苗苑就往沙发上跳，两个人可怜巴巴地蹲着观战，陈默已经把茶几拉开清出一大块空地。

苗苑怯生生地说："你悠着点儿啊！"

程卫华笑道："放心，打不死你男人。"

苗苑咬牙，心想：我是担心你！

程卫华摘了眼镜扔给陶冶，一转身又向陈默扑过去，其实程卫华站直了也能和陈默差不多高，只是不像陈默那么条平板直的，视觉上就矮了一截，可是真要缠斗起来，身材上倒是不吃亏。

原本军用格斗与警用擒拿目的不同，招式也不一样，军人要的是快准狠杀，警察则力求要在保障对方生命安全的前提下剥夺其反抗能力，所以如果单就这一点，当警察是很憋屈的。用程警官的话来说跟当兵的干架太吃亏了，那简直就是夫妻俩搞情趣啊，一个要往死里打，一个要不伤人，根本就是老婆打老公。

可是这事搁到陈默与程卫华身上，又有了微妙的不同，陈默是高手，真正出手断命的高手，可是程卫华再怎么人来疯，好坏也是个警官，眼下这情况说好听点就叫友好切磋，总不能切着切着真把人给切死了。而程卫华就没什么好怕了，他大可以玩命上，手上有活全使出来，反正陈默都不至于被他打坏喽……就这么一出一进，陈默的发挥大打一个折扣与程卫华缠到一起，一时分不出上下。

陶冶看得血都热了，他一向听说程卫华能打，市局刑侦三处头把交椅。可是无奈这家伙生的小白脸，架一副很奸邪的无框眼镜，平日里装得人模狗样，鬼混时流氓本色，面对上司一身正气，欺负下属奸滑狡诈，从头到脚没有一根头发丝的硬汉气质。

陶冶耳闻不得目睹，时间一长也就不那么相信了，只是依稀感觉程卫华应该能打，却没想到他这么能打。除了一开始试的两招，他与陈默出手都重，而且全都偏好腿上功夫，力量颇大，砰砰砰直击到肉的闷响听得陶冶胆战心惊。

苗苑看打架是门外汉中的门外汉，可是陈默没一下秒了程卫华，反倒还挨了几下，她立刻就心疼了。心疼的苗姑娘扯着陶冶直嚷嚷，怎么办啊怎么办，你去让他们停下来吧。

陶冶欲哭无泪，都打成这样了还怎么停啊，这俩都是一个手指头就能摁死我的主，让我插上去拉架，那不是上赶着炮灰嘛！而且他头都痛死了，程卫华这家伙平时最赖皮不过，万事只出一张嘴，能不动手就不动手，能不动脚就不动脚，天晓得他现在抽哪门子的疯，陶冶真想哭了。

-03-

这边两位小朋友着急地蹲在沙发上六神无主，那边的陈默终于在程卫华想飞膝扑杀他的时候找到一个机会。拼着给挨上一点，陈默单肘挡住那边的腿上攻势，一记凌厉的直拳全力挥出……陈默是狙击手，好枪手需要保护双手，所以陈默干架几乎不出拳，结果程卫华打久了就默认陈默不会出拳，一时不察被捣在小腹上，腾空飞出去一米多，摔在地毯上，就此安生了。

因为老婆心疼了，喊停了，陈默也就想收工了，这记重击下得不轻，程卫华一手按住伤处，慢慢地把自己蜷起来，右手一下一下地在地上捶着，陈默知道他在给自己读秒，好挺过最疼的那一阵，还是严阵以待地等着他，苗苑和陶冶吓得大气都不敢喘。

十几秒钟后程卫华终于抬起头，笑了，冲陈默竖起大拇指说："不错，爽！"

苗苑连忙向陈默飞扑过去，陶冶则气极败坏地从沙发跳下来："你到底想干吗！"

我靠，第一次上人家里来就打成这样，陶冶气得八窍都生烟，老子回头怎么见人啊！

"干吗呢，拉着个脸！"程卫华满不在乎地拉着陶冶站起来，"切磋一下，像陈队长这样的高手，不常见的！"

"你……"陶冶心想不是我火星了就是你火星了，咱俩总得有一个不是地球人。

而另一边的苗苑检查完了陈默全身上下，确定一个细碎零件也没损坏，终于顾得上关心程卫华了，她有些胆怯地问："要给你拿药箱吗？"

程卫华摇了摇头说不用，自己摸索着舒展筋骨，表情有点扭曲。

陶冶"你"了半天最后还是只能"你"出那句老话："你他妈想干吗！"可怜那素来标榜自己很有情操的陶冶同志也被迫爆粗口了。

程卫华很不爽地指着他："你他妈咋呼什么呢？老子骨头痒了，想找人打一架，我揍你没难度，当然只能找他了。"

陶冶错愕于这人怎么就能把一件匪夷所思的事儿说得如此理直气壮，而更匪夷所思的是，他居然就这样拍拍屁股就走人了，陶冶气得吐血，来不及收拾自己那一大堆的摄影器材，只能先给苗苑交代一句：我回头过来拿。胡乱地把笔记本电脑塞进包里，急匆匆地追了出去。

可怜以苗同学那反射弧完全不能适应如此变故，她茫然地看看客厅，再茫然地看看大门，又茫然地看看陈默。

"这是怎么回事啊？"

陈默揉了揉她的头发说："他心情不好。"

"呃……你怎么知道？"

"感觉。"

苗苑深深地困惑了。

真好像演戏一样，莫名其妙起了个高潮，莫名其妙地又散了。客厅里东西摊了一地，苗苑忌惮陶冶那一堆贵重的器材也没敢收，脑子里乱蓬蓬的，一边心不在焉地刷着天涯八卦，一边上 QQ。陈默一声不吭地站在窗口，这就是陈默在思考的 POSE，苗苑目前已经习以为常不会觉得奇怪。

陈默不喜欢八卦，但是过耳不忘，任何事只要是经过了他，总会留下点什么印象，程卫华这个人他确定听说过，关于这人的事迹他有一种模糊的不太好的印象。陈默半垂着眼帘，脑子里像翻书一样哗啦啦地翻着。终于让他抓到一点渺茫的印象，他开了自己的电脑直接搜索，关键词几番调整之后找到了他需要的新闻。

苗苑托着下巴看着他问："陈默你在干吗？"

陈默说："找点东西。"

"那你说程警官今天本来好好的，怎么忽然就……"

"那是他自己的问题，别担心。"陈默安抚地笑了笑。

苗苑愁眉苦脸地还在动她的脑子，一见钟情这种烂戏目前连韩剧都不演了，人生又不是万能穿越玛丽苏，她当然没那么自恋会觉得程卫华在为她发什么神经。

然而苗苑到底是女孩子，虽然已经死会了，面对忧伤的英俊小生还是会偶尔同情心洋溢。她不好意思追着陈默问，别的男人的名字总是不能在自己老公面前提得太频繁，只能自己默默纠结。

正在她心神不定的档口上，右下角的QQ小企鹅忽然跳起来，苗苑一看是陶冶，倒是吃了一惊。

“有人在吗？”陶冶问。

苗苑连忙回复：“在在在，你现在在哪儿？”

“局子里，查点东西。那什么，我就是上来跟你说一声，我刚刚问清楚了，老程他今天纯粹触景伤情，自发性抽疯，跟你一毛钱关系没有，总之你别担心，让你们家陈默也放心。”

苗苑大囧：“你还真去问啊，会跟我有什么关系啊？”

陶冶打出一个义正词严的表情：“当然要问啊，你们一个是我兄弟一个是我姐妹，还是我介绍认识的，万一要爆出什么人品事件，回头我怎么做人哪，我怎么向陈队长交代呢？”

苗苑见他越说越不着调了，连忙插楼硬塞进去一句：“那老程到底是为什么呢？”

陶冶一下就哑了，苗苑就看着QQ对话框里那行“正在输入”的小字闪了又闪，可半晌也没跳出一句话来，她忍不住又问了一遍。陶冶送给她一个捂脸猫的造型说：“你别问了，我答应他不说的……又不是什么好事。”

苗苑很郁闷，身为一个八卦爱好者，对于陶冶这种明目张胆的“我知道啊我知道啊我知道啊，我就是不说我就是不说我就是不说……”的行为深恶痛绝。那叫一个胸闷啊，百爪挠心。苗姑娘正想就这一恶劣行径对陶冶展开批评再教育，对话框里跳出一行字：“稍等，老程电话……”

苗苑等得百感交集。

似乎是等了好一会儿，陶冶终于回来了，一出手就是四条宽海带泪。苗苑一惊说怎么了。陶冶悲悲切切地打出一行字：“老程让我过去陪他喝酒。”

苗苑关切的：“你肚子刚开过刀。”

陶冶迎风悲泪：“我刀口还没长齐呢。”

苗苑说：“不去成不？”

陶冶悲伤的：“不行！老程说他今天说了那么多不开心的事让我开心了，所以我也要干一点不开心的事情，让他开心一下。”

苗苑囧得不知道发什么表情给陶冶好，最后怯怯地提议说：“要不然你少喝点，你喝啤酒，让他喝白酒。”

“没用的！”陶冶用尽了他所有悲伤的表情来表现他的绝望，“老程是九三学社。”

“呃……”

“啤酒三瓶！红酒三瓶！白酒三瓶！”

苗苑的手指抖了抖，回复五个字：“你节哀顺变。”

苗苑看着那头像暗下去，心中小小不安。陈默走过来抚了抚她的头顶，苗苑偏过头在陈默掌心里蹭一蹭：“陈默，我有点担心耶！会不会出事啊?！”

陈默拉一下对话记录，淡淡地说道：“不会的。”

苗苑忽然就心定了。

把剩下的蛋糕放回冰箱，把茶几拉回原位，再简单收拾了屋子，苗苑捧着电脑窝到陈默怀里，开始了她刷八卦看小说上淘宝的日常休闲娱乐。只是无意中抬起头，却看到陈默目不转睛地看着自己，那眼神太专注，苗苑心跳漏下一拍，刷地红了脸。

“看什么呢？”苗苑低头绞衣角。

“看你。”

“我有什么好看的？”

……

陈默没说什么，低头吻了吻苗苑的刘海，又把她抱紧了一些。苗苑只觉得心都要化了，多好啊，最好最好的老公。

时针走过11点，苗苑就觉得困了，伸个懒腰正打算睡觉，却发现陈默拿出车钥匙准备出门。

“这么晚了还上哪儿去？”苗苑一阵诧异。

“送他们回去。”陈默见苗苑还眨巴着眼睛回不过神的模样，又补充了一句：“陶冶和程卫华。”

苗苑恍然大悟，是啊，老程心情不好，小陶酒量不成。

“打个电话给陶冶，问他们在哪里。”陈默说。

苗苑刚刚拨通电话，就听到那一边呼啸的北风与陶冶惨兮兮的哀号：“姐，你又怎么啦?！”

“那个，你们在哪儿啊？晚上怎么回去，要不要去接你们?！”苗苑生怕他听不清，扯着嗓子喊。

陶冶嗷的一声差点哭出来，说：“姐啊，你就是那救苦救难的观世音菩萨，您救苦救难算无遗策，我们在大雁塔，北广场喷水池这边，你快点来救我吧！他在发酒疯，我好想不认识他……不要抢我手机啊！程卫……”

苗苑目瞪口呆地看着自己的手机愣了两秒钟，强烈地预感到场面会很丢人情况会很糟糕，最后无奈地说：“要不然我陪你一起去吧！”

陈默点了点头，让苗苑多加了一件毛衣。

坐在车上还好，可是到地方一下车，苗苑就觉得寒风割面，她缩头缩脑地缩在陈默身后，暗暗吐槽神奇的程警官，三更半夜的大冷的天去哪儿喝酒不好，非得奔这空旷大野地的。

陈默的眼神毒辣，偌大个广场，略扫几眼就找到了目标。

别看更深夜重，在这个点儿广场上还是有人，三三两两的游人与情侣各自缓缓而行。程卫华吼着不成调的歌横冲直撞，从喷水池跑向慈恩寺，沿途惊起一滩鸥鹭，是人的不是人的，但凡有个人形的全招惹了个遍，陶冶忙不迭地跟在他身后道歉……

“对不起，他喝醉了。”

“对不起，他失恋了。”

“对不起，他心情不好！”

“对不起，他老婆死了……”

程卫华转身一拳打在他胸口，陶冶差点一口气没转过来就得背过去。

再好的脾气拖到现在也磨得差不多了，这年头谁也不是能受气的，陶冶涨红了脸，眼睛瞪大了一圈，一句话卡在喉咙口：你他妈去死吧你，老子不管了！

这话也不长，可是不知道怎么的，愣是吐不出来，两个人大眼瞪小眼就这么瞪着，僵了！

苗苑轻轻扯了扯陈默的袖子，陈默走过去站到程卫华面前："行了吗？"

程卫华歪着头看了他一会儿，忽然问："兄弟，什么点儿了？"

陈默低头看表："11点48分。"

"让我再歇会儿？"程卫华搓了搓脸，把酒瓶子扔唐僧脚跟前，一屁股坐到地上。

"12点。"陈默说。

陶冶这下彻底傻了，头顶青烟缭绕。这算什么？啊？？这叫什么？？这货真价实的借酒装疯呀！！这这……这难道是看我好欺负吗？苗苑一看他脸色不对，连忙拉到一边安抚。

陈默12点准时出手，拎起程卫华一条胳膊就往回走，程卫华一路挣扎："哎，我自己能走。"

苗苑扯着陶冶小声说："你看，你是比陈默好欺负。"

陶冶郁得心口碎大石。

陶冶本来想，老子死也不跟这人渣坐一起。好在程卫华识实务，抢先坐了副驾驶位，倒是免了一场纠结。

陈默首先回家让陶冶收拾相机，苗苑困了，哈欠连天的，索性也就先回去睡了。陶冶收拾好装备下楼，陈默先把他送回家，最后绕了半个圈子送程卫华去警局宿舍。

程卫华一路无话，临近了目的地才像是活泛了一点，笑着说："谢啦啊！"

陈默没说什么，安静地开着车。

程卫华转头瞅瞅他，又笑道："你别绷着个脸……哎，你不会像陶冶那傻小子一样，也以为我对你老婆有什么想法吧？？哎，不会吧，这我可是冤枉的啊！就你那老婆……哦当然我不是说她不好，可是……"

程卫华见陈默一直不吭声，即便以他那么精明老到的目力都看不出陈默心底的情绪，终于也有些急了："我操！这么说你能明白吧……我也用枪，手枪，在我们局子算不错的，50米生人勿近。可拉到600米，我就没戏了，但是你能打，1000米你也能打。我是挺羡慕的，可我是羡慕你能打1000，不是想要你那把枪。好枪哪儿都有，搁我手上就打不了这么远。"

"不试试怎么知道？"陈默说。

程卫华嬉笑："拿你的枪给我试啊？"

陈默猛然一脚刹车到底，转头瞪过去，程卫华全身寒毛一爹，肾上腺素陡然急升，他连忙举起手说："开玩笑的，真的……开玩笑，这这这……兄弟我不对，这话不能乱说……"

陈默慢慢收回视线，再次发动汽车，程卫华长长地松了口气，却乐了："哎，兄弟，我觉得你这人挺有意思。"

陈默没搭腔，不过他觉得这人也挺有意思，虽然他一直不明白为什么那么多人会怕他，但是被他这么瞪过，还能立马缠上来的主，这世上真没几个。

"其实你这个人挺不错的，跟他们说的不太一样，你看，咱们也不熟，还劳动你跑一趟。"

"举手之劳。"

"哎，我说。"程卫华终于忍不住戳陈默，"你说你吧，小日子过得甜甜蜜蜜，我要是你啊，我乐得就上天去了，你怎么还这样呢？成天拉个脸给谁看呢？"

陈默："……"

"要我说啊，你得对你媳妇再好一点，别成天跟人绷着个脸，跟欠你多少钱似的，你那媳妇挺不错的，会心疼人，又能干，惯得你大爷二五八万的……"

因为提到了苗苑，陈默嘴角的线条不自觉柔和了些。

程卫华指着他乐了："笑啦……嘿！"

陈默索性真笑了笑，倒把程卫华看得有些愣，那是什么感觉……冰雪刹融，瞬间春暖，一时花开……某种仿佛不正常的却让人心底柔软的味道。程卫华慢慢沉静下来，笑着说："你还别不信哪，真的，我劝你一句，你别以为现在对她已经挺好的，没呢……差远了……"

"不会的。"陈默说，"我能保住她。"

程卫华瞳孔一缩，毫无征兆地出手，左手掌缘切向陈默的颈侧，陈默抬手格住。

“你他妈真不是个东西。”程卫华咬牙切齿的。

“下车。”陈默说，“到了。”

程卫华一看还真到了，郁了，快快地收回手，掏烟给自己点上一支，深深地抽了一口，又把烟盒向陈默亮了亮，陈默轻轻摇头，把车子靠边熄火。

程卫华抽完一支又点上第二支，陈默发动引擎，说：“下车。”

程卫华相当不满地瞪过来。

“她会等我。”陈默说。

程卫华一愣，乐了，眉开眼笑地拍着陈默的胸口说：“不错不错不错，孺子可教！”他兴高采烈地开门下车，嘴里叨念着“兄弟啊，哥认识你了，改天有空喝酒……”

陈默出声叫住他，程卫华有些诧异地弯下腰，单手撑在车门上。

“你知道我单位在哪里，想打架来找我。”

夜很深，却没有风，路灯在很远的地方，只有一团朦胧的黄。程卫华指间的烟卷慢慢燃下去，一线青烟笔直地上升化开在夜色中。

陈默坐在车里，仪表盘上暗淡的灯光模糊地勾出他的轮廓，然而目似寒星。

程卫华感觉到一种冰冷的真诚，那么冷，那么生硬的，好像硌得人会疼，可那是真的，最真实的，不带任何附加条件的关怀。他慢慢地笑了，指着陈默说：“行，我认识你了。”

那天晚上，苗苑睡得半梦半醒中终于感觉到陈默上床紧紧地抱住她，她转身摸了摸陈默的脸颊，含糊地问：“他们都没事吧？”

陈默把脸埋在她颈边，轻轻点了点头。

“那就好。”苗苑喃喃说，“陈默你对人真好。”

“你的朋友嘛。”陈默慢慢合上眼。

苗苑困得睁不开眼睛，缩在陈默怀里很快就睡熟了。

-04-

不打不相识，后来陶冶听说程卫华因此与陈默处得特铁，他开始觉得这个世界上只剩下他这么一个正常人了。苗苑安慰他，放心吧，你不会寂寞的，有我挺你。

诗人说乍暖还寒时候，最难将息。苗苑倒是没觉得这有什么难将息的，只因为她最近遇上了更让她睡不好的事。

关于，一个孩子。

其实按说她年纪也不大，跟陈默结婚也没多久，类似生小孩这种事，如果没有别的什么人在身边对比着，没有长辈催着，一年半载的是提不上议事日程，很是可以顺其自然的。可苦命的是这一切的一切，苗苑都有。

苏沫孕程过半，身子已经日渐显山露水，眼角眉梢一脉新母亲的期待神采，成天价地念叨她的妈妈经，并且对于苗苑没有能够及时地跟上她前进的脚步深深引以为恨。而何月笛是妇产科名医，自婚后就敲打着，年纪轻生小孩容易恢复，你还小，陈默也不小了，高龄生产会影响优生优育等一系列的问题。

而最后，真正让苗苑觉得这事实在是拖不得了是因为韦太后，某日，当太后狐疑地看向她小腹的眼神化为真实的问句之后。苗苑就觉得这实在也是一个问题啊，这成天被人当下不了蛋的母鸡这么看着，也真是蛮膈应的。

当然，关键是，这母鸡自己也蛮想下蛋。

人说外事不决问谷歌，内事不决问百度，房事不决问天涯……苗苑把她所有能利用的关键词都组合搜索了一番，在消化完大量资讯之后她深深地困惑了。她怎么着，都觉得自己的生活习惯也算不错，陈默的生活习惯更是健康得不可能更健康，如果……各方面都不应该有问题，可是为什么，她就是没怀孕呢？

苗苑郁闷地跟沫沫抱怨良久，沫沫终于忍不住建议，说你找个大医院去瞧瞧吧，这年头污染这么重，大家的身体都没得好，我表舅家的新媳妇也是，什么脾胃虚寒什么什么什么的……也是吃了半年中药才怀上的。

苗苑是医生的女儿，打小就知道有病得治早治早好，倒是不会讳疾忌医。她悄没声儿地找了个时间彻底去检查了一次，几天后结论下来——优质土壤!!

这……这这这，这事情就奇怪了嘛，一块优质土壤没有理由光播种不发芽不开花啊!!

苗苑与沫沫大眼瞪大眼地瞪着，苏沫颤巍巍地说，要不然，你让你们家陈默也去查一下?? 苗苑叫不会吧!

是啊，不会吧。

两个女人极度困惑地困惑了。

但是困惑归困惑，问题还是要解决的，而且现代社会，咱得珍爱生命讲究科学。苗苑与沫沫商量了半天，回家编了个完美的理由，类似默默你也不小了，我们也得考虑生小孩了，你看这年头都讲究个优生优育啥的，我们（重音）是不是应该先去检查一下，我（重音）该调理还是得调理……

其实陈默在生小孩这个问题上没有任何知识储备，也就没有任何路线方针，基本上苗苑说什么他都会答应。于是挑了个陈默有假的日子再次杀回，周末，门诊拿号的队伍排得老长，苗苑又是心酸又是忐忑，你说这年头生不出小孩的夫妻怎么就这么多呢? 当然隔壁要做人流的队伍也是一样的长，所以说，这世道啊，想生的生不出，不想生的却怀上了。

检查报告是苗苑一个人去拿的，坐在那里看着医生大姐欲言又止的吞吐表情，她直觉地预感到了不对头。然后，医生用一种“请节哀顺变，其实也不是没有办法”的和蔼口吻让她接受了一个事实：你的丈夫精子活力不够，畸变率偏高，所以你们很难依靠自然方式成功怀孕。

事后，苗苑一直觉得那真是个好医生，是她的眼神和音调让她得以镇定，否则她大概会当场飙泪。因为在那个瞬间，某些非常不好的，会让她真心恐惧的回忆冲进了她的脑海，令她彷徨无计。

苗苑声音颤抖地说那怎么办。医生平静地说总会有办法的。

苗苑想，一定，会有办法的，妈妈一定会有办法的。

苗苑莫名地不想在路上打电话商量这件事，好像满大街都是人，都会看她。她心急火燎地打车回家，不料却撞上晚高峰堵在路上动弹不得，苗苑看着前前后后没有尽头的车龙，心慌得好像空掉了一样，眼泪流下来都不觉得，全身泛凉。

出租车司机吓了一跳，问你怎么哭了?

苗苑看着玻璃窗用力擦了擦眼睛，她说没什么，我家里出了点事，我有点担心。

司机同情地安慰说别担心，船到桥头自然直的。

真的吗？苗苑想，可她真担心陈默这条船会直接撞在桥墩上。

回家后苗苑给自己倒了一杯酒，喝下去之后镇定了一些，胃里也暖了起来。苗苑想这是最艰难的时刻我一定得挺过去，我的幸福不能出一点错。

她打了个电话让陈默工作完了快点回来，然后拨通了自己母亲的手机，她说何月笛同志，请你把手上所有的活都停下来，我需要你帮我。

何月笛当场被唬得不轻，心里嗔怪着，这丫头又搞什么鬼。然而等她听完苗苑急切的痛诉之后也立刻惊慌了起来，她连忙催促苗苑快点把病历卡诊断书扫描发给她。

扫描仪这种东西，一般人家里哪会有，苗苑情急之下只能用相机拍，一页一页摊在茶几上调微距拍下来，再锐化处理压缩打包给何月笛发过去。好在她最近因为拍蛋糕向陶冶学了不少摄影技术，虽然字迹模糊看来吃力，可基本都能看清。

在沙发上操作电脑毕竟不方便，苗苑抱着笔记本电脑去书房急着处理照片发邮件。起初听到开门声她并没有多在意，可是很快地，苗苑意识到不对头冲出去，陈默一目十行，已经看完了所有的化验单和病历卡。

“陈默？”苗苑一时胆怯。

“好像不太好。”陈默皱起眉头。

苗苑刚想出声安慰，何月笛已经大略看完情况电话追到。

“去接电话。”陈默轻声说。

苗苑有些犹疑不定，忽然冲过去抱了抱陈默说：“等我啊！”她拿了手机去卧室接，几乎是下意识的反应，她并不希望陈默会听到她们母女的对话。

何月笛是职业医生，而且专业对口，类似的病历没见过成千，总听过有上百，刚刚乍然听到消息身为母亲的何月笛先把自己吓了一跳，现在情绪镇定下来，属于何医生那一面的职业素养渐渐控制了慌张。

看病，古时说望闻问切，其实现在也全需要，何月笛尽量和缓地安抚苗苑，事情没那么严重，一切都会有办法，但是必须要首先得到陈默的配合。医生与病人之间的交流很重要，无论那个医生是不是她，但是陈默得首先愿意去面对现实。

苗苑抽泣着问："你觉得他会吗？"

何月笛说："我想不出来他为什么不会，这也不是什么大不了的事，搞不好他只是因为三天前刚刚泡了一次桑拿。其实你的情绪对他很重要，你不要吓他，别让他觉得太尴尬，问题严重。"

苗苑想了很久，很坚决地说："我们要回来治。"

何月笛叹了一口气说："行。"

"不，"苗苑忽然又变了卦，"不能在家里……"

"苗苗，"何月笛柔声打断自己焦虑的女儿，"我再说一次，你的情绪对他现在很重要，别让他觉得你这么紧张。另外，我明白你的意思，我当年有个同学现在在南京，你们把假请下来，我陪你们过去。"

"妈，你真好。"苗苑用力擦了擦眼泪，拍着自己的脸颊让肌肉放松些，她最后有些迟疑地说："这个事，别告诉爸。"

何月笛欲言又止，最后淡淡地叹息了一声，却只说，你放心。

你放心……

苗苑想我怎么可能会放心？在她看来陈默就像一柄硬剑一块白布，那么硬冷干净，纯粹又骄傲。她想不出来如果剑刃上崩了个口子，白布上染了尘土会变成什么样。她伤心地想我其实是可以不介意的，但是她害怕那把剑会自己碎掉，然后她再也拼不回去——她的陈默！

陈默站在客厅里，天色已经有些暗了，落日如融化的铁水，黄昏爬进这城市的每一个窗口，那是一种辉煌的美丽。苗苑几乎有些痴迷地看着陈默在火光中有如刀裁的侧影，如此完美，容不得半点闪失。

“苗苑。”

“哦，在！”苗苑像是忽然受了惊。

陈默看了她一眼之后视线沉下去：“是这样的，我想，如果，因为这个理由，你想跟我离婚的话，我是可以接受的。”

苗苑全身汗毛都奓了起来，她听到自己大吼：“凭什么？”

陈默有些错愕，他看到自己永远温柔的猫咪像一头母狮那样奓开了毛发气势汹汹地冲了过来。

因为踮起脚来训人的感觉实在太糟糕，苗苑用力把陈默推得跌坐到沙发上，好占领居高临下的角度。她用尽自己最凶的声音吼出来：“凭什么？啊？又不是我的错，你凭什么不要我？”

苗苑红透了眼眶，泫然欲泣的模样。

陈默仰起脸看向她，有如子夜的双眼，那是无可形容的黑。

“我没有不要你，我只是想……”他慢慢伸出手拉苗苑坐到自己双腿上。

“没有只是！”苗苑几乎有些强硬地揽住陈默的脖子抱进怀里，“你不要怕，我不会让人欺负你的，我跟我妈说好了，过几天我们把假请好去南京，她有同学在那里。她们一定可以想出办法来的，一定可以的……然后，就算不行，大不了我们不要小孩了嘛，其实也没什么大不了的，你说对不对，现在很多人都不想生的。你妈再问起来，就说是我不想，反正她拿我没办法。要……要要要是实在不行，我们还能让我妈给我们抱一个，反正她们医院每年都有生出来没人要的小孩，只要……只要是健康的都一样，对吧，我们从小养，对他好好的，他就是我们的孩子了……”

陈默侧过脸，耳朵贴到苗苑的胸口，那薄薄的胸腔里有一颗小心脏扑通扑通跳得极乱，那惊慌失措的频率让陈默曾经在怎样的绝境都没有乱过的心绪也晃了一晃。

他听着苗苑强作镇定的话，声音里带着抑不住的哭腔，却是记忆中她最强硬的时刻。陈默忽然觉得有些心疼，其实他还真不担心有人会因为这个那个的什么事，真的欺负他瞧不起他什么的，他相信没人敢，他也是真的不在乎。

有人是谁？

陈默想，那必然是我不关心的陌生人。

然而，此刻这个惊慌失措的小女人惶恐的样子让他觉得困惑而心软，他慢慢地抚摸着苗苑的背脊说："我不怕，我都听你的。"

"真的？"苗苑顿时欣喜，有些不相信似的盯着陈默的脸。

"真的。"陈默点一下头，其实只要你不怕，我又有什么好怕的。

这一次，苗苑以她前所未有的强硬态度一手操办了整个进程，他们在周六晚上直飞南京，而何月笛已经先行一步赶到，订了宾馆房间。陈默随苗苑敲门进去，却只看到何月笛一个人在，随口问道："爸呢？"

"他在家里还有事。"何月笛有些疲惫，她把苗苑带来的资料又仔细翻看一下，才仿佛忽然想起来似的对苗苑说："出去买点水果吧，明天见你张阿姨别空着手。"

苗苑"哦"一声，匆匆就往外跑，陈默本想陪着一起，却被何月笛拦下了，她只说你先休息，明天可能会累。陈默看到何月笛眼神闪烁，知道她有话对自己说，也就没再坚持。

何月笛听到房门关好，才指着面前的圈椅说："坐。"

陈默听话地坐过去。

"我首先要告诉你一个事，可能你就能理解苗苗现在的心情。"何月笛揉了揉眉心，"苗苗从小有一个表姐玩得特别好，出去念书又都在一个城市里，关系走得很亲。她表姐恋爱结婚苗苗都一直掺和着，最后还给人做伴娘，跟那个男孩子也很熟。苗苗一直很喜欢她那个姐夫，觉得他脾气好会心疼人，她那时候还念叨说将来要嫁给这样的丈夫。但是后来，他们结婚一年多了都没有怀孕，不过他们俩的情况要比你们现在复杂一点。但是……"

何月笛顿了顿，有些悲哀："其实在我看来，办法总是会有的，就算最后真的没有办法了，还能好聚好散。但是后来他们两个的情绪都变得很坏，相互怨恨、戳伤、离婚、分手，说不清是谁起的头，但最后就是变成了这样。那一阵，苗苗很伤心，提起来就会哭，好像她自己失恋了那样，她可能觉得她的一个信念被破灭了。"

陈默想起之前苗苑那惊慌失措的表情，那么害怕，原本以为她在担心没有自己的骨肉，其实她是害怕会与他分开。陈默慢慢觉得自己的心脏在融化，很软，很暖地化开。

“我是个医生，这样的事我看过很多，其实现在像你这样的病例很常见，但是个体会放大自己的感觉。其实……在我经历了这么多年以后，我觉得，女人……尤其是女人，女人有时候并不那么在乎男人遇到了怎样的客观上的困难，在乎的是男人们在这些困难面前的表现。有些男人很洒脱、宽容，他们一直坚强乐观，给女人希望，能体谅她们的牺牲。而有些，变得自怨自怜，容易被激怒，敏感而不知好歹。”

“我明白。”陈默说。

何月笛有些欣慰地笑了笑：“我跟你说这些，也是希望你能放松些，我是个医生，我不会对你有不必要的看法，而苗苗她现在，我觉得她好像更担心你会不高兴。她甚至，要求我别把这件事告诉老苗，苗苗长这么大，还从来没什么事会瞒过她爹，我现在感觉如果不是我刚好还能帮上忙的话，她甚至都不会告诉我。说真的我没见过她这样子，这丫头从小就没什么主意也不堪大任。我不知道你能不能理解，她现在好像在……试图，在你的身边给你拦上……她想挡在你周围。”

陈默轻声说：“其实不用这样的。”

“我也这么觉得，但是她很怕，我也劝不了她，我只能来劝你。我希望说，无论你觉得她做这些有没有必要，但是你一定要体谅她的心情。我自己的女儿，不是我自夸，一个女人做到这样不容易。”

“我知道。”陈默说。

“我自己的女儿，我很了解，她喜欢你，你对她好，让她开心，别的她什么都能不计较，但是……如果，就像她说的，如果她的陈默变得让她不认识了，她会很难过。”

“那您觉得我现在应该怎么做？”

“你好像也不用做什么。”何月笛想了想，“配合她，可能的话，感谢她。”

陈默很郑重地点了一下头说：“我会的。”

苗苑很快地买了一些水果和零食回来，或者她自有心事，并没有发现母亲与陈默的神色间有了变化。只是那天晚上陈默要求和她住一间，这多少让苗苑感到一些诧异，陈默从不是固执的人，而且丢下何月笛一个人似乎也不太好，但是何月笛也同样态度强硬地把小两口推出了门，这更让苗苑觉得莫名其妙。

匆匆洗完澡，苗苑一心想着要早点儿睡，陈默翻身抱住她，将那只小巧的脑袋扣进怀里。

"你放心，我不会变的，我不会像他那样。"陈默说，"没有什么可以影响我……除了你。"

苗苑忽然就哭了，那是强忍了多时的眼泪，一直没能流下来，此刻无声无息地沾湿了陈默的胸口。

"我妈跟你说了云姐的事儿吗？"

"是的。"

"我……我真的很害怕，云姐后来对我说，其实她很后悔，她很后悔为什么一开始要和姐夫吵架，一开始总是觉得自己很委屈，不给姐夫留余地，后来才知道如果人都没有了，连委屈都没机会。我知道他们都在后悔，可是没办法了，那些话都说过了，架都打了，心都伤透了，凉了就热不起来了。"苗苑紧紧地抱住陈默："所以我就想，我一定不能让我们，也变成那样。"

"不会的！"陈默温柔地抚过苗苑的长发。

"陈默，"苗苑开了灯拉陈默坐起来，"我们可不可以这样子，我们以后都不要吵架好不好，我们要好好的。我真的很爱你，只要你一直都像现在这样，只要你还爱我，还疼我，只要你像现在这样对我好……我们其实什么都不用怕的对不对？"

陈默吻住苗苑的嘴唇说好。

何月笛在南京的同学姓张，是个保养得当的中年妇人，有些微胖的圆白脸，眉目略带着严厉。陈默随着苗苑叫她张阿姨，苗苑把大包小包塞到她手里，笑得很甜。

张阿姨颇有些无奈地看着何月笛说："你啊你，有必要跟我这么客气吗？"

何月笛笑了笑："你侄女孝敬你，拿着吧。"

陈默不知道这算不算是特别优待，因为张医生与他在办公室的单间里好像闲聊似的讨论情况，旁边没有半个人。平心而论，陈默是非常合作的病人，因为他没有寻常人的讳忌。

但是陈默良好得令人发指的生活习惯让张医生的眉头越锁越深，沉默了良久之后她试探着问道："你之前，有没有经历过类似放射性辐射，或者，化学品污染？"

"有。"陈默说。

"什么时候？"

"大概时间可以吗？"

"可以，"张医生着急，"重点是距离现在多久了。"

"最短两到三年前。"

啊……张医生的神色缓下去，失望的。

"怎么了？"陈默问。

"是这样，人体会有自己的修复周期，所以有些情况是暂时的，很可能过上一年两年各项指标就能恢复到正常值，但是，如果你确定最后的诱因都在两年前，那情况就不那么乐观了，很可能最终恢复需要再过个三五年，但你的年纪毕竟不小了。"

"现在怎么办？"

"目前……，我建议你们可以先做人工授精，如果不行的话，我们再尝试人工体外授精，也就是俗称的试管婴儿。其实正常来说，像你现在的情况站在医生的角度，我应该建议你们再等，因为即便在授精之前我们会对你的精子做一些筛选，胎儿出现畸变的可能性也仍然会高于正常人。不过我主要考虑到你现在的年纪，再等下去，风险反而会更大。所以怀孕之后你们需要及时做产检，好在有月笛帮你们把关，希望不会有大问题。"

陈默咬住下唇，半晌，问道："苗苑要动手术吗？"

"需要动一个小手术，这个倒可以放心，毕竟这项技术已经很成熟。"

"我要和她商量一下。"

张医生拍了拍陈默的肩膀说：“应该的。”

苗苑自然没有拒绝。

陈默不知道他们医生是怎么算的，最后得出结论说自然受孕的概率为1%~2%，人工授精10%，试管婴儿40%。陈默觉得这事很有趣，这让他联想起曾经他们执行任务的时候。

通过瞄准镜看向世界，报告说目标100%或者80%。那不是说明你可以看到80%的人体或者整个人，有时候你的视野只有一个乒乓球大，但那是100%，而有时，你能看到大半人体在你枪口下招摇，却是0%。所以寻找并把握关键，是每一个狙击手的职业本能。而所谓的80%，其实是指你会有80%的把握……一枪毙命！

那种感觉很神奇，不是说你开十枪有八个人会死，而是说在这种情况下，你开十次枪，你的目标可能死八次。

很奇怪吧！很怪异的逻辑，但是陈默之前没多想过。

而此时的陈默也只是觉得有些感慨：原来人的出生与死去一样，都是别人在为你计算着概率。

起初苗苑在看到数据之后本能地希望选择40%的那一项，她像所有的普通老百姓那样，单纯地相信数字标签。可是后来听说试管婴儿需要陈默在南京待很久，而且越是接近自然受孕的方法对胎儿更有利，苗苑马上又打消了自己的那个主意。

所以，有时候说服一个女人很简单，只要让她相信那是对她老公和孩子都好。

原本像这样简单的小手术，在家门口选择个有资历的大医院做做也就可以了，可是源于苗苑的小小坚持，陈默还是多追加了几天年假，陪她留在南京完成第一轮的手术。医生说这一次你们有1成的把握会成功，陈默心想这真是低得令人难以接受的命中率，好在这一次他们求的是生不是死，你会有很多补枪的机会。

生命永远与死亡不同，生命的可贵在于永远不必绝望。

那天晚上，他们再一次回到西安，自己的家里。

苗苑关上灯，悄悄摸索陈默肌肉紧实的腰侧，带着某种暗示。陈默有些诧异

地看着暗处那双流波的眼，轻轻地吻了吻她的脸颊说："睡吧，最近你也累了。"

苗苑用力吻上陈默的嘴唇说别……

有时候激情源于陌生，有时候快感因为熟悉，因为每一个动作都合心意，每一种反应都能体贴……所谓缠绵，像一束丝，一张网，细细密密地绕紧，产生仿佛绞杀的窒息感，却有浓厚的安宁与畅快。

陈默在高潮后片刻的失神中听到苗苑说："如果怀孕了，就是这一次……"

陈默忽然惊觉，他想起很久之前陆臻说过的，如果你爱得足够深，你就会渴望被她吞没。

一直以来陈默都以为是自己在努力，努力去深爱，感受这人间的情爱，可是又常常不得门而入，他一直以为得把自己缩得很小才能够被吞没，却没想到，在他反反复复的挣扎中，苗苑已经悄无声息地包裹住他。

当所有最坚硬的、最尖锐的、最脆弱的……甚至最微不足道的都被人用温柔对待，当你感觉到这一点时，就已经被吞没。

陈默想，如果这就是深爱，那的确让人无法割舍。

-05-

陈默的运气很好，而苗苑将这推定为心诚则灵，半个多月之后孕检，苗苑看着狭长纸带上的两条横线兴奋得差点蹦起来。何月笛仿佛可以通过电话直接目睹她宝贝女儿的冒失样，焦虑地训斥说："我的祖宗，你最近给我安生点!!"她严词厉令陈默看好苗苑，怀孕的前三个月都是危险期。

陈默笑着说："好，一定会的。"

苗苑威胁似的向他龇牙，用那种久违了的，好像无辜小兔子一般的没有杀伤力的凶狠表情。但是苗苑一把火烧光了之前所有的病理化验单据与诊断书，她非常坚决地要求何月笛与陈默同时忘记这件事，因为那就是不存在的。何月笛非常无奈于自己女儿的这种幼稚，只是基于母亲的立场，她也没法提醒苗苑万一产检出现异常你还是得再来一次，只能寄希望于冥冥中的运数。而陈默则悚然心惊，他像是忽然看到了这个女孩深藏在甜蜜柔腻的外表之下的决绝。

是的，她单纯无害，然而，如果她真正伤了心，她会迅速决然地忘记你，彻底地，仿佛从来没有存在过。

这年头孕妇都是宝，女王样公主待遇，连韦若祺听到苗苑怀孕后态度都和缓了不少，苗苑还暗暗感慨过老人家的智慧，果然还没生小孩，婆媳矛盾就是在减少了。

陈默三十多岁，也算是老来得子，尤其是结婚生子这一类最普通不过的人间烟火落在他身上总好像有特别引人瞩目的效果，一时间苗苗接到的慰问电话不绝于耳。

方进在电话里老三老四地吩咐苗苑说："我要小子。"

苗苑不屑地嗔他："没关系，生闺女你就别当那个干爹了。"

方进大急，连忙表示虽然他要的是小子，但是生了闺女也是他的，干爹是当定了的。

而韦若祺毕竟是被我党培养了多少年的国家干部，虽然偶尔也流露出"如果是男孙就好了"的渴望来，倒是也没有说出诸如"你去医院查一下，如果是女儿就流掉，要努力生儿子"之类的雷人话。甚至最近这两次上门，还给了她一些补品，简直让苗苑有点受宠若惊的困惑，苗苑是最乐意投桃报李的人，一时间婆媳双方都产生了一些松动的迹象，让两位陈先生心怀甚慰。

可惜，好景不长，很快地，苗苑感觉到如果这就是太后的关爱的话，她现在宁愿回到太后当年完全不稀得关爱她的时光。

好吧，虽然大商场的购物卡拿着也是很爽的，看着就挺精贵的燕窝偶尔吃一下也颇有一种飞身成仙女的神圣感，但是如果这一切需要让她被一个自己并不喜欢的老太婆横挑鼻子竖挑眼从头挑到脚……她还是宁愿不要了。

韦若祺对苗苑的不满意是全方面的，从穿衣戴帽到待人接物到……工作环境，从你坐没坐相站没站相，高兴就笑伤心就哭，到你为什么喜欢粉红色蕾丝边。

苗苑知道她今年已经24岁，已婚，并且已经怀孕。但是她完全不觉得这些标签有必要让她改变自己的衣柜，尤其是连陈默都没有表现出不满的时候。她仍然喜欢不那么精致的眉毛，不喜欢化妆，喜欢可爱得像水果一样的便宜饰品，喜欢那些让她看起来有如18岁的衣服。

苗苑觉得我们总是会老的，所以不用着急，要努力年轻，只要出门见人时还不让人恶心。但韦若祺显然是不欣赏的，那种如同稚嫩小生物的气场让她莫名地恼火，她同样不能接受她的媳妇穿着四百多块钱的白色娃娃领大衣笑嘻嘻地站在她面前，帽子上缀着可笑的大颗兔毛球，还试图让她认可这样很漂亮。

清明时近，因为过年时没有回老家，这一次韦若祺要求陈默请假，并带上他们一起回老家扫墓。据苏妈妈与王妈妈的联合分析这就是缓和，这就是在释出善意，所以苗苑虽然觉得挺累的吧，还是很尽心尽力地准备了所有的礼物，甚至还考虑到太后的品位，在苏会贤的指点下买了一件剪裁瘦削的黑色风衣。

当然苗苑自觉那衣服上身她就老了十岁，而且卡得她腰不够细、腿不够长、脸上太圆……好在她现在怀孕了不用穿高跟鞋，然而这更加致命地让她看起来腰更不细、腿更不长、脸上更圆。

苗苑痛苦地腹诽，这简直就是受罪。不过韦若祺这次看了她就没怎么太数落，这多少让她觉得还有那么一点值得，好在一年也就见这么一次老家人。用苗江的话来说，你就当是坐牢，也给我把牢坐下来吧。

苗苑的心情很悲摧，她别扭地问陈默说你觉得我现在这样好不好看，陈默看了她一会忽然笑起来，吻了吻她的额头说你穿什么都好看。

苗苑越发悲摧地感觉到什么叫教会徒弟饿死师傅，以及把一个男人往聪明培养的巨大风险。

韦家在十里八乡很有名，因为韦若祺官做得够大，正处是一个县级市市长的行政级别，所以她完全可以在镇上摆出市长的派头，更别说家里还有一位厅级干部撑腰。关于韦家长女自强不息光宗耀祖的故事，在附近几个乡镇都是一段励志的佳话，所以韦若祺每次回去都声势浩大。当然在苗苑的印象中那就是连绵不断的饭局，从官宴吃到家宴，从这家吃到那家……

起初还好一些，不过是一些官面儿上的宴请，到后来七大姑八大姨上阵，风向忽然就不对了，席间的话题从韦处长的儿子真有出息，媳妇年轻漂亮，陈老先生什么时候再出来主持工作……陡然转向了，陈默你这样是不行的，婚怎么能这么结；陈默你那样是不行的，你妈妈养你这么大容易吗，你怎么能让她伤心；陈默你这样那样都是不合常理的，过年怎能……

苗苑一边默默地啃着鸡腿，一边默默腹诽，哪里来的规矩谁家的常理，中国这么大，凭什么你们张张嘴就全代表了，韩国来的吗？她听着那些婆婆阿姨们时而义愤，时而痛心疾首，虽然那些大棒表面上全打在了陈默身上，可是以苗苑那并不玲珑的心窍都听出了浓浓的指桑骂槐。

而事实上，对于苗苑来说，在任何时候，指责陈默都会比指责她，更让苗同学感觉愤怒。

当然，白斩鸡还是很好吃的，是笨鸡，货真价实的，苗苑很阿Q地安慰自己，你看，好歹还有鸡吃。她自从怀上了之后就变得特别能吃，饭量比原来涨了三倍不止，而且酷爱高蛋白食品——也就是俗话说的肉。

陈默有些忧虑，因为用肉眼就能看出苗苑不开心，但是这姑娘又似乎还没到要发飙的程度，他就不知道是不是应该提醒她，陈默毕竟是个男人，在对待任何老婆有可能会生气的问题，总是多一事不如少一事，最好上帝保佑，你其实不在意！

可惜天不随人愿，最后一顿饭是韦若祺唯一那个留在本地的亲妹妹请的，关系最亲近于是说话最不客气，苗苑听到最后几欲发飙。

好嘛，合着没结婚就你羞辱我，婚礼上不帮我，结婚后给我甩脸子摆架子……这些，都成应该的啦？合着我忍得内伤，不跟你计较，到头来我一身的错，陈默一身的错？这到底哪家的歪理哪家的怪礼数？

当长辈怎么了？当长辈的比小辈多活了那么些年，不是应该更聪明更懂事儿更知道应该怎么心疼人好好过日子吗？怎么反而脾气更大更任性，有错还不认，反而要小辈儿来迁就？

苗苑想不通，这不是她这么多年来受到的教育学到的道理，她甚至差点拍桌子就想反驳，可是看着陈默无奈的沉静与韦若祺那难以形容的骄傲，她又默默地把筷子伸向了一块鸡肉。

陶冶曾经对她说，你永远都不能跟一个纯流氓吵架，因为他会把你的人格拖到跟他一样的水平，然后用他丰富的经验打败你！

当时，陶陶口中的那位流氓是程卫华。

苗苑不无沮丧地想：是啊，我根本不应该和这些不讲道理的人说理，因为她们把我的道理也整成没理，然后用她们丰富的经验打败我……好在，陈默还是讲理的！！

这样就可以了……唉。

那天晚上，苗苑无论如何都睡不着，她越想越是想不通，她完全搞不懂韦太后的心理，让别人，当着自己的面，骂自己的儿子，这样很开心吗?！

苗苑愤愤然地抱怨，太欺负人了，XP 不发威，就当我是 DOS。我们占你妈什么便宜了？做错什么了？我哥结婚，包全部婚宴，全新装修房，女孩子带上衣服进门，十万块钱买一个钻戒一个翠镯子当嫁妆。我哥家亏了吗？亏了吗？我大伯说了，现在家里都是一个，争到最后还不都是他们的，家里有钱花得起就花了，花不起的小两口自己赚去，跟亲家不算那仨瓜两枣的，小夫妻好好过日子是正经。女孩子嫁一次损一次，肯结婚总是奔着长久过的，难道谁家还贪那点便宜就嫁人?

陈默摸摸她的头发说算了，我都不计较了，你也别计较了。

苗苑愤然，那怎么行，你是我老公嘛！欺负你就是欺负我！苗苑挥舞着双手说我们巨蟹也是有钳子的！

陈默愣了一下，问："巨蟹？"他心想：你是属蛇的吧。

苗苑的注意力被转移，扯着陈默讲起了星座学。

因为陶冶最近暗恋明恋市局某警花被婉拒，拒绝的理由为：我们星座不合。陶冶身为一个技术宅，被人以如此技术性的问题给 PASS 了，在黯然神伤之余就把所有的精力投入新技术开发上，结果越钻越深。几周之后已经俨然占星术士，闲着没事就扯着人间蛋糕房与他局子里的同事们聊星座，把一群小姑娘大小伙唬得一愣一愣的。

苗苑由此知道了原来我们巨蟹座是这样的啊，还蛮像的呢，而陈默，用陶冶的话来说，其实那些星座网站介绍天蝎的时候连一个字都不用写，只要放一张陈默的照片就 OK 了，陈默会用他神秘而强悍的眼神告诉大家什么叫——天蝎~蝎~~蝎~~~（后面的颤音被苗苑用法棍敲出来的）

苗苑虽然用法棍教训了陶冶，但其实她还真觉得陶陶算得挺准的。陈默一边庆幸苗苑忘记了之前的话题，一边错愕地听着苗苑描述天蝎座的种种特点，我……我是这样的?

最后，苗苑总结陈词，眨着星星亮的小眼神看着陈默问道："你看吧，很准的！"

"星座，"陈默慢吞吞地说，"你觉得，在那个月里生出来的人，都像我这样?"

呃……苗苑一愣，傻了！

全中国有 13 亿人口，于是，从理论上来说，全中国有 1 亿多个陈默!!

疯掉了！

苗苑想，我为什么会相信这么离谱的东西??

所谓发飙，究其根源也就是一种发泄，完全是当时当地心理情绪的集中表现，所以即使第二天早上苗苑醒过来自己也疑惑昨个夜里怎么就莫名其妙地转了方向，可到底也没有那个心性把火气再发一次。

算了，过去了就是过去了，古人都说道不同不相为谋呢，苗苑心想她与韦若祺在时间上有代沟，在地域上有鸿沟，在思想上又怎能没一点小山沟?

临行前韦家的老少亲朋都过来送回礼，花花绿绿的盒子装了一后备厢。

其实苗苑对韦家大姨后院里那几只定时上山吃虫子的笨鸡很是觊觎，实在不行，家门口菜地里那几行地头鲜的蔬菜也是她极眼热的，可惜了，完全没人有给她的意思，苗苑眼巴巴地走了。

回去之后，所有的大姑娘小媳妇及她们的母亲们都详细地向她打听了一路行程细节，苗苑事无巨细一一相告。老人们纷纷表示：娃啊，成了，是这个味儿，这也是在示好啊！你也别嫌人说话不好听不是，毕竟人心里有结的，总要让人家出出那口气，现在大张旗鼓地说过一通，也就是给自己台阶下了。

苗苑长舒一口气，心想这可真不容易啊，这以进为退玩得太有技术含量，也太看得起她的眼力见儿了，幸亏她没有当场跟人吵起来呀！要不然，不是全完啦！

不过话说回来，虽然她是不在乎韦若祺对她的态度，可要当真忍一时可得风平浪静，退一步就有望处成沫沫与米妈妈那样，苗苑也是有那么几分向往的，甚至颇为殷勤地在韦若祺面前装了几回大龄盛装女青年，让太后一时心怀甚慰，家庭气氛好到了一个巅峰。

苗苑很得意，就差指天画地向世人宣告：你看，这样的婆婆，也让我拿下！！！

可是，神在冥冥中睁开倦倦的眼，仁慈地看着她。

当苗苑还是一个小 LOLI 的时候，有位仁兄送给她一本书，名叫《不可承受生命之轻》，据说只要能把这本书看懂了，你就成熟了。可惜苗苑努力地看啊看，看了十几次都没能突破十页以上，直到她再也不急于成熟为止。由此，苗苑就觉得至少她的生命中不可承受的绝不是轻，而是重！比如说，当年韦若祺轻视她的时候，她就不觉得那是个多了不起的大事，可是现在韦若祺看重她了，麻烦就来了。

苗苑很郁闷，她直觉预感这样下去不行，可是还没等她想出头绪，韦若祺已经攻势迅猛地把前沿阵地推到了苗苑的眉睫之前。

苗苑到现在都清晰地记得那一天。那是个五月里非常好的日子，天气晴朗，阳光明媚，那天吴姐做的饭特别好吃，苗苑忍不住还添了一次，饭桌上，他们讨论了一些有关宝宝的小问题，气氛融洽。

午饭后，陈默陪着陈正平去小区的花园里散步，苗苑陪韦若祺看电视，她还十分乖巧地给韦太后削了个苹果，让韦若祺凤颜颇悦，苗苑刚刚松下一口气，就听着韦若祺沉声问：“你的学历是怎么回事？什么样的大专？”

“呃……”苗苑愣了愣，“师专，就是普通的大专。”

“国家承认的吧？”韦若祺又追了一句。

“是的。”苗苑闷声点头，每个人都有自己的心伤，苗苑从小念书就不行，那是她永远都不想提及的一处硬伤。

“才大专，”韦若祺重重地叹了一口气说，“现在让你去自考也来不及了。”

苗苑脸上发红，有些不耐。

“把头抬起来……我跟你说话呢。现在自学本科你是来不及了，而且管得太死也不好做手脚，你还是直接考研。”

“考研？”苗苑大惊，简直怀疑自己的耳朵。

“是的，我问过了，大专毕业两年也是能考研的，就是麻烦点，当然主要是麻烦我。”韦若祺意有所指地看了苗苑一眼，“不过你也要争气，我给你铺好路，剩下的就得你自己走。就现在赶紧地趁生小孩，把工作辞了先把英语补起来，专业课我给你找人辅导，过两天我就带你去导师那边……”

“这这……这个……妈，我不行的！”苗苑终于听懂了，相信韦若祺不是在开玩笑，吓得语无伦次地连忙拒绝。

“什么行不行的？有谁天生就行的？”韦若祺顿时不高兴起来，苗苑那么差的学历底子要帮她找回来容易吗？她问了多少人，托了多少关系才理出这么个脉络来，一环环相扣，路子能通下去，码头能拜到正主。

“不是的，妈……我真的就不是个念书的材料，我英语特差，考三级就费了老大的劲儿了，现在都丢了好几年了，我根本就不行了。”苗苑急得要命，拼命地辩解想要打消韦若祺那有如晴天霹雳一般的惊人打算。

从小到大，念书于苗苑而言就不啻一场噩梦，而且一梦多少年，记性差，理解力更差，英语不好，数学更不好。

于是，可想而知，在那段“万般皆下品，唯有读书高”的极具中国特色的青少年时代，苗苑熬得有多么的艰辛。她必须不断地跟自己作斗争，不断地克服诸如：我是不是弱智，我是不是差生，我是不是坏小孩……这种种的自我否定自我怀疑自我唾弃。苗苑甚至认定这就是为什么她会长成现在这么个软软的弱弱的没主意没主见的模样，一点都不像她妈。

因为没自信嘛。

在中国这块神奇的土地上，你让一个成绩不好的小孩子怎么可能会有自信？

后来，毕业了，工作了，苗苑才慢慢地从那种废物感里爬出来，开始觉得自己也挺能的，也是有本事的，所以当韦若祺说到考研，苗苑直接脑补的就是另外两字——地狱！

要了命了，她连大学都考不上，怎么可能念得出研究生，而且她念来干吗呀？！难道她可以把那张证书糊墙上，每块蛋糕多收两块钱？？

“你这孩子到底是怎么回事？”韦若祺看着苗苑那一脸的愁苦与惶恐，气就不打一处来，声音一提顿时透出几分厉色，“想当初，我和你爸哪有这么好的条件，还不都是自己苦出来拼出来的，现在路都铺到你眼皮底下了，你还嫌脚疼是吧！”

“不是的，”苗苑看着墙上的钟，心想陈默怎么还不回来，“主要是我现在也用不上啊！干我们这行的不讲究这个，我念了来也没用的。”

“你们那行，我说，你是打算一辈子都不想干点正经事了，是不是？”

“我这怎么就不是正经事呢？”苗苑终于有点生气了。

“就你……得，我也不跟你吵，就你那点脑子也就只能看这么远。”韦若祺挥了挥手，“我老实跟你说了吧，你别当我巴着你，是你硬要嫁进我们家的，不是我请你来的。你看你现在，学历，学历跟不上；见识，见识没有；气质，气质跟不上……将来，你是我儿媳妇，是我孙子的妈，我再不乐意，我还是得把你带出去见人。你能不能给自己争点气，自学本科我估摸着就你那点脑子你也考不过，我都没考虑。念个在职的MPA能有多大点难度，难的都在外面，可那些事我不用你管，你现在就只要安心本分念那么点书，你还跟我说不行？”

苗苑深吸了好几口气，才把胸口那翻涌的火气压下去，她僵着脸，尽可能和颜悦色地解释：“妈，我……知道您也是为我好！可是你看吧，我现在做得好好的，每个月收入比陈默都多好几倍呢，够我们花的了，您就别给我们操这份心了。而且店我自己盘下来了，也不能说不干就不干吧！”

“盘下来了？”韦若祺一愣，倒也不在意，“那再盘出去不就行了，怕亏本是吧？小家子气。放心，这事我给你办，亏不了你。”

“话不是这么说的好不好！”苗苑到底还是忍不住飙上了，“我喜欢做蛋糕，我做得挺好的，真的！前几天报上还夸我呢。可您现在让我去念研究生，那个什么MPA我念出来干吗呢？然后我也去坐办公室？我不会那个，我干不了，你看连我妈都不管我了，你干吗非得硬拉着我呢？”

韦若祺没料想苗苑还敢对她吼，登时冷笑：“你还好意思说你妈！就是因为你妈没把你教好，才让我现在这么麻烦。”

“你怎么说话呢？凭什么说我妈？”苗苑火了。

“你以为我乐意跟你说话呢？要不是为了陈默，我才懒得跟你开口。”韦若祺寸步不让。

苗苑气结："要不是为了陈默，你以为我乐意跟你说话呢……"

韦若祺勃然大怒，她万万没想到那个素来乖顺得几乎有点恶心的小白兔居然还敢龇牙，怒火直冲头顶，不过千分之一秒的反应，右手已经挥出去，结结实实的一个巴掌盖在苗苑脸上，"啪"的一声脆响，把两人都惊得一愣。

苗苑一下跳起来，眼睛瞪得滚圆，韦若祺亦不甘示弱，站起身，傲然地俯视她。

在韦若祺的记忆中，至少十年，最少最少也有十年，没有人这样对待过她。

有权利教训她的人，她不会得罪；她会放肆的对象则没那个胆量。韦若祺一直认定，这个世界上有一定的规则存在，包括人与人之间的地位，这样，这个世界才不会乱套。她一直认定，苗苑与自己，地位已经被牢牢地固定了，一个是婆婆一个是媳妇，婆婆天然地拥有某种权利，而此时她根本还没动用这种权利，她简直像一个模范标准的好婆婆那样尽心尽力地在为媳妇着想，而这个女孩子……未免太过不知好歹。

苗苑紧紧地捂住脸，手掌下热辣辣的，左边的眼睛里不自觉地涌出泪水，让她的视野变得模糊不清。

"你打我？"她还没能回神，几乎不可置信，"我爸都没有打过我，你居然打我？？"

韦若祺不置可否，吴姐怯怯地从房间里出来劝架，拉着韦若祺退开一步，韦若祺自知有点过，正想顺阶而下……

"你别走！"苗苑忽然吼起来，"你别走，你有种再打我一下！"

苗苑气得七窍生烟，脑子里烧成一锅粥，她只恨自己怎么就反应那么慢，当时就应该要一巴掌找回去，居然还傻愣在那里，白白错过最佳还手时机……

"怎么了？"韦若祺被她这么一吼，倒有点摸不着头脑，一时间进退不得，势态再一次僵持。

吴姐急得要命，不知道拉哪个好，这时候门铃声响起简直就像救命，她连忙跑过去开门，口里念叨着，阿弥陀佛你们总算是回来了……

陈默疑惑地扶着陈正平走进客厅，抬眼一扫，整个房间的空气都凝固了。

一种极度冰冷肃杀的杀气瞬间压过原本剑拔弩张的火暴，吴姐吓得脚软，哆哆嗦嗦地退了出去。

“怎么回事？”陈默问。

“你妈打我！”也不知怎么的，苗苑一看到陈默心里的火气就没了，只觉得委屈，眼泪大颗大颗地涌出来，她泪眼朦胧地看过去，见陈默嘴角抿起一声不吭，顿时心灰意冷，凉得发透。

“算了，算了，这日子没法过了，我们俩离婚算了……”苗苑胡乱地抹着眼泪，扭头就走，陈默就站在门口，擦身而过时牢牢地扣住她的手。

“干吗啊？”苗苑手腕吃痛，更是大怒，“连你也要打我是吧？”

陈默也不说话，扯住苗苑就往前走，韦若祺看见他过来，直觉反应吓退了好几步，转瞬间又想起这浑蛋是她亲儿子，顿时气极了喊道：“陈默，你想干吗！”

陈默在韦若祺面前三步站定，低头凝视了她几秒，直挺挺地跪了下去，韦若祺吓了一大跳，手足无措。

“妈，我是你儿子。”陈默说，“您要打我，要骂我，我没二话。但苗苑是我老婆，您不能动她。她有什么错，有什么地方让您不满意了，您告诉我，该她的错我会教训她，但是您自己不能动那个手。我在她们家的时候，她家人对我非常好，她妈把人交给我，我就得保护她，我不会让任何人伤到她，包括您在内！”

韦若祺张口欲辩，却发现她根本不敢直视陈默的眼睛，眼前这个儿子简直是陌生的，她这才发现原来这么多年他一直让着她，原来她的儿子真的发怒了，是这样的。原来这么多年来，他都没有真正生她的气，今天终于发火了，却是为了一个外人。

“你给我滚！”韦若祺由然地绝望，心口冰凉彻骨。

陈默深深地看了她一眼，带上苗苑转身就走。

关门声响过很久很久，陈正平才慢慢坐下来：“又怎么了？你怎么能打人呢？”

韦若祺心酸至极，歇斯底里地大喊：“怪我？？你怪我？我好心好意我有什么错，我错就错在生出那个狼心狗肺的儿子，娶回个好媳妇，不干人事，不知好歹！！！”

“你还想怎么样？”陈正平握着拐杖用力捣着地面，“你还嫌这个家里不够冷清是不是？你这个人哪，一辈子就不知道你儿子要什么。你这辈子就不知道要给人留点余地！你以为你让他滚了他会怕吗？你听他那个意思，人家小姑娘对他知冷知热的，人家娘家对他多客气，你闹吧，再闹，由着你那个破性子使劲地闹，再闹几次，你儿子就是人家的了，人家爹妈可乐意接手呢！是哪，你儿子有人品的，不会真的不管我们，怎么管呢，生病落痛的过来看看，付付医药费。你在乎吗？反正我不在乎，钱我有的是，人我请得起，可那不是我儿子!!”

韦若祺愣了，心口疼，脑子里也疼，好像全身上下没有一个地方是好的，偏偏想哭还哭不出来，眼泪凝在眼眶里，憋得脑仁像要炸开来似的。她用一种几乎是虚弱的声音极度委屈地哭诉着，来龙去脉，她的打算，苗苑的不可理喻。

“我年龄就快到了，年底就要退了，你的身体在那里，也不可能再出来干了，我为什么……我为了什么？我为了我自己吗？”韦若祺心中气苦。

陈正平听完长长叹气：“你知道你这辈子就毁在什么上面吗？自以为是！总以为自己是对的，什么都听不进，好心都让你办成坏事。”

这世上或者有人能在盛怒时也听得进忠告，但那绝不会是韦若祺，陈正平说完这句也倦了，蹒跚垂步，拄起拐杖慢慢地躲进书房里。韦若祺终于感觉到眼眶里热辣辣的，好像有什么液体在流出来，可她又不想哭了，此刻这房间里空无一人，陈默走了，陈正平也走了，她这把辛酸泪，又流给谁看呢？

–06–

苗苑那皮肤素来爱显印子，一会儿的工夫，红彤彤的掌印已经涨起来，半张脸肿得像猪头，走在路上半条街的人都在盯着她看。苗苑心里又是恼火又是委屈，一出小区大门就迫不及待地打车。陈默一直紧紧地攥着她的手腕，一声不吭地坐着，脸色铁青，出租车司机被这把邪火压着，连大气儿都没敢喘一下，悄没声儿地把两人送回了家。

平心而论，听完陈默当时在韦若祺面前说的那几句话，苗苑心里已经不生气了，可是这一路过来摆这么大个臭脸又算什么意思，她只觉莫名其妙。

苗苑记得网上说，家庭暴力这种事可一绝不可二，第一次就要闹得天崩地裂，要让对方明白你的立场你的底限，明白你对此深恶痛绝，绝对不能让他打顺了手。这次虽然不是陈默的错，可那毕竟也是他妈，苗苑感觉如果让韦若祺就此打顺了手也绝对是件可怕的事儿。苗苑思前想后也没觉得自己有什么地方出了错，于是也就心安理得唬上了脸，就这么跟陈默僵持着。

她心想你吓我？？别人怕你，我可不怕你！刚一进家门，苗苑就嚷嚷着想要先发制人，她努力挣扎着想要脱出手腕，陈默也不理她，一脚踢开房门，轻而易举地捉住她的双手把人推到床上。苗苑顿时火大，一翻身就想坐起来，被陈默紧紧地捏住了双肩。

“闭嘴！”陈默哑声低吼。

苗苑倒吸了一口冷气，一肚子的话都堵在了喉咙口，她看到陈默的眼底有一丝血色的红印，非常骇人的模样，苗苑不自觉地抬起手，想要触碰他，却又有些怯怯地蜷起手指，停在了中途。

“陈默？”苗苑有些慌了。

“从今天开始，就从现在，你再敢说离婚，我明天就把字签好拿给你。”陈默说，“你知道我这个人的，我说到做到。”

苗苑顿时傻了。

陈默慢慢松开手，牙根咬紧，肌肉绷出刚直的线条。苗苑呆呆地看着他，不知道说什么好，半晌，陈默像终于受不了似的转身离开，书房的门重重关上，巨大的声响吓得苗苑一哆嗦。

苗苑独自愣了好久也没醒过神，这这……这算什么事儿呀！陈默这算是在抽哪门子的疯啊？现实与想象天差地别，这种时候不是应该要柔情蜜意地道个歉，然后许诺会永远保护她才对吗？怎么……

苗苑一边窝火一边委屈，生起气来把床边的大兔子拎过来使劲儿地捶，死陈默骂了一千遍，终于累了，一头扎进枕头里放声大哭起来。

真是见鬼了，这么些日子她为了谁？好好的改发型，改衣着，留心那些本来不关心的国家大事，说话做事都小心谨慎的她为什么？还不是为了大家相处能融洽点，为了他那个妈能别这么膈应人。苗苑越想越难过，忍不住就想跳起来去书房找陈默：这样不行，我们两个得再摆摆道理，我哪里做得不好了，你凭什么还敢对我吼？

门外响起轻微的脚步声，一时近了一时又远，终于，推开门进来，苗苑堵气把脸埋在枕头堆里假装听不到，一个还带着湿意的硬乎乎的东西碰了碰她的肩，苗苑气呼呼地把头抬起来瞪过去，却看到陈默站在床边，手里拿着一盒切碎了的苹果。

苗苑愣了一会儿，抽了抽鼻子一骨碌爬起来，她凶巴巴地把盒子抢下来抱进怀里，含糊不清地嚷道："叉子呢？让我用手抓啊！"

陈默连忙出去给她拿了一只。

苗苑买吃食都不小气，这苹果按理应该是很好吃的，可是她慢慢地嚼着，一时味如嚼蜡，一时又觉得甜得过分，于是心情也就像这苹果那样，一时欢喜一时恼火。

苗苑抹了抹眼泪，仿佛已经很沧桑似的感慨："看来我得多买点苹果备着。"

"一个就行了。"陈默说。

"那夏天没苹果了怎么办？"

陈默踌躇了一下，问道："西瓜你吃吗？"

苗苑终于忍不住笑了。

"消夜吃吗？"苗苑说。

"吃。"陈默马上点头。

现在是下午三点，窗外阳光明媚，苗苑在厨房里煮着酒酿小圆子——当夜宵。

当然，平心而论她现在还怒着，且不论之前积蓄下来的夙怨，就单单说今天，莫名其妙地就让她换工作了，莫名其妙地吵起来还连累她妈，莫名其妙地居然还给她一巴掌……回到家，陈默没有一点柔情半分歉意不说，竟然还敢吼她，眼睛瞪得那么凶，苗苑想起来就是一阵恼火。这么些个乱七八糟的麻烦事目前全都在心里，沉甸甸地全压着，可她还是爬起来煮消夜了，因为陈默已经先给她切了个苹果。

这种无言的默契很难形容，苗苑只是朦胧地感觉到：好吧，虽然我是有理由生气的，有权利摆摆样子的，可是既然陈默已经搬梯子过来了，就先下吧，还有什么话，等咱们回平地了再细说。

苗苑想起结婚之初他们两个闹冷战，拖了好几天拖到三更半夜才和解。现在就好多了嘛，当天下午茶时分就能坐下来一起吃消夜了。

这是什么？这就是进步啊！

苗苑失手放了太多的糖，小圆子甜得几乎有点腻，好在煮得不多，两个人一人一小碗慢慢地吃着。苗苑看着自己碗里白乎乎软绵绵的粉圆，慢慢解释方才发生的事，韦若祺让她去考研她不乐意什么的，言及对方父母，苗苑的理智说你得留下点余地，可是情感在说到那一巴掌的时候还是爆了。

“我爸从来都没有打过我，我妈都有十几年没打我了。”苗苑很愤怒，“她还打我脸，我妈都没打过我脸。”

陈默低声说着对不起，伸手摸了摸苗苑的脸颊，指下的皮肉红肿着微微发热，陈默像有些烫到似的缩了手。

苗苑狠狠地瞪了一眼陈默，不满地控诉：“你也不帮我，回家还对我吼，我才叫倒霉呢……”

“别说离婚，我不想听。”陈默一手捏着勺子指节绷得发白。

“我当时都气糊涂了，你就跟我较这个真儿？”苗苑大怒，声音提了好几度。

“我知道你这次不是认真的，可我不想听，你知道我这个人很当真，我不想听你说那两个字，我受不了。从小我妈就这样，气头上什么话都能说，我不喜欢，我不喜欢你也这样。就算将来哪天你真的跟我过不下去了，也别说。家里钱在哪里你知道，你要什么都拿走，我什么都给你，离婚就别再回来，这辈子别让我看见你。”

苗苑看到陈默眼眶发红，原本，陈默的瞳仁是黑色的，那是一种闪着坚硬冷光的纯粹的黑，可是此刻生出波动，那是一种无可形容的近乎于心痛的温柔。

“你你……你别难受啊，是我不好，我乱说话，我以后再也不说了，我保证。”苗苑马上慌了手脚，心疼得一塌糊涂。

陈默慢慢地把苗苑拉近，抱到腿上，他又听到那单薄的胸脯中惊慌乱跳的小心脏。他原以为，柔弱会是这个女孩最大的优点，这样，他就能凭借他的强硬束缚她，带着她一并走下去。可是现在才发现不是的，再柔弱的女孩子都可以逃开他，只要她真的想离开；其实再强硬的女孩子也能陪伴他，只要她真的愿意陪伴。

是的，其实那一切的一切中，真正重要的，是她是否愿意，她是否愿意坚持。

“我真的很喜欢你，你别这样。”陈默交错双臂把苗苑锁在怀里。

别这样，轻易就失望，轻易就放弃，和原来一样。

别这样，以为还能分手，以为总能离婚，像别人那样。

别这样，我不喜欢。

“我知道，我知道呀，我以后再也不说了，”苗苑急得眼泪直流，“我保证，我们都要好好的，我们不分开，我们一家子……”苗苑拉过陈默的手放在自己小腹上：“一家子，还有宝宝，我们都好好过。我怎么会跟你离婚呢？你那么好，我怎么舍得离开你？”

“我不好，也不行。”陈默说。

“行行，你不好我们也不离婚，我打你，我把你教好。”苗苑有些想笑，眼眶湿了又干，“我们怎么都不散伙，吵架了也要和好，就算不爱了，我们就再谈一次恋爱。”

“我这辈子呀，都跟你耗着。”苗苑忽然笑了笑，她紧紧地抱住陈默，反反复复地抚摸着他的脸。

这仍然不是苗苑心中期待的结果，现实与想象还是相差甚远，然而，苗苑这时已经顾不上了。陈默牢固地拥抱着她，也被她抱紧，那天下午，他们就这样长久地相对，苗苑哭过又笑，笑中却还有泪。他们慢慢地说着各自的心里话，对未来的期待，种种的忧虑，这才发现，原来表面上蜜里调油的小日子背后也有无数

琐碎的烦恼。

你的家庭，我的家庭，原来都是压力；你的心思，我的心思，其实都让人捉摸不透。

“以后，我保证再也不会说离婚了，无论什么时候，我都不说。”苗苑慢慢地很坚定地说出这句话，她顿了顿，双手捧住陈默的脸，低下头深情地看着他：“但是我今天很难过，因为你妈妈欺负我。陈默，你要明白那是你妈不是我妈。我不喜欢她的，你知道，我为什么要听她的话，我为什么要去你家，我都是因为你。”

陈默的脸色变了变，露出难得的慌乱：“对不起。”

“陈默，我们说好了，以后不许你再对我这么凶，以后不管发生什么事你都要记得给我切一个苹果。”苗苑明润的大眼睛里含着泪，她微微偏过头，用一种几乎是执拗的眼神看着他。

“好的。”陈默哑声道。

以后不管发生什么事都会给你切一个苹果；将来无论任何情况请给我煮一碗消夜。

我答应不会再对你发脾气；答应我再也别对我说离婚。

我们彼此承诺永远不分开！

苗苑有一种模糊的感觉，有些什么东西在脑海中清晰了，却又抓不住。她一直在想怎么了，发生什么事了，到底什么地方错了，我要怎么办，她想得头都疼了，晚上睡也睡不着，却还是想不明白。

夜静更深，陈默把脸埋在她颈边睡得很安静，有很微弱的呼吸声，伴着淡淡的温暖的气息从皮肤上掠过。苗苑知道他已经睡着了。

起初，她是分辨不出来的，陈默无论睡着醒着都很安静，几乎听不到呼吸与心跳的声音，好像没有生命的物体。最初时苗苑都没机会听到陈默睡着的呼吸，陈默总是比她更晚入睡，只要她一动就会醒来。后来慢慢地……不知从什么时候开始，陈默改变了他的习惯，而苗苑并没有察觉，直到有一天她听了郑楷的话，去找一些有关狙击手的书来看，才明白警觉对于陈默来说是多么根深蒂固的习惯，才明白这种改变意味着什么。

似乎我们总是这样，不知道手里已经握着怎样的关键，总以为得不到的更重要。

苗苑慢慢转过身，在极近的距离看着陈默，月色很淡，连轮廓都照不分明。陈默有着很单薄的嘴唇和挺直的鼻子，剑眉浓黑修长，眼角锋利，这样硬朗的五官凑在一起几乎是不好看的，却让她一见倾心。

为什么？

谁知道？

仿佛从第一眼开始她就这么认定了，陈默是这个世界上最帅的男人，沫沫说你这叫花痴，可苗苑不在乎，花痴就花痴了有什么不好，至少她嫁给了她眼中最帅的男人，那是别人没有的幸福。

似乎长久以来都是这样，陈默是她眼中的神，那个无所不能的男人，她背后的高山与大树。

苗苑喜欢这样，那就是她梦想中丈夫的范本，他可以不聪明也没什么钱，不会说甜言蜜语也不会浪漫的小把戏，可是他忠诚大度，正直强大，永远都能保护她，宠爱她，只有她。而她则乖乖地做一个快乐的小女人，一心一意地爱着他，照顾他的饮食起居，让他开心，让他快乐，为他生一个孩子，相夫教子……这就是最美丽的人生。

苗苑一直认定陈默是完美的，就算差那么一点，她也会蒙上双眼告诉自己就是的，即使毛病出大了蒙上眼睛也绕不开了，她还可以劝自己忍受，她一直坚信，只要有爱什么都没关系，她相信陈默值得所有。

是啊，爱怎么可以没有宽容？我们背靠大树乘荫的时候，偶尔，也要忍受树上掉下来的毛毛虫。

她当真就是这么想的，她以为她遇到了最好的，她也已经为他做到了最好的，她以为就这样……就可以了，她可以坐下来，背靠着她的大树，无所思虑地幸福着。

她最亲爱的老公，无所不能的陈默会为她挡去所有的风霜雨雪，所有她不擅长的，她期待着他会为她完成的。

那是她的骑士，会待她如公主！

可是现在，在这个平凡而平静的夜晚，在所有人都开始入梦的时刻，她的梦忽然醒了。

回忆如潮水一般涌来，她一下子想起了很多很多，从最初的相识到相爱，从分手到相遇，到结婚……她想起陈默曾经不知所措的愕然，想起他渴望挽回时的真诚，想他快乐时的笑容，想起他的无奈，他难得的愤怒……她发现自己好像从来都没有试图好好去了解他，站在他的脑子里想想这些到底是为什么。想想他是谁，他能干什么，不能干什么；他喜欢什么，不喜欢什么。

她好像总是那样一相情愿地爱着他，对他好，渴望着他的回应，如果他恰好给对了就狂喜，给错了就失望恼火。

她就那么单薄地爱着他，还以为，这已经是极限。

她想起今天陈默跪在他母亲面前时的眼神，想起……他眼底那一线红印，仿佛会流泪似的。

苗苑静静地看着陈默熟睡时微微皱起的眉心，那里有一团模糊的阴影，她低头吻一吻他，心里难过得不得了。

很难过很难过的时候，反而不会哭。

她今生最爱的男人，也不过是个普通人而已，他弹无虚发，他打架很厉害，人人都怕他，可那也没有用。抛开那一切，他不过是个木讷的笨男人，尽管他也很努力，可是他仍然没办法摆平他母亲，甚至永远也搞不明白她那些细腻的小心思，于是……也就永远都没办法好好保护她。

他不会是她万能的骑士！

苗苑郑重地告诉自己，不，他不是！

他除了笨一点，木一点，偶尔也会不能依靠，会辜负她，会忽略她……然而，苗苑仍然无比地庆幸，真好，他们还相爱！

他们还戴着爱情的有色眼镜，就能过滤很多苦，留下更多的甜，仿佛被蒙蔽了双眼，只看到虚幻的爱人。

爱情让人愚笨了，不是吗？

可这点愚笨是多么重要，因为现实多残酷，只有笨蛋才会相信我们真的能相爱到老。

这世上有多少人能一辈子都过得清楚明白条理分明？不能的，我们连自己的未来都搞不清楚，又怎么可能一眼看清共同的将来？苗苑自认她只是个笨笨的小女人，她不是多么杰出的人才，她只想糊里糊涂快快乐乐地过完这一辈子。她想起之前妈妈说过的一句话：女孩子，婚前要睁大眼，婚后要学会闭上眼。

她结婚前睁大了眼睛找，找到了这辈子最喜欢的男人，现在她决定闭上眼，如果连她的陈默也没法保护她，让她满意，她决定自己保护自己，保护她的爱情不会被细碎的失望磨穿。

苗苑悄悄地握起拳头，她相信，她可以的。

那天晚上陈默一直睡得不熟，总觉得苗苑很不安分，可是疲惫让他不愿意醒来，只是把苗苑抱得更紧。清晨时分，阳光透过窗帘漫进来，陈默感觉到苗苑用一种非常大刀阔斧的姿态坐起了身。

“这么早？”陈默有些疑惑。

“陈默，我们是确定不会离婚的，是吧？”苗苑异常严肃地看着他。

“当然！”陈默马上清醒了，醒得很透。

“那么，你总归不会不要你妈的，对吧！”

“是的。”陈默说。

“行。”苗苑点了点头，干净利落地穿衣服从床上爬起来。

“怎么了？”陈默觉得不安。

“没事儿，你早上请一会儿假，陪我去你妈那儿走一趟。”

陈默登时愣了。

苗苑倒了水，哗哗地刷牙，非常有干劲儿的样子。陈默站在旁边有些摸不着头脑，他试探着问：“今天吗？”

“是啊，反正都得说，迟还不如早，有些话我得跟你妈说说清楚。”苗苑用沾湿的手指拍一拍陈默的脸，笑了，“别怕，我不是去吵架的。我跟她说道理。”

你跟她说道理？陈默开始觉得头痛了。可是苗苑现在连走路都带着风，这个样子的苗苑是拦不住的。她穿上了自己最喜欢的衣服，梳了个自己最喜欢的发型，戴上闪闪发亮的水晶蝴蝶耳环，还给自己抹了点唇彩。她在陈默面前转了一圈，笑嘻嘻地说，可爱吗？你必须忍受我这个样子，直到我 30 岁。

陈默连忙点头，他只担心这丫头别转转跌一跤。

事实上，当吴姐开门看到他们俩时，那表情活脱脱就像见了鬼，来得太早，陈正平还没起床，韦若祺正在吃早饭。苗苑一本正经地坐到韦若祺面前，一字一句地问："能给我一点时间吗？"

韦若祺错愕得差点儿呛着，她本以为这姑娘这辈子都不会再出现，可万万没想到她大摇大摆地就来了，还这么快。

陈正平在房里一叠声地催韦若祺进去帮他穿衣服，外面那三个硬的硬、狠的狠、笨的笨，没一个省心的主，他要亲自坐镇。

苗苑端端正正地坐在客厅里等，双手放在膝盖上，像一个正在等待高考的学生。陈默揽上她的肩试图抱一抱她，被苗苑固执地甩开了。

陈正平穿好衣服蹒跚地走到苗苑面前坐下，他神色慈祥地用一种几乎是恨铁不成钢的语调说道："昨天的事，你也别往心里去，你妈她家就这家风，她叔叔五十多岁的时候还被她爷爷打得满院子跑……"

"可我家没这家风！"苗苑马上说。

"那是，是的，打人当然是她不对，我昨天就已经说过她了，她这个人哪……"

"爸，能不能先让我说几句话，我要跟妈说点事，你们能不能都先听我说，别打断我。"苗苑睁大了一双乌亮的眼睛，摆出一本正经逼视的模样，一个从来都不坚持的人忽然执著起来，是会让人不自觉想退让的。

陈正平马上温和地笑了笑。

苗苑把脸转向韦若祺的方向，表情严肃得要命："第一，你昨天打了我一巴掌，过去就过去了，我也不打算找回来，但是从今天开始，如果你再敢打我，我一定会打回去！"

韦若祺大吃一惊，眼神顿时锐利起来。

苗苑不甘示弱："你别瞪我，我这不是为了我自己，我这是帮我妈讨公道。我小学毕业以后就再没人打过我，做错事，我妈都跟我说道理。她养我到这么大不容易，她自己心情不好的时候都没拿我撒过气，所以我不能让人白打了，那样对我妈不公平。"

韦若祺一时语塞，咬牙切齿。

“第二，我知道你是陈默的妈，你养了陈默是我婆婆，可我们两个人还是平等的。你没什么高过我的，我也不觉得欠了你什么，所以，请以后别老是对我那样指手画脚的。是的，没有你就没有陈默，你养了我老公 30 年，可将来我还得照顾你儿子 60 年，你也不吃亏!!第三，因为我们两个是平等的，所以我有权选择自己想过的生活。我不偷不抢凭本事吃饭，我没觉得有什么好丢人的。我养得起自己也养得活陈默，将来也养得起我儿子。我知道您想帮我是为我好，但是您的好，不一定就是我的好，我谢谢了!”

苗苑像连珠炮似的一口气说完，胸口起伏，微微地喘着气，她迅速地扫了那三人一眼，马上说:“我要说的都说完了，你们还有什么要说的吗?”

屋里另外那三位被她这一大串歪理给震着了，都来不及回神，超人变身也没这么狠的，180 度急转，小白兔换上了铁齿钢牙，是个人都要愣上三愣。

苗苑略等了一秒钟，马上拉着陈默站起来鞠了个躬:“爸，妈，那没什么事儿我们先走了。”

变故迭起，陈正平根本还想不出要说什么，就眼睁睁地看着陈默被扯走了。

苗苑很想飞奔，如果不是陈默硬拉着她，她大概真能跑起来。多厉害啊，她太牛了，她真的说出来了，唬得太后一愣一愣的。陈默被苗苑飞扬的神采所感染，心情松泛了一些，笑道:“怎么开心成这样?”

“当然开心啊! 我容易嘛我，我想了半夜呢! 就怕到时候说不出来，要不然让你爸一打岔，全打乱了。”苗苑握紧拳头放在自己胸前，“沫子说大家相处要先立规矩，我现在想想呢，也是我自己懒，老是指望着混过去，结果越混越僵了。不过呢，陈默啊你放心，我不会欺负你妈的，我不是坏人。我就是，也不能让她欺负了。”

陈默无奈地点了点头，用力揉乱了苗苑的头发，这丫头，连珠炮似的一打，不知道后继又得怎么收场。

“我妈她……其实没有恶意。”陈默斟酌着用词，“她就这脾气。”

“我知道啊! 我没说她想害我什么，我就受不了她那个劲儿，好像我们是她

手里的……玩具似的，想怎么摆弄怎么摆弄，指东就不能往西。人不能想怎么样就怎么样吧，我还觉得自己是公主呢，我还想全世界的帅哥都听我说话呢……可能吗？”苗苑满不在乎地挥挥手，“算了，上班去了，晚上回来吃饭吗？”

“回。”陈默说。

他看着苗苑的背影混入人流，每一个城市在早高峰时都有熙熙攘攘的人流，他的苗苑就那样消失无踪影。而陈默却觉得自己还能看见她等车的样子，又恢复了活力的笑脸，翘首期待着下一辆公车的到来。

这女孩有一种让他看不懂的神奇才能，陈默无法形容那到底是什么，可是，他很喜欢，因为他知道那是他未拥有的，甚至是他们全家人都未拥有的。

在回驻地的路上，陈正平给陈默打了电话询问苗苑的情况，陈默说：“挺好的，她就这么多要求，她说出来就舒服了。”

陈正平缓缓地“哦”了一声。

陈默说：“她从小就是那么过的，所以不习惯我妈那样。”

陈正平默然不言。

“不过，她还在提要求，爸……你明白的。”

“我知道。”陈正平说，“这丫头心地不坏。”

陈默于是也沉默了。

半晌，陈正平说道：“你妈现在还是很难受，她很失望。”

陈默想了想，说道：“我小时候，一直希望我妈不要那样。我记得有一次，她让我晚上吃方便面，我忘了，放学热了点饭。她回家打我一顿，说我撒谎，怎么可能会忘了。我也一直失望，可她还是我妈。”

陈正平哑了很久，长长叹道：“都怪我。”

“没关系，我知道你们忙。”

陈默顿了顿：“爸，你劝劝我妈……家和万事兴。”

第五章

我爱你，我的宝贝

-01-

陆臻中校说过，生活是一场持久战。其实生活还是一场游击战，敌退我进，敌进我退……耳光事件之后苗苑的姿态强硬了很多，而韦若祺则沉寂了很多，婆媳关系又一次降入冰点，两位陈先生很无奈，同时又庆幸她们好歹还是各自收敛了脾气，把这一页揭过，没有扯住了不依不饶。

苗苑把她的英雄事迹说给大家听，所到之处掌声雷动。沫沫心酸地抹了一把脸说闺女啊，为娘终于不用给你操心了。苗苑追着她打，马上被小米截了下来。倒是苏会贤听完之后笑着说你婆婆也算不错了。苗苑很郁闷，喃喃地想要分辩。苏会贤却说至少她不愚蠢，至少她没恶意。苗苑一听倒也愣了，是啊，这世上损人不利己，一定要折腾得不死不休的人也不少，拼了命使坏心就是想让儿子媳妇离婚的人也不少，这么说起来，韦太后还真算不错的。

苏会贤说她生母去世很早，哥哥苏嘉树从小无法无天，十几岁的时候在外地打架差点捅死人。她爹说别管他，让嘉树在局子里待着受点教训，可继母暗地里塞了不少钱，让她哥好吃好睡成天打电子游戏。谁都说他们兄妹运气不错，遇上的后妈不难相处，可是后来她自己有了孩子却管得很紧，全然不是这么教育的。回头想起来也是啊，别人的儿子，宠坏了有什么关系，好好教育多费事儿。

苗苑听着冷汗连连，苏会贤又笑了，说我哥那性子，就算亲妈在的时候也没管好过。其实你婆婆不爱陈默，那是你的运气，她不爱他，陈默就只能是你的，谁也抢不走。最可怕的婆婆是把儿子当皇帝，也要求你把她儿子当皇帝。

这个弯绕得大了一点，苗苑反应了一阵才回过神，可是回神之后就彻底恍悟了。她想起她一个表哥，工作好、样貌好、脾气也好，能说会道，能吃会玩，可是没有女人愿意嫁给他，他也不热衷于给自己找个老婆。她想起她那位无比麻利能干的阿姨与她听话的儿子……

苗苑心想这倒也不是她们家陈默有多好，只是现在有些男人都被宠得太不像话。陈默纵然有一百个缺点，至少够大气够独立像个男人，顶天立地。该他出来说一句什么的时候，在大节都没站错队，也从不曾与她在细枝末节家长里短上争过高低。

苗苑觉着，大概每个人想要的都是不一样的，她不是沫子，不是聪明能干的苏姐姐，她喜欢做藤蔓，她喜欢陈默那样坚硬的大树，不会弯不会垮，无敌的安全感，让她能放心依靠。她自己觉得可以满足了。

其实上帝偶尔也是会公平的，苗苑在家中失意，店中就得意。也不知道是白色情人节那天火暴的长队惊动了众人，又或者是会贤居的中式细点随着苏老板家的生意红火更加声名远扬，人间蛋糕店这块牌子在城里慢慢也有些红了起来。苗苑又多请了两个小妹，一个帮着王朝阳收银，一个在里间帮面包师小杨打下手，于是目前苗苑手握四员大将，也算个正儿八经的小老板了。

店子红了就有人找，不光是门前慕名而来的食客在翻倍，背后跟苗苑商量着要大批量订制餐点的饭店也颇有几家。虽然之前苗苑与苏会贤签的合同上没有写明独家合作，可是苗苑脸皮子薄，总觉得不能帮别人跟苏姐姐抢生意，都私底下一一回绝了，而且特供给会贤居的那几款糕点在人间店堂里也不出售，独家到底，非常给面子。

有句老话叫无商不奸，其实那是错的，尤其是餐饮业这种长期生意，唯有诚信才是立业之本。苗苑一直没给自己表过功，但苏会贤都看在眼里。她是心思极细腻的人，不动声色间已经把苗苑从可以合作的合作伙伴升格为可以交往的靠谱朋友。做生意有来往，做人也是，投桃报李，有时候吃亏也是便宜。苏会贤并没有主动给苗苑涨价，但是她有好点子，她从来不吝惜教给苗苑。

苗苑有好手艺，蛋糕做得好吃，亦有小聪明，时时花样翻新。五月份再次上新品，这次的主题是“长安夜”，中西技法混做相当特别。她将香菇鸡肉椰浆煮咖喱馅包成馅饼，然后做出瓦当的模样，在饼皮儿上压出“长夜未央”，用澄粉皮儿裹着鲜奶油混枣泥馅，水晶剔透的一条，这美丽的点心就叫“琉璃袖”，她还做了巧克力味的“大明宫”，辣味儿的“汉宫飞燕”，还有用中式奶酪和杏仁豆腐做成的“温柔乡”。

而苏会贤一手指点了整个运作，把五款糕点分开五次推出，每次都提前一周出海报、上模型、只试吃……就是不给买。苏会贤在报社的美食版颇有一些人脉，而此时人间在城中也着实有了一点热度，于是顺理成章地做了个专题锦上添花，生意一下就火了。

苏会贤看准时机让苗苑换了招牌，正式更名为“人间创意私房点心铺”，店里面分设两种系列，一种是大家都有的大路货，还有一种就是店主手制的私房花色。小陶冶慷慨地白送了一个 LOGO 设计，整个店面略换了软装修，顿时整体格调就高端了起来。

苗苑一开始不理解，私房是什么意思，这么改为什么，所谓的创意私房货与普通品成本上又没什么差别，卖那么贵能成吗？

苏会贤联合陶冶一起指点她，这年头人人都喜欢显示自己与众不同，西点又不是白米饭非吃不可，好这一口的人大半有点儿矫情并热爱浪漫主义。他们上豆瓣，看法文片，听陈绮贞；他们总以为这世界上最多只有一千个人活得与他们一样，其实这么想的起码有一千万。但是没关系，就让他们误以为人间是那一千人专属的 VIP，他们就会为了这 VIP 多给三成标价。

苗苑捂嘴傻乐，心想原来就这么简单，俺也跟着时尚了，小资了，小众了……高学历化了。

苗苑有时候觉得自己挺小气，比如说上报了还要装作若无其事地带一份回家，陈正平戴着老花镜很赏脸地仔细读完了整个版面，韦若祺则面无表情地无视了它。苗苑这时候又觉得自己大气了，她心想爱看不看吧，至少我一直在你面前存在着，而且快乐地牛气地存在着。

苗苑发现婚姻真的会让人改变很多，原来放不开的放开了，原来豁不出去的豁得出了，原先总觉得自己只是个弱弱的小女人，这也不敢那也不想的，只知道缩起来安安分分做人，现在忽然觉得天高海阔了。

苗苑抱着陈默的肩膀说她的梦想，陈默微微笑着说："挺好的，就是我也帮不了你什么。"

苗苑认认真真地看着陈默说："不会啊，就是要有你在我心里才有底。"她握住陈默的手奋力地举起，嘴里嚷嚷着："加油，一起加油！"

陈默安静地看着她，眼中有柔和的笑意。

苗苑却停下来，专注地看向陈默：傻乎乎，难道你真的不知道，就是因为你我才会勇敢。因为你从来不嘲笑我，你从来不鄙视我，因为我知道我可以努力去闯，因为你答应了会养我！

她忽然一口亲在陈默脸颊上："我最喜欢你了。"

陈默猝不及防，脸上红了红。

不过很快地陈默也派上了用场，苏会贤的好朋友杨永宁从法国逃婚归来，在苏老板那儿四散陪嫁，苗苑见者有份拿了两套精美的西点图解。可惜一翻开全是外文，苗苑看着头都大了。她这一生最恨英文，西点制作就算是内容不深，她也看得极度痛苦。大晚上的开着金山词霸一个一个地查单词，陈默探头过来看看，说："我来吧。"伸手把书和笔拿了过去。

苗苑怯生生地指着电脑问："要吗？"

陈默摇了摇头，"刷刷刷"下笔直译，跟平常写字一样快，苗苑看得眼睛都直了：最萌英语学得好的人了。

那两套书一套英文一套法文，陈默英文完全能搞定，法文就翻得极为局促，试了几页发现啃不下去，只能先专心对付英文版。虽然陈默办事效率高，可毕竟工作忙，一周回家就那么几天。苗苑又心疼他，总说慢慢来不用着急的，一次翻译完了她也试做不过来。可是陈默性格执著，而且难得有机会表达存在感，他干得颇为满足，以至于周末去爹妈家也揣着。大家吃完饭坐一起看看电视聊个小天，他坐在一旁捧着硕大一本硬皮书下笔如有神。

苗苑一边与陈正平扯着闲话，眼角的余光却忍不住一直飘过去，陈正平心领神会地放过了她，默默旁观这丫头傻乎乎地看着自己儿子的背影整整半小时。

那天，等陈默他们走后陈正平拽着韦若祺说算了，真的。至少这闺女是真的喜欢你儿子，陈默坐在那儿一动不动的，她就这么看着他，笑得像花儿一样。陈默没结婚就不听你的，现在结婚了，这姑娘这么稀罕他，你还指望他给你转个性?

韦若祺黑着脸，默然无言。

这世界,其实太认真你就输了,至少苗苑是这么觉着的。上帝给你关了一扇门，你就去找个窗,实在连窗都没有,还能自己撞个坑,反正就别指着一个地儿地死磕。婆婆不称心，真遗憾，可咱还有老妈；老公不会玩是挺没劲儿的，可他看着你玩儿他也不拦着不是? 他不光不拦着他还挺乐呵不是? 人活着就得往好里想，怎么舒服怎么过。

有时候苗苑挺可怜她婆婆的，你说那么大个人了，上赶着跟自己儿子媳妇找不痛快,有意思吗? 谁也没拦着她碍着她,还生怕她老人家发火,都想法儿顺着她。就这么着她还要活得这么不开心不满足，那不全是自找的吗?

苗苑觉得韦若祺真是没救了，基因问题，她就没有让自己幸福的基因。

苗苑和沫沫自从怀上了食量就大涨，再加一个陶冶，仨吃货撞在一起，成天没别的奔头就指着吃。你家的凉皮，我家的腊肉，网上网下地成天琢磨四下搜罗。总是在傍晚那一拨生意结束之后，三个人就开始鬼鬼祟祟地转发短信。

吃了吗?

没吃!

没吃吃点啥?

有毛好货?

我听说 ××× 绝 B 牛气……

去抢位置!!

一般来说陶冶下班早，就由他去抢位置，苗苑去接上沫沫紧随其后，如果陈默不值班再叫上陈默。饕餮完成之后分类打包，沫沫捎回店里给老公，苗苑带上一份给伙计们加消夜。每当这时候陶冶就有些受伤，因为他无牵无挂，本想说给爹妈带点回去，可惜家中母上太不解风情。也是，好好的家里的饭菜不吃要去外面吃，吃完了还往面前带，那不是上赶着打脸嘛!

陶冶被甜蜜的小两口刺激多了，就寻思着自己是不是真的也得找了，于是很快地又失恋一回。“又”这个字在此不仅指代着事件，还代表了对象，是的，哲人说人不能两次踏进同一条河流，但是陶冶确定在同一个姑娘身上失恋了两次。

事情是这样的，陶冶在上一次告白未果之后，本来是打算放弃的，可是无奈市局忽然开展网络扫黄行动。科通支队的人手不足，陶冶就被抽调了去帮忙，偏偏那姑娘最近对他甚是和颜悦色，结果日久生情，陶冶心中那未曾磨灭的小火苗又噌噌燃烧了起来。此时陶冶的星座研究已经进阶颇深，他指着他与她的命盘向那姑娘深情地解释道，你看，虽然我们两个的星座在太阳上不合，但是在月亮上还是合的。警花姑娘忽然兴奋起来，啊呀呀，那你帮我算一下我和程警官的星座有多合吧!!

晴天霹雳，陶冶当场被雷得外焦里嫩，香酥透骨。他拉着那姑娘说姐啊，你看上谁不好，你可千万别往那火坑里跳啊，那厮绝计不是好人，说他流氓，我们那整片儿的流氓都不答应。人家那是客串几次小混混赚点闲钱，就他是职业的，拿钱当流氓。警花姑娘沉默了两秒钟之后目光陡然犀利起来，轻轻哼过一声：“我本来以为你还算个男人，没想到是这样的。”

陶冶顿时傻眼，深受其伤。是的，失恋是可以接受的，被拒绝也是可以接受的，但是输给程卫华是绝对绝对不能接受的……他深深地感觉到这个世界上有眼睛的女人大概是死绝了。

陶冶在悲愤之余下决心要给自己吃点好的，苗苑和沫沫为了安抚纯情少男受伤的小灵魂给他在会贤居包了个小包厢，大门一关好菜点起来，男人吃吧吃吧不是罪。可有时候事情就是那么寸，苗苑出门洗手，居然刚好在过道里碰上程卫华。程警官一向唯恐天下不乱，听说陶冶又失恋了，顿时喜得笑逐颜开的，不一会儿拎着半瓶白酒从别桌流窜过来。

小玻璃杯子满上一盅，程卫华笑道："问世间情为何物，直教人生死相许……来，哥敬你！"

陶冶这会儿看见他就窝火，可是碍于面子又不好明说，气呼呼地接过来一口闷，把程卫华和苗苑他们都吓得一愣。陶冶是另类酒徒的典型代表，你别让他沾酒他比谁都乖，而且拼了命地逃酒就是不肯碰；可是万一让他喝开了，那就完蛋，不醉不归啊，那叫一个不醉不归。

程卫华才愣了一秒钟就笑了，眼角弯弯地往上挑，笑得那个奸诈。陶冶斜眯着眼看过去，心里那叫一个不爽，他自顾自又满了一杯，指着程卫华问苗苑她们："你们说，我们两个谁帅！"

"你帅！当然是你帅！！"苗苑与沫沫异口同声。

陶冶舒心了。程卫华趁热打铁锦上添花……迅速地把陶冶灌成了摊烂泥，然后……他驻足欣赏了一会陶冶发酒疯的傻样，心满意足地走了。

苗苑恼火地拦住他直嚷嚷："不会吧，你得帮我把他运回家啊！"

程卫华赔笑说："哎呀呀，陈夫人你这可就难为我了，我隔壁还有一桌兄弟在等着我呢，再说了，我今儿也喝了开不了车了，要不然上路让交通大队的兄弟给扣了那得多丢人啊！"说完，程卫华一溜烟儿地跑了，苗苑气得直跺脚。

烂醉如泥的陶冶同志忽然把脸探到苗苑眼皮子底下，口齿巨清晰地问："苗姐，为啥你跟陈队长这么好？"

"我喜欢他啊！"苗苑莫名其妙。

"怎么才能那么好？"陶冶有些激动地拍桌子："怎么找个这么好的人，你为什么要娶陈默当老婆，我为什么就找不到好老婆？"

"陈默不是我老婆啊！"苗苑没憋住，一口喷出来。

"胡说！"陶冶生气地看着她，"你不告诉我！"

"行行，我告诉你我告诉你……"苗苑被他缠得没办法，"这样啊，找伴儿，对吧！你不能瞎找，你得找个跟自己像的，门当户对知道吧？”

“你跟陈默很像?!”沫沫大惊，这姐们儿还没喝醉，还有独立判断能力。

“怎么不像啊，我跟陈默哪点不像啊！”苗苑理直气壮，“你看，我们俩都不爱管人闲事儿是吧？都还算大方，没有掉钱眼里的对吧？也都是本分人，就想着好好过日子……嗯，这么说吧，就陈默那死脾气，我要是也跟别人似的成天催着他走路子，往上爬，他马上蹬了我；可要是陈默也跟他妈那样，成天嫌弃我不上台面，我们俩也迟早得掰。所以说过日子就跟拉车是一样的，都得往一个方向使劲儿，要不然，就拆伙啦！”

陶冶若有所思地点了点头，一个字一个字地说：“价！值！观！”

“啊对！小陶果然有文化！两个人在一起最重要的，就是价值观得是差不离的。”苗苑心里一乐，爱惜地摸了摸陶冶毛茸茸的头顶，忽然手下一空，人已经出溜到桌子下面去了。

苗苑跟苏沫顿时傻眼！

沫沫已经快六个月了，挺着个大肚子本来行事就不方便，苗苑虽说还没显身子，可是陶冶 180cm 的大小伙子，醉得亲娘老子都不认识，自己一个孕妇怎么可能拖得动。苗苑气得一边给陈默打电话一边骂程卫华不是人，好在 9 点之前陈默都不忙，虽然是值班时间，可是出来接送个人还不算难事。

陈默一向行动迅猛，当他赶到的时候苗苑与沫沫刚好清扫完战场，陶冶趴在一角的沙发上呼呼睡得正香。苗苑一看到陈默就特高兴，连忙从牛蛙盆子里把之前藏下来的两只口水牛蛙捞给陈默吃，又多叫了一份榴莲酥打包，让陈默带回去当明天早饭。

本来陈默是打算进门就在服务台把账先给结了，结果轮值的当班经理章宇一眼就认出来是陈默，连忙笑着摆手说不用了不用了，苗老板的账都是打七折直接从货款里清掉。

陈默乍然听到“苗老板”三个字微微愣了一下，把拿出来的钱包又放回去，点头说了一声“谢谢”。

章宇看着那道笔直的背影慢慢地融进人群餐火的喧哗鼎盛处，不自觉有些走神。苏会贤从外面进来正巧就看着了这一幕，顿时狠狠地被雷了一下。她一巴掌拍在章宇肩膀上，把人引到落地窗边隐蔽的地方，非常严肃地说："八仔，虽然你看男人的眼光进步了我很高兴，但是这个太夸张了，死透了。"

"什么话！"章宇臊得满脸通红，"我就是在想，陈队长真是奇怪，苗姑娘比他小这么多，又老是和年轻小伙子一起吃饭啊唱歌什么的，他也不生气，还过来帮忙。"

"奇怪？"苏会贤轻轻一笑，"这是最高段位！知道怎么样才能保证你的爱人不会静悄悄地背叛你吗？就是这样，首先，你得给她信任，如果你把她每一个异性好友都打死，那从此以后你都不会再知道她有没有异性好友，所有的地下情都是在地下才能发展出来的，别逼她把光明正大转地下。然后，你要跟那个人做成朋友，点头之交也好，生死之交也好。"

"难道这样人就不会跑了？"

"倒也不一定。只是如果这样做了，她还跟人跑了，那你也就没什么好遗憾的了。"

章宇长叹一口气说："如果赵锐也能这么想就好了。"

苏会贤不屑："你那个赵锐是脑子有问题好不好，他连你跟我都怀疑，你一个纯 Gay，我一个死直，我们两个有半点可能性搞到一起去吗？我拜托你给我争点气把他甩了吧，那小子不是一般的王子病，这几年我都让他折腾够了！"

"赵锐怎么说，至少……"章宇有些无力。

"至少不出去花！是吧？我就想不通了，两个人在一起这难道不是最基本的吗？"

"你也知道对于我们这圈子来说不是的。"章宇垂头很无奈地笑了笑。

"见鬼，"苏会贤很不爽地拍窗子，"早知道当初还不如劝你从了我哥呢。"

"你觉得我跟苏嘉树会有好结果?！"章宇惊得直跳起来。

"那当然不会，只是如果是嘉树的话，你应该被甩了很久了，你那个一根筋式初恋症候群也就没机会发作了。"

章宇郁闷地趴在窗上，正看到陈默架着陶冶出门，他小声嘀咕着说："换人是吧，行啊，你给我介绍个好的啊！我要求也不高，像陈队长这种的。”

苏会贤“切”一声：“这种品质的男人我不会自己留着吗？”

“喂，别那么小气，你跟我又不是一个消费群，不相交的。”

“怎么不相交啊？这个世界除了你我，还有苏嘉树那号没节操的男女通吃。”

章宇大笑：“都没节操了，还算什么好男人！”

苏会贤顺着章宇的视线往外看，正看到陈默把陶冶扶上车，苗苑站在旁边看着，月光下小小的面孔不过指甲盖那么大，半仰起，看着她的男人，五官模糊不清，流动着晶莹的光。

多么幸福的女人！那么幸福！

这个女人能让自己很幸福，她看得准，抓得住，忍得起……那是很多很多比她更聪明能干的女人都不拥有的才能。

“哎。”章宇用手肘碰了碰苏会贤，“你家那位，刘昊是不是也这么高段位啊？”

“你跟他很熟吗？”苏会贤冷言。

“呃，”章宇一愣，心想我都没怎么见过他吧。

“我倒是认识他不少朋友，红颜的……”苏会贤看着陈默的车远去，慢慢地说得很轻。

–02–

天有不测的风云，人间有变幻的烟火，有时候人会有某种预感，心神不宁地意识到某些事情正在发生，只是人们也会有某种惰性，蒙上眼睛回避希望它们不存在。

起初陈默以为他的不安来自于家庭，可是该闹的都闹过了，该撕破的也都撕破了，所有粉饰的太平都打碎了，最坏的也就已经过去了，未来还能怎么样呢？也不过就是这两个女人老死不相往来了。可是后来，陈默忽然意识到让他不安的不是韦若祺也不是苗苑，而是方进，方进已经快两个月没给他打过电话了。

方进一向很啰唆，扯着什么仨瓜俩枣的都想汇报，跟他打电话比给自己亲妈都勤。陈默记得上次他们通话是苗苑刚怀孕那阵，方进和苗苑在电话里着实扯了一通有关闺女小子的问题，那么现在……这么长时间过去了，发生了什么？

陈默不打算让自己想下去，因为，不会好。可是那天当陆臻在电话里用某种不同往常的嘎然沙哑的嗓音说道："是我，陆臻。"

陈默直接打断了他："方进怎么了？"

陆臻愣了一会儿，笑了："心有灵犀啊！牛！今儿刚开禁我就找你帮忙了，别说兄弟们办事绕了你。"

"严重吗？"

"还行吧，其实还好，医生说预后还好，可以正常生活。"

陈默慢慢地"哦"了一声。

"但现在的问题是这样，我们本来打算实在不行就送他去国关当教官，严头跟那边也都联络好了，他们当然也很高兴。但是方进他那个……拧劲儿上来了硬要退，当然，也怪我不好，最近注意力都在队长这边，没管他。严头那脾气你也知道，他现在焦头烂额给个火星儿都能炸，一怒之下就把文件给批了。"

"那现在呢？"陈默问。

"等我知道的时候手续已经到总参情报部了，追不回来了。"陆臻叹气。

"队长怎么了？"

"还行吧，队长这里一切有我。"

"我能帮什么？"

"帮忙管着方进，我们都很担心他，但是我和他爹妈没一个震得住他……"

"没问题。"陈默说，这不是帮忙，这本来就是他要做的。

"别说没问题！别现在就说没问题。"陆臻很严肃地打断他，"你现在要还单身随你怎么说，我都不稀得给你打这个电话，直接把人给你送过去了，方小侯也不会扭扭捏捏的不好意思。可是你现在结婚了，有老婆，老婆还怀孕了。你等会儿和苗苗好好商量一下，态度诚恳点好好说。别张口就是什么爷们的交情女人靠边站，你行也行不行也得行。别回头方进没事，你们家拆伙了，我也不是没见过这号囧事。”

“知道，我明白了。”陈默想了想，终究还是没有开口去问到底怎么了，损失有多大。有些事无论好坏他都再也插不上手了，知道得越多，也就只能越难受。

苗苑起初听说方进受伤了要住她们家里来，心里自然是有些别扭的。这日子一波未平一波又起的，怎么好像小两口要过点没人打扰的安生日子就这么难?

可是再一想那是方小叔啊，那个结婚时给她买了一万块钱大钻戒（虽然最后也没拿着）的方小叔啊!

不久前还听着他在电话里神气活现呢，要当干爹得生小子，现在忽然就说受伤了，苗苑就觉得也挺心疼的。再看看陈默一脸的难过，苗苑心里知道，这事儿吧，摆在那儿了，你行也行不行也得行啊！所以，还不如索性推个顺水人情呢。

男人嘛，就好在兄弟面前赚点儿面子，搁家里怎么欺负都成，总得让他在兄弟面前威风凛凛的，苗苑叹了口气，暗自嘀咕。

这人情既然做了，索性就给到足，方进来的那天苗苑专门和店里打了声招呼陪着陈默一起去火车站接人，虽然陈默没要求，可是苗苑看得出来，陈默喜欢这样。两个人肩并着肩站在火车站外的广场上等着，苗苑发现陈默拳头握紧垂在身侧，她偏过头把陈默的手拿起来，把指头一根根掰直，陈默垂头看着她笑了笑。

因伤退役，听起来好像很严重的样子，苗苑正寻思着怎么受伤了还挤火车，方进已经随着人流从出站口挤了出来。五月的天气，不冷不热的，方进穿着荒漠色的数码迷彩夹克，下身松垮垮地套了一条水磨蓝的牛仔裤配沙漠靴，一个硕大的行军包单手背在背上，正在兴奋地向陈默挥手。

“默默!!”方进从水泄不通的人群中神奇地分开通途冲杀到陈默面前，他先紧紧地拥抱了陈默，再拥抱苗苑，最后把两个人都抱进怀里：“我想死你们了！”

苗苑笑着说：“方小叔你看起来不是挺好的嘛！”

方进神气活现：“那是，难道你当爷废了？”

陈默狠狠地瞪了这两人一眼：“闭嘴，回家！”

陈默转身在前面领路，方进和苗苑面面相觑，偷偷吐了一下舌头。

方进小心翼翼地提问：“苗苗嫂，默默心情不好？”

苗苑小心翼翼地回答：“方小叔，好像是的。”

陈默这一路上都黑着脸，方进一路都赔着笑，苗苑看看这个，再看看那个，最后决定她还是不蹚这摊浑水了，于是气温直降，跌破冰点。

一进门，陈默就对苗苑说你先去上班，我和方进有事要谈。苗苑眨巴眨巴眼睛，见陈默一张脸已经寒到结冰，再看看方进也没有什么求救的意思，只能给方小叔送去了一个你自求多福的眼神，笑眯眯地打了个圆场说那我晚上早点回来，我们做点好吃的给方小叔接风。她把“接风”两个字念得特别重，只希望陈默还记得方进是客人。

方进等苗苑出门，随手就把背包扔到地上，大咧咧地往里走……

“为什么？”陈默问。

“什么为什么啊……”

方进没来得及回头，身后风声凛冽，陈默已经一脚踹过来，方进反射式地闪开，膝盖顶上去挡了一下。陈默伸手扯住方进的衣领把他顶到墙上：“为什么？”

方进垂下眼帘避开陈默的视线，慢慢掰着陈默的手指挣脱开，他伸出右手抓起一张椅子平举，几秒钟后，手臂开始颤抖。

“爆发力还有点，耐力没了，枪都拿不稳了我还玩儿什么？”方进脱了外套，翻起右边短袖给陈默看，原本肌肉扎实的肩膀上伤痕交错，好像医生也很无奈，勉强把一堆破布拼缀起来，却缝得针脚纷乱，接缝处是尚未真正愈合的新生皮肉。

陈默伸手碰了碰，指尖蜷起。

“点儿背，真的，三笔写一个寸字，让爷撞上了。”方进垂头丧气地拉椅子坐下，“破片太密，这块儿又没防弹衣挡着，一下割深就这样了。我就想，那算什么事儿？难不成将来爷出任务还让新兵蛋子护着我？？没这个理儿，对吧，所以算啦，咱就别赖着嘛，别害人害己。再说了，其实我之前就有点不太想干了，你走了我一直不习惯……当然，小花他枪法也很好，可他不是你，你不在我身后，我这心里就是没底。本来吧，还仗着爷自个英明神武，可你看现在我自个都不怎么着了，你走了，小花也不干了，队长伤了……”

方进自顾自地说，却一直没听见陈默出声，心里发虚，偷偷一抬头，愣了。陈默就在他身前笔直地站着，脸上似乎是没有什么表情的，可是眼眶里闪着光。

“默默？”方进一下就慌了，“那个，那个那个，我不是在抱怨你……”

陈默扳过方进的肩把他抱得很死：“对不起。”

“什么呀……”方进右手握拳在陈默后背上用力敲了敲，“你，你别这样，你别难受，啊……我就看不得你们这样。”

“去国关不好吗？”陈默几乎是有些伤感地看着他。

“没什么好的，烦着呢！”方进很受不了陈默那眼神，连忙挥挥手，大大咧咧地揽上陈默的脖子往里间走，他从茶几上拿了个苹果，随手在衣服上蹭蹭，一口咬下去，眼睛一亮：“很甜嘛！”

陈默无奈：“苗苗买的。”

“苗苗嫂就是会过日子。”方进一拍大腿，试图转移话题。

陈默显然不会中他这个计，咬死追问：“为什么不肯去国关？”

方进嘴里叼着个苹果，盘腿坐到地毯上，视线斜斜地挑起来与陈默对视，坚持了几分钟之后毫无悬念地落败，他慢慢啃着苹果说：“你看吧，我们队那些新来的，算起来在各军区都是能进特大的水平。就这，在我手里训起来，我还觉得他们都挺笨的。可国关那儿全是学员兵啊，那不就更操行了嘛，多没意思啊。陈默，真的，你别替我难受，别听陆臻那小子瞎得得，他就以为我在赌气，我在闹是吧？哪有啊，他以为爷是他啊？我是这么想的，老子十八岁特招，一天没浪费，从披上那身皮的那天起，子弹管够，枪撒开用，身边的兄弟个顶个的牛，干的任务全是别人想都不敢想的……这12年，我觉得爽啊，够了！当兵，在咱们中国当兵当到爷这份上，也算是没有什么遗憾了吧！为国尽忠，老子能干的都干了！没遗憾，真的！现在身体不行了，正好回头给爹妈尽孝去。当然据我观察着吧，我们家老爷子还有我妈，那蹦跶得比我还欢实呢，所以现阶段我先把自个收拾好了，就当是尽孝了。”

方进越说越兴奋，眉飞色舞的。陈默一声不吭地听着，带着若有所思的神色，淡淡地沉寂着，方进于是说着说着心里又开始发虚，他小心翼翼地碰了碰陈默："哎？你不会像臻儿那样也想拦着我吧？"

陈默扫了他一眼："今后有什么打算？"

方进顿时笑开了花："我就知道，默默，我就知道！就算谁他妈都觉得老子疯了，你也能理解我。"

陈默无奈地拍了拍方进的脑袋，他说："我不理解你。"

方进迅速地泄气。

"不过你想做什么我都不拦你。"陈默看着他，忽然笑了。

方进立马又欢腾起来，指天画地的："其实爷也没什么大打算，我就想啊，我也老大不小了对吧，五年之内，找个老婆，生个娃。然后你看啊，我们以前老说保卫祖国保卫祖国的，是，咱出任务的时候哪儿都走过，可那看不到什么，我就寻思着我将来得把咱们这个国家都走一遍，看看老子辛苦12年都保了点儿啥……"

陈默低头想了想，问道："现在队里怎么样了？"

呃……方进脸上一僵，他口中吹得光辉灿烂的宏图大计戛然停止，像一个气球吹到了顶点忽然爆开，所有欢快的气氛被炸得荡然无存，只剩下一些疲惫的胶皮四下散落。

僵了一会儿，方进说："严头，头儿暂时回来先镇着，具体事务黄二队在管。咱们自己队里有肖哥和老宋管着，就是你们狙击组现在没人，暂时领头的是卫礼煌，你走了之后正式入队的，不过那人你见过，就那个名字跟国军特像的那个……跟咱们一起干过六十大庆的安保，基本就这样了。其实这次我特佩服的就是小花，我们以前都觉得这小子处起来有点油，好争个什么，不够实在。可这次，这么大个黑锅他一个人背了。"

"到底怎么回事？"

"怎么回事？？就那么回事儿呗！"方进有些愤愤的，"出事故了，上面就不高兴，你跟他们说客观难度，你说这仗多难多难，他们不会管的，坐在那里说话的那帮子人，他们上回拿枪都是猴年马月了。他们以为自己门儿清，其实他们狗屁不懂。而且，老将军不在位了嘛，严头又斗不过他们。就是可惜了小花，刚刚回国啊，我操，他还不如晚俩月回来，就赶不上这一茬儿了。”

陈默沉寂了一会儿，问道：“最后怎么处理的？”

“按义务兵退出现役。”方进咬牙切齿。

陈默挑起眉毛，脸上变色。

按义务兵退出现役。这比开除军籍要好一点，比上军事法庭受刑坐牢要好一点，可是……一世武勋，风去云散。

陈默倒是终于想通了为什么陆臻认定方进坚持转业是在赌气，这的确太像方进会干出来的事。他看到方进虎着脸，那表情很肃杀，他于是想了想问道：“你钱包呢？”

“什么钱包？”方进莫名其妙，从裤袋里抓出一大把皱巴巴的纸币、凭证、车票还有各种证件。

陈默在那堆破烂里扒拉一阵，把身份证先挑出来，七七八八的垃圾扔掉，剩下那些钱抹平了数了数，居然有2500多块，他把自己的钱包拿出来清空，换上方进的东西，最后数了两百块钱装进去。

“默默。”方进哀号，“你这给得也太少了。”

“转业津贴和抚恤金什么时候下来？”陈默不理他。

“不知道，反正就原来那张卡。哎，陈默，200块钱真的太少了，你看这又不比在队里，满大街都是花钱的地儿啊。”

“所以不能多给你。”

方进泪流满面：“你怎么比我妈管得还紧。”

废话！陈默心想如果你妈靠得住也就不会托给我了。当然陈默也知道他这种只进不出型的理财方式实在不见得有多高明，但也总好过花钱如流水，见啥都想买。好在苗苑真是个会过日子的主，陈默很庆幸。他一边给苗苑打电话通知她晚上多买点菜早点儿回来，一边看着方进在客厅里东摸西找，他又拿了一个苹果在啃，这次因为没人看着，他连蹭都没蹭。

无论方进基于什么理由选择转业，可现实终究就是这样了。陈默不是陆臻，他不喜欢纠结那些理由、原因与过程，他只尊重结果。只要这结果是方进乐意的，他自己的决定，陈默都觉得没什么必要去难为他。

陈默从来都不是一个喜欢指点别人怎么生活的人。

有陈默那话放着，苗苑放量大采购，东西还没买齐她就意识到今天光靠她这么个孕妇是运不回家了。不过怕什么呢？苗苑潇洒地打了个电话回去：请来个壮劳力！

结果两个壮劳力一起到了。

苗苑左看看右看看，一个修长英挺，一个精悍强壮，这两人往她身边那么一站，活活！那感觉，简直跟明星似的。

她骄傲地挽着陈默的胳膊，指使陈默掏钱，指挥方进背货，买个菜而已，活生生在菜场买出了万丈豪情。方进不是会客气的人，他跟陈默尤其不客气。虽然来之前被爹妈和陆臻都教育过，说今时不同往日了，你兄弟现在也是有家室的人了，别看他当年跟你好得穿一条裤子，可是现在人有老婆了，老婆知道是什么不？老婆来了，你这兄弟就得靠边儿站！

方进当时点头不迭地说"好好好"，可一回头把这些话全卖给了苗苑。他愤愤不平地挥着手说："你看看，苗苗嫂，他们怎么能这么想你。"

苗苑嘴角抽搐着笑道："是啊，是啊，他们怎么能这么想我。"

苗苑一边心头滴着血，一边被逗得直乐，方小叔还是那么的让人哭笑不得啊！

原本苗苑估摸着今天晚上菜得剩，可是那俩男人豁开了抢饭吃，连盆子底都帮她舔得干干净净。最后还有两个菜连汤带水的还剩下点，方进居然拿了个勺子转轮盘赌，陈默不幸中招，被迫清盘。

苗苑看得冷汗连连，你们至于吗……

方进哈哈大笑，好吃嘛。

家里多了个人总是要热闹点儿，家里多了个方进那就不是热闹一点点。起初苗苑还矜持着，可是聊着聊着就聊开了腔，这两个自来熟到一起就是好，彗星撞地球似的，两双大眼睛眨得那个闪亮，气氛那个热烈。

苗苑直到晚上睡觉时还窝在陈默怀里笑个不停："陈默，方小叔真的太有劲儿了。”

陈默笑着摸了摸苗苑的头发，他能看出方进在尽力地取悦苗苑，他也能看懂苗苑在尽力地讨好方进。其实那两个人萍水相逢，会这样只是因为他，当陈默意识到这一点的时候，心就变得很柔软。

第二天，陈默请了半天假陪方进去医院办手续，各种医疗关系医保问题都要从北京转过来，跑上跑下地折腾了一上午。中午吃饭时方进又抢着结账，陈默双手抱胸就这么看着他，说你现在把钱花光了，我也不会再给你点儿。

方进眨巴一下眼睛，把钱包又放回兜里，三秒钟后他忽然一把揽上陈默的脖子说真好。陈默正忙着给钱，随口问，什么真好？方进美滋滋地说咱们兄弟俩又凑一块儿了，真好！

在接下来的时段里，方进详细地畅想了一下未来。

比如说，他准备也在西安城里安个家，娶个像苗苗嫂那么漂亮的老婆，生个像队长那么威风的儿子。然后，他和陈默两家人，就像亲兄弟那么处着，两个儿子也要像亲兄弟那么处着……生活有滋有味有奔头。

陈默听着方进海吹胡侃，转眼间已经细数 30 年，低头失笑，嘴角勾起柔和的弧度。

下午方进讨了苗苑“人间创意”的店址，说是要去给苗苗嫂捧个场，陈默回到队里给方妈妈与陆臻打了个电话，报一声平安放心，只是临了没忍住，他还是问了：“队里……现在会有问题吗？”

陆臻“唔”了一声，沉默半晌后问道：“方进说的？”

“嗯。”

“他怎么说的来着，是不是特愤怒。咱们让人给黑了？谁谁谁特看我们不爽什么的？”

陈默含糊应声。

陆臻忽然笑了：“得，凭方小侯那个脑子也只能理解到这一步了。”

“那到底……”

“这么跟你说吧，最近上面在换届，时候到了嘛，一代新人换旧将，一朝天子一朝臣。可是严头那个脾气你知道，吃不得半点亏的主，你得给他说一百句好话，才能给他一个字批评。夏明朗名气太大，又是严头的嫡系，麒麟上下铁板一块。是利器，可是搁谁手里都不舒服。所以，早晚的事儿，总得抓住点什么，好把这块铁板打开，再拼起来。”

陆臻的声音顿了顿，语速忽然加快：“所以刚好就这一次，好操作嘛，在定性上一偏就过去了，指挥官失误造成重大伤亡事故。其实他们这次是冲着队长来的，谁都没想到小花会出面，也没谁想到他能平得下来。其实我有劝过他，只是……只是他后来也说服我了……”

“你别内疚。”陈默忽然说。

陆臻“哦”了一声，半晌没说话。

“我知道他怎么想的，他是相信队长，他不是为你。”因为我们都相信队长，胜过自己。

“他妈的。”陆臻抽了抽鼻子，“夏明朗给你们吃什么药了，一个两个都这话。”

“队长现在怎么样？”

“会好的！”陆臻咬紧牙。

“我找时间过去看看？”

“不用。”陆臻很坚定地打断了他，“队长这里一切有我。”

陈默沉吟了一会儿：“那徐知着呢？”

“休息，暂时住在我一个朋友那儿，我那朋友老出国，房子挺大的空着，所以生活方面应该没什么问题。别的嘛，你也知道小花那人，他自己比谁都想得透，劝他什么都没用，只有靠时间了。不过你放心，几大军工老子都有人，等过了这阵我再想办法，小花那么爱枪，我得让他一直能摸到。”

“行，有需要随时找我。”

陆臻隔着遥远的距离轻轻叹了一声说：“默爷……”

“嗯？”

“有你们在真好。”

陈默一瞬间感觉到眼眶里有点辣，其实他不能做什么，其实陆臻也不需要他做什么。可是,在这样的时候,这样的困境,在我这样的焦虑,在你这样无力的时候,知道还有你们在真好。

战友!

陈默挂了电话站在窗边看出去，操场上的士兵们正在热火朝天地操练着。他忽然想起了很多事，从第一次受训到正式入队，从他死磕上夏明朗比枪法时对方无奈的表情，到方进探头探脑地看着他说，陈默你一句话说三个字以上会死吗?

有很多东西，拥有的时候都不觉得，有了对比之后才明白。所以直到离开之后陈默才意识到，曾经的那个地方，那里所有的人，给过他怎样的包容与尊重，他们都宽容他，真正喜欢他。

陈默还记得他离开的那天，队里人在野外跑越野，他背着全部的行李从车上跳下去加入他们。最后全队上下近百号人陪着他跑了一整天，从深山送到国道，整整一百公里。

那是陈默有记忆以来第一次流泪。

什么是兄弟，一起扛过枪，一起打过仗，一起流过血，一起拼过命，最后……也能一起面对时光的摧磨与命运的捉弄。

-03-

说起来现在方进是陈默在管着，可其实陈默工作忙，陪着去医院做康复什么的，前前后后也就陪了两三次。再往后方进自己也不干了，说小爷我有手有脚四肢健全，也就是一个胳膊比起原来无力了一点，可照样撂挑三两大汉，你担心我什么？陈默一想，也对哦，方进不去欺负别人就挺好了，难道还担心他被人欺负??

陈默起初一直很担心苗苑和方进会处不好，假如这两人也闹得势同水火，那他还真不如去死一死。但事实上，情况出人意料的好，这两人似乎是迅速地结成了死党。

有一次，陈默回家看到苗苑与方进两个窝在沙发上聊天，方进主讲说得眉飞色舞，苗苑抱着她的大兔子，眨着晶亮的大眼睛兴致勃勃地看着他。陈默顿时生出一点兴趣想走近听听，没想到两个人立马就停了。

苗苑掩饰性地咳了一声，说道，陈默先去忙你的，吃饭我叫你。

陈默有点郁闷，因为他们聊天都喜欢避着他，那鬼鬼祟祟的样子让他直觉认定不是好事。果然，当天晚上苗苑就把他剥光了在灯下一个一个地数伤口。陈默异常地胸闷，心想他妈的要你多嘴。

夫妻俩既然是最亲密的人，裸裎相见时不免擦枪走火。陈默的气息渐渐粗起来，苗苑在眼角眉梢也带了一点意思，怀孕一个多月，各项检查都正常，按理说是不需要严格禁欲了。

可是苗苑一想到一墙之隔的方进，就……

女孩子嘛，总是矜持，她抬手斜斜一指，陈默会意，只是更加胸闷了。

基本上，只要是方进还瞧得上的，就没有他处不好的人，所以没过多久他就顺利打入苗苑的社交圈，而且人气比陈默要高得多，一群人吃喝玩乐打牌看片，跟陶冶和程卫华都混了个脸熟。

有时候陈默在书房写计划总结，忽然听到客厅里一阵笑语喧哗，有一种莫名的温暖在心头化开。当然陈默也有不工作的时候，偶尔帮苗苑看几把牌，或者坐在旁边泡杯茶看电影。但是真身上手是没人肯干的，因为陈默记牌太牛了，一把牌摸下来对方手里拿着什么牌全记得八九不离十，跟他打升级，那真是找死。

时间总是过得很快，琐碎而热闹，天就这样慢慢热起来，于是苗苑也渐渐觉得实在是有点不太方便了。

本来五月初时天气还凉快，可是没过太久西安城里就渐渐烈日炎炎似火烧。

苗苑回家第一件事就想洗澡，洗完澡穿上睡衣多爽快！可是现在家里还有个单身男人借住着，这个这个……她和方小叔关系挺好是不错，虽然方小叔人也挺好是不错，苗苑还是觉得这太别扭了，而且再怎么说方进也是一个成年人了，总不能一直在别人家里住着吧？

苗苑知道方进和陈默的情分不一般，说句不好听的，跟太后闹翻了没关系，跟方进闹翻了估计陈默得跟她急。苗苑思前想后还是挑了个睡觉前聊天的机会比较委婉地表达了一下自己的意思，枕边风嘛，就是这么吹的。而且把关键词锁定在双方都不方便，双方都得别扭身上，同时再扯一下方进的未来计划……

其实，要说这事苗苑还真多虑了，陈默是没想过让方进搬出去，那是因为他根本没这意识。他跟方进曾经在一个屋里住过十年，住到几乎可以无视的地步。而且男人嘛，毕竟要生活得粗糙些，尤其是对于陈默这种只有关上房门在卧室里才会发情的雄性生物来说，方进这种存在的违和感更是降到了最低。可是现在苗苑一说，他也觉得挺有道理，的确，对于苗苑和方进来说是挺不方便的。所以方进似乎真应该搬出去，因为当然的，总不能让老婆搬出去。

陈默这人办事一向干脆，而且如果对象是方进的话，那更是连想都不必想，心里有什么都能照直说，第二天早上他就让方进出门附近转转，租个适当的房子准备搬家。

方进乍一听，眨巴了半天眼睛，玻璃心了。

其实方小侯天不怕地不怕，照理说不应该这么脆弱，可英雄有落难时，虎落平川总是需要更多的一点爱。于是，当是时，方进心中充满了与古往今来所有看着大哥成家立业，回顾己身两厢空落落的好老弟一般的酸楚与失落。他含糊地“嗯”了一声，郁闷的，有点小不忿，带着些小不平。

可是心里再不忿再不平，房子还是要找的，方进在网上发了一个求租的帖子，溜达出门去找中介。按陈默的意思是这样的，你反正也不怎么会做饭，以后饭还是在家里吃，你就近跟人合租，占个单间就成了。

以后饭还是回家里吃……

方进心里嘀咕着，有种说不清道不明的纠结，他一会儿觉得陈默真是好哥们儿啊，啥时候都不忘了自己，一会儿又愤愤然，心想，爷难道没地儿吃饭吗?? 当然，午饭从来都是自己解决的，方进随便找了个街边小店吃了一份葫芦头泡馍。部队食堂很少会去做猪下水这种麻烦的食物，方进一尝只觉得好吃又新鲜，一碗没够还又多要了一碗。

天还是很热，午后的阳光明晃晃地照着人，整个城市有一种骚动的气息，有如热恋。

方进百无聊赖地站在街边看着来来往往的行人，他想起了陈默，想起了夏明朗，想起了陆臻……忽然很想找个老婆成个家。是的，人人都需要有那么一个家，一个可以回去的地方，有个人对你嘘寒问暖，不离不弃。

苗苑因为心里起了想让方进搬出去住的念头而略怀愧疚，晚上买了不少肉食，就等着方小叔做完复健回来惊叹一声，欢呼雀跃。可是等啊等啊，陈默都到家了方进还没回来，苗苑一时诧异，陈默想了想说："他不会还在找房子吧。"

苗苑一愣："什么房子? 你跟他说啦? 你怎么说的?"

"就是找房子搬出去，就是你昨天说的，毕竟住一起不方便。"

"你你……"苗苑咬牙切齿地指着陈默的脑门，"你个猪头，你不会说得委婉一点吗? 你不会说我要生小孩了，我要……"

"你要生小孩，还要好几个月。"陈默莫名其妙。

苗苑被哽到，她悲愤地瞪着陈默瞪了三秒钟，长长叹出一口气说："果然，靠你就完了。"

呃? 陈默头顶打出一排问号。

"方小叔一定生气了。"苗苑很沮丧。

"方进不会的。"陈默很笃定。

"他一定生气了! 我跟他那关系本来就难处，你还给我得罪人!!"苗苑哭丧着脸，"我大哥结婚，我醋了很久，我三姐有了男人就不理我了，我又郁闷了很久，只有云姐结婚还算开心，不过……唉……"

"方进不会的。"陈默温柔地摸了摸苗苑的脸。

"那他怎么还没回来? 也没个电话什么的!"

陈默一愣，很显然以方进的个性，很难因为找房子而误了吃饭。

“算了，反正，唉……”苗苑叹了口气，去厨房做饭。

陈默默默地跟进去，默默地帮着洗菜，苗苑转头瞥他一眼，心想，其实吧，当然方小叔人是不错的，可可可……到底还是两人世界好啊！她一边幸福地唾弃自己一边无耻地甜蜜着。

方进不在，苗苑把鸡冻进了冰箱，做了两荤一素一个汤，正吃着陈默的手机就响了，苗苑停下筷子看着陈默。陈默的手机平时基本就是哑的，但是只要一响就基本没好事，全是工作，临时任务。

陈默接电话时看到是程卫华心里就有点奇怪，电话一接通，程卫华压抑着古怪的笑意说道：“你兄弟在我这儿！”

“哦？”

“方进，方进是你兄弟吧？在我这儿呢！”

“怎么了？”

“打架，啊不对，打人……”程卫华终于忍不住哈哈大笑，“果然是你陈默的兄弟啊……”

陈默无心听他废话，匆匆扔下一句“我马上过来”就挂了电话。

“出什么事儿了吗？”苗苑看着陈默匆忙起身准备出门。

“程卫华说方进跟人打架，扣在他那儿了。”

“啊？”苗苑一下就站起来了，“你看你看，我说方小叔生气了吧，你你……我跟你一块儿去。”

陈默拗不过她，又着急去警察局，只好带上苗苑一起。一路上苗苑就在念叨，方进一定是心里不痛快，今天早上你让他走，他不开心了，他脾气那么好的人怎么会跟人打架呢？陈默你等下一定要怎么怎么，等下一定要让老程怎么怎么……

陈默被她念久了自己也开始疑惑，不会吧，方进？至于吗……

警察局里还是一片闹闹哄哄，陈默本以为就打个架嘛，能有多大阵仗。过去一看，好嘛，整个小会议室都被占满了。方进一个人坐在角落里闷着，陶冶拦在他身前，另一边男女老少起码戳着二三十号人，都是回民，一个个情绪激动，老何和程卫华正唾沫横飞地做着安抚工作。

方进一打眼看到陈默进门，刚想站起来，对方就又炸了。陶冶连忙把人给拉回去，陈默眼角一挑，视线射过来，方进看了他一眼，又郁闷地退回去了。

苗苑左看看右看看一脸的茫然，不过眼看着方进全须全尾的连个油皮都没擦破一块，可是对方人堆里倒有好几个小伙子鼻青脸肿。

程卫华那诚恳严肃的表情一转头面对陈默时就憋上了一脸坏笑，三言两语地说明了一下情况。才知道原来是方进跑去清真馆子里要葫芦头吃。伙计当场就怒了，吼着说没有。方进一时没转回神，就挺不高兴的，没就没呗，凶成这样，再说了多好吃的东西啊，怎么就没有呢！方进那声儿还不小，结果厨房的听不下去了，拎着菜刀跑出来说就是没有，你砸场子啊！方小侯啥时候受过这种气啊，一伸手就把刀子卸了。

“结果，就这样了。”程卫华幸灾乐祸地摊了摊手，“要说你这兄弟真是不得了，那一条街都是回民啊，回民多团结啊，他往人家店里要葫芦头吃，那不找碴吗，让人骂几句也是该的！可偏偏……唉！110 接警过去的时候，半条街都追着他打，一个个让他拿衣服捆了扔地上，我操！牛 B！”

“他不是故意的。”陈默说。

“对啊，他不是故意啊！刚刚让我劝着也道过歉了，可人家就是不服怎么办吧！”

陈默慢慢皱起眉，苗苑心想靠你就完了，她连忙跑过去道歉说好话，我们家方进出手没轻没重不是故意的，我们家方进是外地人他不懂你们的风俗……哎呀，这位大哥，你放心，医药费我们会付的。

对方吵了半天终于遇到有正主出面，马上里三层外三层把苗苑围住，老何拦在旁边说，不要激动，大家不要激动……

方进终于忍不住跳起来拍桌子：“老子说没打你们就没打你们，我说对不起了没？我道歉了吧！！是你们拦着不让我走！！”

“没打……还敢说没打！！都打成这样了！！我们要验伤！！”那边不甘示弱。

陈默忽然转头看了方进一眼，方进心头一凛，陈默已经踩上桌子，侧身飞踢居高临下地向方进扑过去，方进机敏地往后闪，一眨眼的工夫两个人已经对了好几招。整个会议室的人都倒抽了一口气，安静下来。

陈默一路踢，方进一路退，会议室里的椅子被踢翻了一地，陈默忽然往前抢了一步，方进下意识地抓起一把椅子往上挡。

直腿劈挂！

陈默右腿高抬过头顶，自上而下地垂直劈下去，方进手上的椅子从椅背到椅面自中间碎裂，活生生被劈成了两半。

所有人都震惊了，连大气都不敢喘。

陈默甩了甩腿，拧身平踢，足弓背起像鞭子一样抽过去，方进还是退，跟陈默对了一脚，借力又退出去好几步。忽然眼前一花，一个人影闪过来，气急败坏地大喊："住手！"

陈默一脚侧踢堪堪踢到一半，吓得魂飞魄散往旁边倒，方进拼了老命抢上来帮他一把，生碰硬挡，两个人都跌出去好几步。那场面看起来苗苑简直就像传说中的武林高手，内力无敌周身环绕起无形的小宇宙，把两位武林高手生生弹开。

"你没事吧？"陈默连忙从地上爬起来，紧张地捉住苗苑的肩膀。

"我没事！"苗苑怒火冲天地把人甩开，"你说你这个人怎么可以这样！！啊？你凭什么打方进？有你这么当大哥的吗？？"她指着陈默吼，浑然不知自己在鬼门关上走了一圈。

陈默无奈地僵着脸，不知道自己应该是什么表情。倒是方进慌忙从后面扯苗苑："苗苗嫂，没关系，真的，默默他……"

"你别怕！"苗苑回头按住方进，"你放心！有我在，我看他还敢不敢再打你。做错事不能好好说话吗？一动手就打人，一动手就打人，会打人了不起了吗？有你这么教育人的吗？啊？将来孩子生了你是不是也打算这么打他？我警告你陈默，你将来要敢动我儿子，我跟你没完！"

陈默苦笑，求救似的看向程卫华。

程警察呵呵笑了一声，拖长了声调说道："看到了吗？这才叫打架！人说没打你们，是没打吧！真打了你们一个两个三个还有命在吗？我真受不了你们，也真好意思，都是大老爷们，这么多人打一个都打不过，还拖家带口地往局子里闹。我要是你们，我自个关门哭去，丢人哪！”

自然马上有人反驳，可是声息小了很多。

要说刚刚陈默和方进那一架打得的确慑人，再加上方进这样也算是被自己人教训过了，怎么着面子也给足了，苗苑好言好语的又再赔了些钱，老何和程卫华一起帮着说好话，终于把人给哄了出去。

苗苑虎着脸回来，像个老母鸡似的挡在方进身前，凶巴巴地瞪着陈默。老何冷眼旁观，借口还要办手续把陈默拉离风暴中心。

“唉，不是哥说你啊！”老何一路走一路叹气，“你这脾气，大舅子怎么能打呢。”

陈默一愣：“那不是我大舅子。”

呃？老何脚下一停。

“那是我老战友。”

“啊？？”老何惊了。

“哎！”程卫华从后来追上来，弹指抛出一块碎木片，“可以啊，胆儿够肥的啊！敢砸警局啦！”

“明天赔给你。”陈默随手接下。

“得了吧！你少恶心我啊！”程卫华大笑，一把揽上陈默的肩膀，“话说，苗苗今天，真的，让我大开眼界。”

“小姑娘人蛮好的！”老何语重心长地叹气，“陈默，你有福气啊。”

陈默轻轻点头。

有福气的陈默少校，在回家的路上被人蛮好的苗小姑娘给严重地鄙视了。苗苑拉着方进说我们坐后面，我们都不陪他坐一起。这种人没人跟他坐在一起，太过分了，哪有这样子的，自己人打自己人，胳膊肘儿还有往外拐的，反了他了……

方进听得心里倍儿爽，又想乐呵又感动，还偏偏不敢笑出声。

陈默终于忍不住解释道：“我打不过方进的。”

“你胡说，你怎么可能打不过方进！”苗苑愤怒了。

“我真打不过他，我身上功夫都是他教的，我一出手他就知道我要干吗。”

苗苑大惊。

“基……基本上，大概。”方进结结巴巴地解释，他小声耳语：“其实默默是在跟我一起吓唬人。”

“真的？”苗苑将信将疑。

“刚才那情况，不让他们看看，会难脱身。”

苗苑想了半天，渐渐有些不好意思起来。

“以后我和方进动手……不，以后任何人动手，你都不许靠近。”

苗苑不情不愿地“哦”了一声。

“听到没有！”陈默提高音量。

“你又凶我！”

“不是……”陈默连忙放弃，“你今天吓死我了。”

方进忽然震惊地瞪大眼睛，刚刚怎么了……我没听错吧！默默说他吓死了，啊啊啊，陈默说我今天吓死了！太阳打西边出来了，方进有种全身在起鸡皮疙瘩的感觉。

可惜另外那两人浑然不觉发生了什么，苗苑伸手绕过坐椅按到陈默的肩膀上：“对不起啦！”

陈默侧过头，脸颊贴着苗苑的手背：“我差点踢到你，怎么办？”

“对不起啊，陈默，我当时气糊涂了。”苗苑这会儿也后怕起来，背后冷汗直冒，孩子怀着两三个月还不太明显，她老忘记这事儿，太不应该了，这是多么不容易才怀上的宝贝。

方进不由自主地慢慢往车门上缩，缩到没有空间了就贴在门上。他有点儿唾弃自己，怎么就真木得像个木头一样，还是最近心情太沮丧了只关心自己。丫这两个奸夫淫妇的都甜腻成这样了，那粉红色的泡泡简直能闪瞎他的狗眼，他居然也能一直视而不见??这么大个灯泡也亏得苗苑肯容他。

太没有革命自觉性了，方进心想，就算人家不让你走，可这小两口郎情妾意的这么成天看着，那不是找虐吗？

单身男士方进在一天之内第 N 次发出了求偶意愿。

葫芦头事件就此落下帷幕，只是给新城区警局平添了一条传奇。陶冶收拾着粉身碎骨的椅子一边感慨：“老程，你跟陈队长打过那么多次还没死，真是个奇迹啊……”

陶冶的话音未落，便看到档案科新来的小美女微微一怔，表情从迷惑到犹疑，从犹疑到惊叹，从惊叹到惊艳……程卫华左右扫了一眼，冲陶冶挑了挑眉，露出半点极度风骚自得的笑意，陶冶顿时很想找面墙去死一死。

苗苑把这个故事告诉了苏会贤，苏会贤把这个故事告诉了章宇，然后在章宇充满了崇拜的目光中心头微微一动。刚好，章宇与人合租的三居室北屋那位小哥跳槽去了北京，方进身无长物不用自己开伙，10 平米的一个小间完全管够，而且地段优良租金便宜。于是，当章宇惊觉这桩交易试图表示反对的时候，方进阳光无敌灿烂的笑脸瞬间秒杀了他。

就像所有异性恋的男人对美女通常都没有什么抵抗力一样，所有同性恋的男人对帅哥也是没什么抵抗力的，即使没什么肖想，搁身边瞧瞧也是好的。苏会贤心中窃喜，自以为得计。

可惜，神在半空中懒懒地打了个哈欠，凡人若都能心想事成，在天上看戏的还有什么意思。

–04–

方进的伤好了一些不用每天都去医院做复健，但是转业的手续还在办，终日里无所事事，结果陪苗苑去做产检的事儿就着落给了他。苗苑平添了一个劳动力加排队陪唠嗑的，心情很不错，方进陪着也挺乐呵，好像这样一来，娃儿生出来他也有功了似的。

天气就这么一天天地热起来，只是从三月起，就再也没下过一场雨。干旱这种事儿与洪水、地震不同，慢火煮青蛙，总是煮着煮着才发现，到发现时也已经晚了。到了七月份天热得像流火一样，毒辣的太阳抽干了一切水分，人走在明晃晃的大街上，一个个被晒得干枯焦黄，像秋天的枯叶。

天干，热辣，燥……人的怒气一日日在聚集，情绪不稳，火灾频发。一会儿东家不小心点了个锅子，赶明儿西家烧了半拉厨房，救护车满街跑。七月刚起头，城里需要出动陈默他们去维持秩序的中型火灾就起了两次，一次半夜被叫走，苗苑心惊胆战地守到天亮，陈默回来时一身烟熏火燎的气味。

后来苗苑在报纸上看到后续报道，听说牺牲了一名消防员。回家后苗苑无意中提起，问陈默记不记得那人，陈默想了想，摇头说没印象，他们只负责外围。

苗苑叹了口气，说真可怜。转眼她又忘却了，毕竟那只是死在报纸上的人。

天越来越旱，中央军委要求军队配合救灾，陈默的五队第一批就被派了出去。陕西省南部多山，山脉宏大，奇峰迭起。这些年，政府有钱都在造GDP，农村的水利建设干烧银子不见响，大把的资金投下去GDP上也不显数字看不出政绩，所以大半都荒废了。旱时村里的水井干枯，都要靠人从远处的机井里背水回去喝。深山小村没什么地种，平时村里的青年劳动力大多外出打工，留下的全是老幼病残，在天灾面前脆弱无依。

陈默这一走就是三个礼拜，开始还坚持一天一个电话，后来手机信号实在不好，通信时有时无。虽然救灾送水帮忙疏通水利这事没什么大风险，可苗苑想起来还是焦心，一有电话过来就抱着千叮万嘱的，陈默笑着说好。终于忍不住了，苗苑撒娇说你什么时候能回来啊。陈默想了一会儿说过两天吧，有个事要回来。苗苑就成天盼着那两天快过去。

结果那天回来的时候已经是深夜。陈默回总队述职，说明灾区情况，送回伤病的士兵，调配后继物资……乱七八糟的事儿全撞在一块儿。苗苑在家抱着手机等得心急火燎的，脖子都伸长了一厘米，可是转念一想起郑大哥家美丽的嫂子穆纱，又觉得自己其实也挺幸福了，才多久啊，还没到一个月呢。

陈默忙完正事就马不停蹄地往家赶，早就过了半夜，整个小区里都安安静静的，整幢楼只有自己家里亮着灯，所有的灯都亮着，在漆黑的夜晚显得那样通明。陈默有些心疼，又觉得欢喜。

刚听到门响，苗苑就跳下床去开门，陈默已经自己开门进来了。

玄关处的灯还亮着，那是苗苑最喜欢的晶莹的暖黄色的光，笼了陈默一身的温柔，静静地看着她笑，眼角眉梢都是疲惫尽头的舒畅与安稳。

苗苑往前又走了一步，笑着说："回家啦！"

陈默看着她点了点头，很凶地抱过来。

任何人灰里泥里干上大半个月不洗澡身上都不会好闻，苗苑笑着躲，说脏死了，陈默却不依不饶地吻上了她。干裂翻皮的嘴唇很粗糙，舌头滑腻，可是……那却是陈默的味道，苗苑慢慢闭上眼。

有时候，重要的不是什么味道，而是什么的味道，白酒永远都没有橙汁好喝，可是白酒更醉人。

苗苑被放开时微微喘着气，脑子里一片空白，有晕眩的错觉。

陈默弯下腰抵上她的额头笑道："我回来了。"

"好臭！！"苗苑红着脸闷笑，夸张地捂住鼻子。

陈默全身上下都是泥，一层层板结在作训服上，活生生把丛林迷彩染出了荒漠色。苗苑推着他去洗澡，作训裤脱下来居然是硬的，笔直地站在客厅里，看起来简直有点惊悚。

不用上肥皂，清水兜头浇上去，陈默全身上下都流起了黄褐色的泥浆水。苗苑惊得骇笑不止："你怎么能脏成这样？？"

就是这么的脏，灾区水源金贵，连喝都不够，用来洗衣服洗澡那根本就是罪恶，每天能有半杯泥汤水刷牙抹个脸都已经是幸福的人生。

苗苑按住陈默的肩膀让他坐下去，倒了洗发水在手中揉出细白的泡沫。

盛夏的深夜，气温比白天降了不少，清凉的水流经过皮肤时也带走了燥热。苗苑的手腹轻柔地在陈默头皮上打着旋儿，洗发水一开始不起泡，不小心添多了点儿，细腻的泡沫大团大团地淹没了手背，沿着陈默的额角往下滑。苗苑拿了花洒过来冲洗，小心地避开眼睛的位置。陈默安静地看着苗苑，像一个乖巧的孩子那样随她摆弄。

陈默又黑了很多，原本就瘦削的五官越发鲜明立体，突显出眼睛的轮廓，漆黑狭长，眼角随着眉峰一起微微往上挑，有种冰冷镇定的威严。

“瘦了！”苗苑说，声音听起来很不开心，有些委屈的样子，她拿了搓澡巾帮陈默擦背，手掌下的肌肉硬得捏不动。

“会长回来的。”陈默说。

搓一遍，冲干净，上一次肥皂，再搓一遍……苗苑忽然笑起来：“我好像在杀猪。”

“呃？”

“刷干净了宰来吃！”

陈默轻笑：“太硬了吧。”

“口感好。”苗苑笑得很欢乐。

陈默转头看着苗苑说一起洗吧。苗苑脸上一红，粉嫩剔透得像一只成熟的苹果。四个月的身孕平时看不出，可是原本平坦的小腹已经微微隆起。陈默半跪在苗苑面前慢慢探出手去，手掌贴合着生命的弧度，那是无可形容的安宁与满足，他侧过脸，把耳朵贴在苗苑小腹上。

“听不到的，还没四个月。对了，宝宝B超的照片我给你洗了一张小的，等会儿给你带走，放在钱包里。”

“有，能听见，跳得很快。”陈默指着苗苑的肚子说，“我是你爸爸。”

苗苑忍不住笑喷了：“行了行了，别傻了。你什么耳神，听诊器都听不到，得拿那个，那个……什么来听。”

“我能听见。”陈默抬头微笑，目光如水。

很多年以后，苗苑想起那个夜晚都觉得非常不真实，那样的灯光，那样的水色，那样温柔的陈默。有时候一瞬间的了悟足够让两个人消磨一生，有时候，一个夜晚的一抹微笑，足够让一个人死心踏地一辈子。

陈默最近忙上加累，回家好好洗了个澡，身心放松沾床就睡。倒是苗苑熬过了头反而一点睡意都无，就着明晃晃的月光傻气十足地欣赏了一会自己老公，轻手轻脚地跳下了床。

夏天的太阳起得早，陈默醒来时满屋子都是香甜的气息。空调不知道什么时候已经停了，可是房间里并不热，干爽明快的阳光穿过纱窗，有无数细微的尘埃在空气中浮动，泛着金沙一样的光彩。

空气里洋溢着某种醉人的甜美，像是牛奶与焦糖熬成的蜜，又跳跃着柠檬的欢快气息。陈默推开房门出来，香气又更浓郁了几分。苗苑蹲在烤箱前面念念有词，陈默从身后抱住她，苗苑回头仰起脸看着他笑，随手抓起一个贝壳小蛋糕递到陈默嘴边，满眼的幸福与期待，一如往昔。

陈默看到料理台上码着整整齐齐的保鲜盒，里面装满了金黄色小巧玲珑的贝壳小蛋糕——玛德琳。陈默记得他翻译的蛋糕书上说，这是代表美好回忆的蛋糕。

“怎么不睡呢？”陈默很心疼。

“没事儿，反正睡不着，给你弄点吃的带回去，让成大哥和原杰他们也都尝尝。你什么时候走？”

“8 点集合。”

“哦，那你再回去睡，到点儿我叫你。”

陈默摇了摇头，轻轻吻着苗苑的后颈说：“不了，我陪陪你。”

“你啊，越来越会哄我开心了。”苗苑低头笑。

等陈默洗漱完回来，苗苑已经给他泡好了一杯柠檬红茶，白骨瓷碟子里放着新鲜出炉的玛德琳蛋糕。陈默看到苗苑低下头，用裱花袋把蛋糕糊挤到模具里面去，后颈弯出婉约的弧度。

认真的女人最美。

陈默回到山区后给苗苑打电话报平安，顺便告诉她蛋糕已经被哄抢一空。苗苑在电话另一头笑个不停，她说你记得把保鲜盒抢回来，有盒子在就成，没盒子以后就不给做了。

陈默笑着说好。

门外的日头毒辣得像火一样，白晃晃的，晒得人头晕眼花，陈默合上手机，在这无比燥热的日子里，笑容宁定。

天气预报说未来的一周之内都没有下雨的指望，半个中国哀鸿遍野。城市里对缺水的感觉要淡薄一些，可是苗苑还是自觉地开始节水。她一想起陈默那件绝对洗不出来的作训服就觉得水龙头里哗哗放着的是陈默的辛苦，很罪恶的感觉。

天气太热，苗苑停了大半油腻饱满的蛋糕品种，开发了很多奶酪水果砂冰顶上，生意虽然比起春天要差一些，也还过得去。倒是苏老板的会贤居生意一落千丈，天都热成这样了，川湘菜口味浓重又油腻，自然不讨人喜欢。苗苑很有些忧心忡忡的，苏会贤居然也不急，笑着说夏天从来就是淡季，靠夜宵生意做个保本儿就成，趁这机会给员工们培培训放放假也挺好的。夏天已经到了，秋天还会远吗？？当牛做马的日子就在眼前了。

日子仍旧过得平淡，报纸上横陈着各种各样的坏消息与形形色色的官样文章，时不时让苗苑看得欷歔不已，时间就这样按部就班地掠过去。又过了一周多，苗苑看到报上呼吁干旱地区要注意严防山火，以免灾上加灾，日前某某山区突发火灾，所幸武警消防部门及时赶到，营救出大批的村民，可是仍然付出了一人死亡多人失踪的惨痛代价。

苗苑看到“武警”二字下意识地就去拨陈默的手机，却关机了。山区里信号不好，陈默为了省电没信号时就会关机，毕竟有时候找个充电的地方都不容易。苗苑拍一拍脸颊，忽然觉得自己真是傻了。

武警消防部门！那跟陈默他们就不是一回事嘛。他们是去抗旱的，救火这种事儿哪轮得到他们管呢？

苗苑听到烤箱里发出滴滴的报警声，轻松地笑了笑，把报纸折起来放在一边，

可是当天下午，成辉的成大嫂一个电话打过来，瞬间粉碎了苗苑所有的轻松自在。成大嫂的声音焦虑而迟疑，她说陈默出事儿了，他们男人的想法和我们女人不一样，成辉是让我再瞒着，可我觉得，你得知道。

苗苑脑子里嗡的一声，顿时什么都听不清了，她想到刚刚看过的报纸，可陈默不是写在报纸上的名字，陈默是她心里活生生的人。苗苑茫然地张了张嘴，哑着嗓子问道：“什么事儿？”

成大嫂顿时声音哽咽，她结结巴巴地说："那里失火了你知道吗？但……我具体也不知道，你得找管事儿的人去问。"

什么是管事儿的人，什么人能管这个事儿，这个苗苑不知道，但是方进非常清楚。他听着苗苑七零八落地解释情况，脸色刷的一下变了，立马带上苗苑直接闯武警支队驻地，登记进门后也不找人问，就挑看着最像的大楼进去，一路大摇大摆，居然也没人拦。

政委办公室的门口挂着鲜明的牌子，方进敲了两下门之后直接开了进去，坐在外间的是一个瘦瘦的中尉，有些不悦地抬头看过来："你找谁？"

"我找支队政委，政委在吗？"方进四下一看，拉着苗苑直接去推里间的门，中尉连忙跟过来："哎，你这人怎么回事，怎么乱闯乱闯的？"

方进轻而易举地把他拨到一边，带着苗苑抢进了门。

"怎么了？"办公桌前两杠三星的上校困惑地看过来。

"蒋政委，这两个人硬要闯，我拦不住……"中尉急着解释。

"我们是……"方进大声嚷着试图盖过他。

苗苑怯懦无力的声音夹在中间，却最终压住了所有，她说："我叫苗苑，是陈默的妻子。"

蒋立新顿时变了脸色，他连忙走过去握住苗苑的手用力摇了几下："我，我叫蒋立新，是陈默的领导。"

方进忽然安静下来，所有暴厉的焦躁的气息好像都被大风刮走了，一丝一毫都没有剩下，飞扬的眉目凝固出空洞与茫然。

苗苑不知所措地看了方进一眼，却发现后者此刻显然没法帮自己说话，她鼓起勇气说道："所以，你能告诉我陈默现在怎么样了，对吗？！"

"对对对对……是的，是的，这个，你先听我解释。"

"我不要听你解释，你先告诉我陈默现在怎么样了。"苗苑急得要命。

"苗苑同志，你先冷静，先冷静一下。小张，去给他们倒两杯水来。"蒋立新引着苗苑坐到桌前的椅子上。

苗苑紧紧地咬住下唇，心里有非常不好的预感。

“首先，我要代表总队领导向你表示感谢，感谢你这么多年来支持陈默的工作。陈默同志是非常出色的军人，是党和人民的好儿子，是我们支队的骄傲……”

“到底怎么了！”苗苑皱紧了眉头，泪水被固执地锁在眼眶里。

“当时的情况是这样的，我们把大批群众转移出来之后，在清点人数的过程中，有群众反映有几个孩子在火灾发生之前，去后山的滴水洞取水了。当时的情况非常危急，但是有些群众情绪已经失控了，如果我们不出面，他们很可能就会在冲动之下作出盲目的牺牲，当然为人父母的嘛，我们也要理解，所以在这种局面下陈默同志身先士卒，勇于承担责任……”蒋立新的声音抑扬顿挫，非常富有感染力。

“他是死了的那个还是失踪了？”苗苑斩钉截铁地打断他。

蒋立新一愣，好像满腔澎湃的激情被忽然卡住了反应不过来，愣了几秒钟后，他闭了闭眼，有些无力地吐出两个字：“失踪。”

“那为什么还不去找？”苗苑拍着桌子站起来，“为什么要瞒着我，陈默不见了你们居然瞒着我？？为什么！如果我今天不来问你们打算瞒到什么时候？？？为什么？”

“不不，你先冷静，先冷静……听我说，这个，这个你真的是误会了。”蒋立新连忙又从桌子后面绕出来，他按住苗苑的肩膀让她坐回去，微微弯下腰，拿回居高临下的角度：“我们一直在寻找从来没有放弃过，在这方面你要相信组织，相信党。不是刻意要隐瞒什么，主要是考虑到你现在的身体状况。另外，关于这个事情，组织上非常重视，事实上，我们已经迅速做出了书面的初步处理意见，我们也正在考虑找一个适当的时机通知你，还有陈默同志的家人。”

蒋立新从桌边的文件夹里找出一份，郑重其事地递给苗苑。

苗苑接到手里匆匆翻了两页，扔回桌上。

“就这样吗？就这样？？我那么宝贝的一个人，我连给他泡杯茶都要吹凉了再给他，生怕他烫着……我这么宝贝的一个人，这么这么喜欢的。我把他交给你们，你，你你现在就用这么一张纸，告诉我……他没了？”苗苑仰起头看着他，明润的大眼睛里涌出泪水。

“怎么说话呢，组织上这么安排也是为了你们好。今天上午党委还开会讨论要把陈默同志树为典型重点宣传，你现在这样闹，传出去影响多不好，这不是给英雄抹黑嘛。”张占德送水进来就站在旁边听，听到这里终于忍不住了。

“我不要他当这个英雄，你让他回家好不好？？”

“你，你这人怎么回事啊！这件事组织上该怎么处理就会怎么处理，又没亏待了你。蒋政委现在工作这么忙，还这么耐心地跟你解释，你还这样闹，你，你……你到底想要怎么样啊？”

“我要你们都去找，我要你们把陈默还给我！”

“你！！”张占德一时气结。

“小张！你先出去，一会儿有事叫你。”蒋立新眼看着苗苑脸色不对，连忙喝止。

“苗苗嫂！”方进走过来按住苗苑的肩。

“方小叔，你看他们……”苗苑觉得胸口发闷，那么无力的感觉，连呼吸都没有力量，心脏在喉咙口急促地跳动。

方进在苗苑肩上握了握，一点点的压力，带着某种郑重的味道，把苗苑惊慌失措的心脏又重新压回胸膛。方进见苗苑渐渐平静下来，才转过头去看向蒋立新：“上校，我叫方进，是陈默的老战友。”

“哦，这个……”蒋立新脸上紧绷的线条放松下来，还好对方终于还有一个可以平静对话的人。

“可能您不了解陈默但是我了解，陈默不是一个会被一把火困死的人。”

“可是，我们真的已经……”

“所以我希望您能给我开个介绍信，我要自己去找。”

“这……”蒋立新微微皱起眉，开始认真地打量起方进。眼前这个小伙子穿着最普通的黑色短袖T恤与宽大的牛仔裤，看起来几乎有些落拓。出身行伍是一种气质，像陈默那样的军人即使披块麻袋在身上都能站出兵器的感觉，可是……这个方进，事实上，刚刚他们进来的时候，蒋立新都没有意识到这曾经是个军人。

然而现在仔细看，这个浓眉大眼的小伙子拥有一种剽悍镇定义无反顾的眼神——这是兵王的眼神，淬过火的自信。

“行！”蒋立新好像终于下定决心了似的重重一合掌。他写好介绍信，拿出去叫小张去敲党委的章。

张占德愤愤不平地抱怨："这家人真是，忒多事儿，您看那个女的说的话，也太不懂事儿了吧！"

蒋立新瞪了他一眼："就那么个小丫头，刚结婚老公就没了，还带着身孕，她能有多懂事？你还指望她给你说什么？谢谢党和人民的培养，陈默牺牲了很光荣是吧？你呀，写文章写得脑子都锈掉了。"

张占德平白挨了一顿训，也不敢反驳，连忙拿着文件就走了，回来的时候脸拉得更长，原来党委办公室管公章的那位办事员已经下班了，公章全锁在抽屉里，一时也拿不出来。

方进盯着他看了一会儿，却没有再坚持，只是扔下句话说"我明天早上再来拿"，让张占德大大地松了口气。

苗苑没有再说话，目光凝定着，好像已经失了神。方进小心翼翼地跟着她走出支队驻地的大门，苗苑漫无目的地往前走，忽然停下来，抚着肚子说："宝宝，刚刚动了。"

"嫂子……"方进的眼眶一下就红了。

"陈默会没事儿的吗？"苗苑专注地盯着他。

方进低头躲开苗苑的视线："嫂子，你……你先别太难过，宝宝……对，你要想想孩子。你放心，就算默默……就算是陈默有什么万一，有我方进一口吃的，就绝饿不着你们。"

苗苑"哦"了一声，很轻很短，像叹息一样。过了一会儿，她握住方进的手说："方小叔，陈默一定会没事的，我们回家吧！"

方进有时候觉得你闹出来，你哭得泪流成河，你大呼小叫，你折腾得他焦头烂额……这都没关系，这都比现在这样憋着好。苗苑动作迟缓地发着呆，煮一碗汤，看着盐罐和糖罐分辨了半天。方进着急地围着她转，他说没关系我不饿，您歇着吧。苗苑摇了摇头说不行，把你饿着了，陈默该不高兴了。

都不知道要干什么，更不想吃什么，食不下咽，味同嚼蜡，方进和苗苑相对坐着，房间里静得可怕。时间好像变得很慢很慢，太阳花了一个世纪才真正落下地平线。没有人去开灯，远方的霓虹散漫地照进来，留下绰绰的阴影。

苗苑忽然小声说："方小叔……"好像某种紧绷的平衡被打破，苗苑的眼泪迅速地漫出来，无声而汹涌。

"啊……"方进连忙问。

"我去睡觉了。"苗苑泣不成声。

"好好……"方进愣了一会儿方才如梦初醒，他跳起来把灯从客厅、走廊一直开到卧室。

苗苑很努力地看着他笑了笑："不早了，你也早点回去睡吧。"

"哦！"方进用力地点着头，却在玄关处坐下来。背靠着大门，两腿摊在地板上。往前看，穿过饭厅与客厅镂空的隔断，穿过客厅的落地玻璃窗，他看到一角灰蓝色的天空，那种属于城市的暧昧不明的没有星星的天空。

此时此刻，苗苑站在窗前，与他看着同一块天幕，她记得那是陈默喜欢的位置与姿势，每一次当陈默要想事儿的时候，他都这么站着，然后……他就知道该怎么办了。

也不知道过了多久，忽然有门铃响起来，一遍又一遍。方进愣了一会儿才想到去开门，苏会贤站在门外，眼神忧虑："我听小八说陈队长出事儿了？"

方进愣愣地看着她，用力捶了捶脑袋，才想起来似乎是章宇打电话说自己晚上不回去了，让他记得锁门，然后……他说了什么？

苏会贤看到方进直愣愣的眼神一时有些误会，连忙解释说："我刚刚在跟人吃饭，我打苗苗的手机也没人接，我就直接过来了，也没来得及回去换衣服。"

方进这才注意到她穿了什么，白色的薄披肩下面是藕粉色的丝质小礼服裙，妆容精致清淡，一切刚刚好，是柔和而富于健康血色的红。方进忽然有一种很想哭的感觉，这女孩明眸似水，弯弯的娥眉凝起关切的神彩，好像你什么都可以向她倾诉，她会温柔地看着你，好像她什么都懂。

"苗苗，苗苗嫂在里面，你帮我去劝劝她……"情绪来得太快，方进连掩饰都来不及，眼泪就滚了满脸，他胡乱地用手抹，一手指向了卧室，

"哦……哦哦，你你，你没事儿吧？？"苏会贤吓了一跳，她来时光惦记着苗苑就没顾得上考虑方进，冷不丁这么一号壮汉在她面前痛哭，这让她完全不知道

应该怎么办才好。

“我没事儿，没事儿，苗苗嫂在里面……”方进闭上眼睛，把苏会贤往里间推。

苏会贤有些不放心地看了方进一眼，小心翼翼地敲响了卧室的门。屋里没有动静，苏会贤轻轻打开门，看到苗苑站在窗边，月光穿透了她，像一个缥缈孤单的影子。

“苗苗？”苏会贤心怀忐忑地绕到苗苑面前去，双手捧起她的脸。

苗苑失散的焦距花了很长时间才凝聚出焦点，她用力弯了弯嘴角说：“苏姐姐。”

苏会贤用力把她抱进怀里，过了好一阵，渐渐有灼热的液体烫到她的肩膀。

有些话不用说，有些事情无法安慰，有些悲伤只能独自品尝。人……总是事到临头才会发现，最难受的时候，是一种连气都要喘不过来的沉闷的空虚。

怀了孕本来就容易累，苗苑这一天情绪大起大伏，体力早就不支，哭着哭着终于支撑不住睡了过去。苏会贤给苗苑盖上毯子，把空调调高了两度。

可千万不能生病啊……孩子经不起折腾。

苏会贤把苗苑料理好了才觉出累，她去洗手间匆匆抹了把脸出来，听到方进坐在长窗边小声地哭。苏会贤是一个女人，她知道女人哭的时候希望别人干什么，可是她不确定男人的想法。事实上，她从没有见过一个成年男人这样肆无忌惮地表达自己的哀伤。

“你……还好吧！”苏会贤小心地蹲下去与方进平视，把纸巾盒递过去。

“没事儿。”方进摇头，胡乱地抹了一把脸，“有烟吗？”

“呃……有，有！”苏会贤连忙去玄关处拿手袋，细长的薄荷烟递到方进手里才发现突兀，脸上顿时尴尬起来。方进却浑然不觉，叼了一支出来点上，深深地吸了一口，烟雾喷出来，只有极清淡的烟草味。

“挺淡的，”方进看了一眼，嘴角扯出一个笑，“不过，总比没有好……你，你住哪儿？？我送你回去？”

“我今天不回去了，陪你们。”苏会贤在旁边的沙发上坐下。

方进一愣，眼睛眨巴了半天才慢慢地“哦”出一声，他又深吸了一口烟，粗嘎着嗓子说：“我跟陈默……我们认识很久了……”

“哦。”苏会贤很认真地看着他，轻轻点头。

……

那天晚上，她听方进坐在地上说了一夜的陈默，直到天亮时才朦胧睡去。

-05-

苗苑感觉自己做了一个很长很长的梦，梦里她披荆斩棘走过千万里的路，踏过千万条的河，她翻过雪山，杀掉大龙，抢到宝物……最后，她的王子却睡死了，怎么吻他都不肯醒。她梦到陈默穿着最帅气最帅气的武警礼服，就像娶她的那天一样帅，他躺在透明的水晶床上睡得无比安静。

她觉得生命就像一个荒唐的旅程，和梦境一样的荒唐。甚至更荒唐的是，当你用力睁开眼，梦境就会散去，可现实还会继续。命运就像一张漆黑的大嘴，在你不知道的时候“啊呜”一口咬下去，干脆利落地把你的幸福一刀两断。

苗苑在梦里哭得很伤心，泪水打湿了半幅枕巾，可是她仍然固执地闭着眼，因为睁开眼睛的现实里看不到陈默。她慢慢蜷缩起来，双臂抱紧膝盖，蜷曲成胎儿在母体中的模样。

如果没有陈默了，如果真的没有了……

苗苑忽然开始搞不清楚心痛是什么样子的，那种感觉不同于她以往经历的任何悲伤，那是一种没着没落的空虚，仿佛坠落悬崖，风声在耳边呼啸，你是如此恐惧最后粉身碎骨的时刻，却一直落不到底。

就着这样蜷曲的姿势，身体内部的中心有一个什么东西温柔地动了一下。

苗苑忽然停止了哭泣。

她慢慢地用力地把手掌探进大腿与小腹的间隙里，她是那么的专注，以至于她甚至忘记了可以先把膝盖放松点儿。手指微微弯曲着，掌心贴合着那道细腻的弧度，让她想起那个夜晚，陈默温柔地看着她，像午夜的星空，宁静而深沉。

然而此刻……已是清晨。

无论一个人如何的快乐与悲伤，太阳总会落下，并且一样地升起。明润金黄的朝阳一点点地越过窗棂，阳光像一方金色的布，一寸一寸地往前蔓延，覆盖窗边的桌子，地上的亚麻毯和床边巨型的大兔子……

苗苑没有动，阳光就这么爬上了她的脸，穿透薄薄的眼睑在视网膜上染出满目血色的红。她终于忍受不了，艰难地睁开眼睛，光线像针一样刺痛了她，然而那一瞬间涌出的泪水让阳光反复折射，苗苑看到半个房间都沐浴在一片灿烂的金色火海中。

那天早上，苏会贤与方进被阳光和苗苑同时叫醒，他们看到苗苑珍重万分地抚摸着自己的小腹，用一种毅然的语气说："我想过了，无论是男是女，我都打算让这个孩子叫陈曦。"

苗苑坚持给他们做了早饭，苏会贤在吃饭时小心试探着问，你是不是应该给伯父伯母打个电话？苗苑露出恍然大悟的表情，苏会贤这才相信她不是有心要瞒着，她是真的慌昏了头。苗江与何月笛大清早的直接就被这一通电话给吓精神了，苗江抢了话筒过去宝贝囡囡地哄个不停，何月笛扯着他出门打的直奔最近的机场。

苏会贤看到苗苑挂了电话，独自打开电脑给父母买机票，她用一个手指一下一顿地输入密码，缓慢而平稳，一次又一次，却没有出错。

"你大嫂是个了不起的女人。"苏会贤小声说。

"嗯！"方进点点头，"你还没见她昨天多厉害，一个上校被她训得头都抬不起来。"

苗苑买好了机票又坐着愣了一会儿，视线慢慢地转到方进脸上："你等会儿要去拿介绍信对吗？你说过的，陈默不会被火烧死。"

"不是，我不是这个意思，"方进慌了，"我不是说陈默烧不死，我是觉得，如果是陈默的话，他会看得出来究竟怎么着了，如果那真是个死地，他就不会去了，毕竟他们要救人对吧，也不是什么绝命任务……当然，我不是说陈默他贪生怕死……"

“方进，帮我把陈默带回来，我在家等你们。”

方进一下就哑了，过了一会儿，他把嘴紧紧地抿上，然后说：“好！”

苏会贤在犹豫要怎么通知韦若祺，毕竟这是个绝顶的坏消息，如果韦若祺一怒之下口不择言，和苗苑在这样的风口浪尖上再吵起来，这种时刻，任何语言都是刀子，刀刀都会摧人心。可正在她犹豫不决中，韦若祺却首先接到了来自军方的正式通知，针对陈默的典型宣传已经开始启动。

韦若祺端坐在高背椅上，面无表情地听张占德陈述整件事，那种冰冷的眼神让小张后背直冒冷汗。韦若祺有一瞬间的恍惚，然后世界再度回来，她用很清晰的声音说：“我希望你们暂时别通知我丈夫，不能让他知道这件事。”

“为什么？”张占德脱口而出。

“因为他两年前因为脑溢血住过院。”韦若祺忽然觉得心烦意乱，她得去看住苗苑，如果那个小丫头经不住事，吓到了陈正平，又害自己流产的话，那么……这个家就彻底完了。

得益于现代快捷的交通，韦若祺与苗江、何月笛夫妇几乎是同时到的。在这样的时刻，所有人关心则乱，苗江只是匆匆与亲家点了个头，就连忙赶到卧室里去安慰苗苑。苗苑趴在父亲的肩头失声痛哭，苗江心疼得直哆嗦，宝贝囡囡地哄着：爸爸来了，没事儿了，爸爸来了……

而何月笛则被韦若祺拉到书房里密谈，房门刚关上何月笛就觉得莫名，而韦若祺一脸严肃而紧张地盯牢她：“我们家老陈的心血管不好，陈默这事我得先瞒着他，所以……苗苑她……”

“你放心，放心啊，大姐……你放心，总之你说怎样就怎样，我们全力配合。”何月笛一叠声地应承，也有些语无伦次的。

“那那，那就好。”韦若祺仍然一脸的焦急，“现在，现在苗苑肚子里的孩子……几，几个月了？一定要让她小心啊！一定要小心。”

何月笛愣了愣，心中微妙地一动，却道：“大姐，你放心，陈默那么机灵的小伙子不会有事儿的。”

韦若祺一直盯着何月笛看，见她神色间有迟疑心里马上打了个突，索性就把话题挑明：“亲家母，你也知道我就这么一个儿子，所以如果陈默真的有什么万一的话，我请求你们一定要让苗苑把孩子生下来。”

“这，这事儿我做不了主。”何月笛有些迟疑。

“你是她妈，你怎么会做不了主？如果万一陈默有什么，这孩子就是我们陈家唯一的骨肉，于情于理你们都得把孩子生下来吧！”韦若祺一下就急了。

“于情于理，生与不生都应该由苗苗自己决定。”

“这怎么可能?！这是我们陈家的孩子！我知道你担心什么，你们别瞎操心。我们养，我和老陈养，不劳你们，也根本不会拖累上苗苑。”

何月笛深吸了一口气，烦躁地走了两步：“我们现在不谈这个行吗？”

“这本来就不是一个可以谈的事！这孩子你们必须生下来，这是我们陈家的骨血，最后的希望了，你们怎么能这样呢？做人不能不讲良心吧?！”韦若祺又急又怒。

“这不是良心的问题，这是原则的问题。孩子是苗苗的，她要生，我们做家长的没二话，而且我们能生就能养，生了也就得自己养。但是苗苗现在还小，你也是经历过社会的人，你也知道，一个女人带着个孩子和不带孩子天差地别，所以如果苗苗觉得养不起，承担不了，我也是个做妈的人，我是苗苗的妈妈，她要放弃我也不会拦着她。”无论是比调门还是比气势，何月笛自认也不会输给谁。

韦若祺瞬间脸色铁青。

正所谓两宫皇太后，这都不是省油的灯，而且早就心结深种，平常矛盾不爆发只是因为相隔千里不碰头，现在这火烧眉毛的要紧关头，空气一点就着，三言两语不合，马上吵得鸡飞狗跳。

苏会贤在外面听着不对开门进去，就看到两人脸红脖子粗吵得不可开交。

苏会贤一下愣了：“你……你们……怎么啦！”

“你问她！”韦若祺转头怒目而视，“你问她还是不是人??我儿子生死未卜，她居然要把我孙子给流掉!!”

“你胡说八道！”何月笛不甘示弱，“你是人，你太是人了，还没生就惦记着怎么抢了！”

苏会贤被这两人一瞪自己吓得退一步，苗江在卧室听到不对马上赶过来。

何月笛气得脸色青紫，扯着苗江胳膊：“你瞧瞧，你瞧瞧，在我面前都这么横，回头指不定怎么欺负苗苗，这丫头……我早说了，这种人家，这种人家不能嫁……你看现在，将来可怎么办啊……”

何月笛说着说着声音越来越低，眼泪直直地流下来，止都止不住。苗江连忙揽住她柔声哄着，先把人送出门去交给苏会贤。他回头看了一眼韦若祺，韦女士正一眨不眨地瞪着他，眼神愤怒得像是能投出把刀子来。

苗江长叹气，给自己摸了支烟点上，深深地吸了一口，低声道：“我知道，我们都是做爹妈的人，我知道你心里难受。”

韦若祺冷哼了一声。

“陈默这孩子我是真喜欢，不怕你笑话，我这一路过来，我都哭着过来的。可是，怎么说呢……人吧，说得再好听，那都是有私心的，我们，我和月笛是苗苑的爹妈，你能明白吧，就像你是陈默的妈一样，所以有些个心情，真的，希望你也能体谅些。”

“你……你什么意思？”韦若祺脸色大变，这下彻底地慌了。

“没什么意思，就是大家彼此体谅些，行吗？？”苗江烦躁地揉着胸口，“是，出事儿的是你儿子，可那也是我女婿。我女儿……说句不好听的，才多大啊，二十五岁，就成了寡妇……我不是跟你诉苦，我这苦跟你不能比。可是，真的，大家都不好受，你就别逼我们了，行吗？你就别这样，看着谁都想占你们陈家的便宜，行吗？？”

“我什么时候逼你们了？是你们现在要杀我孙子！！”

“谁要杀你孙子了？我说你这人能不能别把人想那么坏啊？你有没有眼睛自己不会看哪？你看苗苗现在哭成那样，你让她不要孩子可能吗？她能跟你拼命！我女儿嫁到你们家，大半年啊。我都能看出来她有多稀罕陈默，你看不出来，你是陈默的妈你看不出来……我这个做爹的，心寒哪！”

韦若祺张口欲言，苗江忽然抬手止住她：“别说，什么都别说了，说不到一块儿去。你跟我……就是站两边儿的，注定了的。至于这孩子，我自己的女儿我知道，一定会生，但是生下来也是苗苗自己养，就这样……咱们都别争，就这样！”

消息传得很快，像爆炸一样，一传十，十传百，然后汇到一起像洪水那样向苗苑涌来。沫沫挺着八个月的大肚子亲自上门；王朝阳和小杨关了店门过来陪她；陶冶说姐你饿了吧，我下午给你去买大刀凉皮，正宗的，你多少吃一点；程卫华说有事您说话，随叫随到；成辉打了电话过来，声音哽咽，他说弟妹我对不住你，不过我们还在找……

陆臻的电话是下午到的，带着疲惫的沙哑不复当年清朗的音色，他的声音很沉，只说了三句话——

他说，嫂子你放心，默爷不是寻常人，我们都相信他。

你跟陈默结了婚就是我们的嫂子，兄弟们一直在。

宝宝什么时候出生？我得过来看看，将来这孩子一切开销我负责，我这辈子指望自己估计是不成了，可我真的特别喜欢孩子，您就当成全我，让我当这个干爹。

苗苑抱着听筒泪如雨下，除了“谢谢”她连一个字都说不出来。

在那一瞬间她想到了方进，想到了陆臻，想到程卫华、成辉和陶冶。一直以来，她都觉得陈默是个不通人情世故的木头，坚硬的、硌人的木头。永远处不好人际关系，没有朋友，净会得罪人，没有人关心他，没人喜欢他。

是啊，靠他就完了……

可是，直到今天她才发现，那个沉默的男人有多么宽厚与善良，在他如山的身影背后，悄无声息地站立着那么多人，那么多顶天立地的男人。

那是曾经他施出的情分，最后，都将回报给她。

那个男人即使真的离开了，也在保护她。

沫沫担心苗苑一直半躺在床上对胎儿不好，生拉硬架地把人架到客厅里。宽心的话说了太多，苗江此时已经想不出来还有什么好安慰，只是贴近她身边坐着，让苗苑把头搁在自己肩膀上。电话铃响了一次又一次，苗苑一直哭个不停，声音越来越低，渐渐听不分明，像一只呜咽的猫咪。

韦若祺靠窗边站着，心里烦躁不堪。

平心而论，她才是这个屋子里压力最大的人。她的儿子生死未卜，她的孙子生死未卜，她的男人似乎也将会因此生死未卜。但是韦若祺一直没哭，她甚至连眼眶都没湿过，因为来不及，太过心焦，在这样的生死关头，谁有那个闲情逸致还能坐下来哭泣?

苗苑断断续续一直不绝的哭声终于激怒了她，韦若祺不满意地沉声喝道："哭！哭哭哭！你就会哭，哭有什么用？你除了哭还有什么用？"

何月笛霍地站起来，苗江连忙把自己老婆拉回去，何月笛狠狠地瞪了苗江一眼，把脸别在一边生闷气。

"哭为什么要有用？"苗苑仿佛如梦初醒似的慢慢抬头看向韦若祺，"为什么连哭都要有用？高兴了就笑，我现在难受我哭，为什么要有用？你没哭，你没哭有用吗？也没用。"

韦若祺喉头一哽，被问住。

"妈，我们别吵了行吗？你不爱哭，你就这么待着；我想哭，你就让我哭一会儿。陈默在的时候我就特别不想跟你吵，将来陈默要是不在了，我们就更没什么可吵的了。就算你还是陈曦的奶奶，我也是陈曦的妈，可将来，我们到底还是要生分的。"苗苑忍不住，眼泪又簌簌地滚下来，"陈默要是真的不在了，我们就别再争了好吗？已经没有人会把我们再拉回来了，我们再这么吵下去，就真得散伙了。"

韦若祺想说，散伙就散伙，难道我稀罕你?

可是这句话在喉头滚来又滚去，到底没有吐出口。

对啊，孙子还在她肚子里呢，得让着她。韦若祺这样向自己解释。

据说等待是人生最初的苍老，苗苑觉得自己在一夕之间已经老去。下午三四点钟的时候，部队方面忽然把电话打到家里，张占德说搜索已经有了一定的进展，让他们赶紧去市公安局法医处。韦若祺乍然听到"认尸"那两个字胸口如遭重击，差点当场晕过去。

苗苑搁下电话愣了好一会儿，站起来说："妈，要不您先歇着，我去。"

何月笛握住苗苑的手说我陪你，王朝阳连忙去门口穿鞋准备下楼拦车……呼啦一下子屋子里的人走了个精光，韦若祺一时蒙了，露出无措的神色。

苗苑把自己一直捧着的纸巾盒递给韦若祺："我们先走，这屋留给你，你要是回爸那儿去，就帮我把门带上。"

韦若祺犹豫了很久，似乎不知道怎么办才好，慢慢接过了纸巾盒。苗苑却忽然张开双臂抱了抱她，轻声说："陈默会没事儿的，我们会好的。"

韦若祺的脸色一僵，等她感觉别扭时，苗苑已经放开她匆匆出门去了。

苗苑他们一行人赶到市公安局时，才发现那里早就人声鼎沸。程卫华接了电话立马就从分局赶过来，到得比他们还早，185cm的大个子，手长腿长，极为惹眼地站在走道里，一伸手就拦住了苗苑。

"老程！你别给我……"苗苑急得满头浮汗，气急败坏地大声嚷着。

"我帮你看过了，没有。"程卫华慢慢扶住她的肩。

苗苑听了一愣，蓦然听到停尸房里哭声震天，好像全身的骨骼都散了架子，脚下一软，差点滑到地上去，程卫华连忙扶她坐到墙边椅子上。

"这是好消息呀！来，给哥笑一个。"程卫华蹲下来逗她。

"对！是，有道理。"苗苑闭了闭眼睛，把眼眶里那点潮意忍回去，笑得很用力。

有时候没有消息就是好消息，苗苑马上就想走，好像只要离开这个可怕的地方，陈默就会好好地完整地站在她面前而不是躺着。可是还没有走到拐角就被人叫住了，据说是还有一具尸体到六点半的样子就能完成尸检，不如在这儿等会一起看了，也免得明天再来一次。

苗苑仰着头说好，她怎么努力都没有看清那人的面目，眼前只有白大褂发青的白，可是她却忽然强硬了起来，大刀阔斧地指挥起大家的去向。

小杨哥你带我爸妈去吃饭。

苏姐姐你待了一天了快点回去，店里肯定一堆事。

沫子你八个月的大肚子跟我凑什么热闹，赶紧让小米来接你。

……

等她安排到程卫华的时候，老程摇头笑了笑说，我陪你。苗苑愣了一下，忽然脱力坐下，说，好的。

这种时候苗苑最大，她说什么都会被执行，何月笛即使一千一万个不放心也还是被苗江拖走，只是临走时苗江用力握了程卫华的手，讨了电话仔细保存。

陶冶下班后果真去买了凉皮过来，辣里带酸的好筋道，苗苑虽然没什么胃口也着实吃了几口。拥在走道里的人一个一个地散了去，终于有穿着白大褂的人出来，程卫华给陶冶使了个眼色，小陶马上按住苗苑，程卫华已经先人一步抢到白大褂面前。

“老程！”苗苑大急。

“我先帮你看一下……”程卫华涎着脸，也不顾别人挣扎像押犯人似的把白大褂押进了停尸房。

苗苑急得要命，偏偏小陶力气大，她一个弱女子无论如何都挣扎不出去。不一会儿从里间又传出哭声，苗苑一听就知道不是程卫华，马上心里大定。

白大褂面无表情地拿了文件夹出来提问：“陈默有没有镶过牙？”

“都跟你说了不是他，你小子犯什么轴啊！陈默比我还高点……”程卫华着急地跟出来想拽他。

“老程，烧成这样子人是会缩……”白大褂显然也无奈了。

“那个……人……”苗苑忽然大声喊了出来，“他身体里有没有弹片？”

“没有，没探到有金属。”

苗苑轻轻呼出一口气，用力地摇了摇头，说：“不是他。”

“听到没有！这才能做准！”白大褂反手把程卫华拍开，“人家当老婆的不比你知道得多？？”

程卫华没好气地冲他亮了一下牙，又连忙冲过去安慰苗苑：“没事儿的，啊，相信哥，你们家陈默是谁，对吧！”

“是啊！”苗苑轻轻点头，“那程哥我们走吧。”

“行！”程卫华转身走了两步才发现苗苑没跟上来，一回头却看到苗苑还坐着，陶冶站在旁边一脸的茫然。程卫华心中一恸，知道她现在脚软，站不起来。他连忙回去叉腿瘫坐到苗苑身边，颇有些无赖地笑着：“不行，哥累了，陪我休息会儿。”

陶冶闻言大惊，脸上露出匪夷所思的表情，咬牙切齿地暗地里狠踹了他一脚，程卫华眉峰一挑，一声不吭地忍了下来。

苗苑低头绞着手指，小声说好。

苗苑听到里间的哭声越来越响，带着某种歇斯底里的味道。一个看起来足有三十出头的女人泪流满面地从里面飘出来，跌坐到苗苑身边，苗苑从口袋里抽出一张纸巾递给她。女人随手接过，连头都没抬，自然也没有说谢谢，她哭得太过投入。

苗苑把一整包纸巾都拆开，一张一张慢慢地递给她。

张占德抱着一大叠文件从另外一间办公室里走出来，走到她们身边时一停，眉头皱起似乎是想开口，苗苑抢先一步瞪住他了，那是沉默的逼视的目光。他微微一愣，似乎是想起了这个女孩着实不好惹，颇有些无奈地叹了口气坐到另一边去等待。

从小到大，苗苑都特别不能理解一句话“遇难者家属情绪稳定”，她觉得那怎么可能，人生有很多事情是无法靠想象的，只有事到临头才知道是什么样。所以，在灾难面前，外人都应该闭嘴。因为你不是她，你没有资格说我懂，我知道应该怎么样，知道什么是对！

没有人，有权居高临下地说出那句话：请你冷静点，节哀顺变！

此时此刻苗苑对这个悲伤的女人有一种发自内心的怜惜，她那样固执地陪伴着她，直到夕阳日暮。

女人在哭累了之后，断断续续地与苗苑说了很多话。她说自己叫金晓勤，今年 26；她说起她的男人，他叫曹修武，是一名士官，28 岁；她说起他们的女儿，今年才 3 岁；她说到家里新买的房子，还有 35 万块钱的贷款；她说起父母的病，说起婆婆马上要开刀的费用……

苗苑默默无言地听着，伸手揽住她瘦弱的肩膀。

苗苑忽然意识到自己的幸运，即使陈默真的不在了，她还有强而有力的可以支撑她的父母，她的公婆即使态度恶劣但毕竟从来不是负担，她还有那么多的好兄弟。

苗苑温柔地小声与金晓勤说着话，留下了自己的联络方式，她说：“你要是手头不方便了，来找我，我给你凑一点。”

程卫华宽容地看着苗苑做这一切，同时按住了陶冶别去催她。

从公安局里出来天已经黑透了，苗苑坚持要回店里去，她想做事，回家就只能哭，可是哭久了也真的没意思。回到店里才发现大家都在，一个个如临大敌地看着她。

苗苑虚弱地笑了笑，拿了奶酪出来热着，她漫无目的地揉着面团，最后做出一个心形的面包。通身裹着火红的辣肉松，内馅里填着兑了青梅酒的鲜奶油奶酪。这是怪异而动人的食物，一口咬下总会让人想流泪，无论是因为辣椒还是微醺的奶油。

苗苑把这个作品命名为——爱！

她找了空白的宝丽板出来写广告词，她说这是为所有死在报纸上的人做的面包，她将把这款面包所有的收入都送给这次山火里牺牲的战士。

所有人都很高兴，毕竟在这种时候苗苑肯转移注意力就是好事。王朝阳和杨维冬忙着帮苗苑大批量生产；程卫华打电话给他的狐朋狗友勒令他们明天过来买面包；陶冶则火速地把新产品拍照修图传上网，还配了感人的心情故事，只不过隐去了陈默失踪的部分，苗苑关照了这事还不能提，因为陈正平的血管不好。

苗苑一直忙到深夜做得异常投入，方进打了电话过来说他已经到了，下午上山看过，感觉他们之前可能找错了方向，所以一切还很有希望。苗苑一叠声地道谢，猛然回头看到架子上布满火红色的心，一只一只紧密地挨着，都在“怦怦”地跳动，仿佛她内心的期盼。

那天晚上苗苑睡得很熟，早上何月笛进去看了她两次她都没发现，两位老人家略略放心了些，可是想起陈默又是一阵酸楚。

而同一时间，韦若祺看着当天的晨报暴跳如雷，陈默的名字与人并排出现在都市报的头版，还被加粗显示，报道正文用一种她闭上眼睛也能背出来的语气书写着焦虑与赞美，而韦若祺只想着怎样才能有合理的借口毁掉这些报纸。张占德显然无视了她的意愿，或者说，在他有限的工作经验里还没有遇上过这种不想上报纸的家属。

“爱”卖得非常好，超乎寻常的火暴，苗苑他们做了一夜的面包在一个上午就被抢购一空，还有人在网络留言打听曹修武家的账号，说也想给这家人直接汇点钱。苗苑连忙拨了金晓勤的电话告诉她这个好消息，金晓勤很疑惑，专程赶来店里张望，却看着铺天盖地的大红心泣不成声。

–06–

一切似乎都很顺利，然而这样的顺利代表着无望的等待。苗苑一刻不停地做着面包，王朝阳只能拼命地拿孩子做借口让她休息会儿，可是第二天，报上的一篇社论吸引了苗苑全部的注意力。

这是一篇评论员文章，援引了一些网上言论在谈中国的慈善状况，那些句子苗苑都没有看得多明白，可是她只看到了一处，“人间”的“爱”被提及了，而且是反面事例。笔者用一种尖锐甚至不无恶意的口吻质问着这种活动应该由哪个部门监管，由何人审批，善款的账目何去何从……

苗苑一下就炸了，那种居高临下冷静自持的路人态度气得她全身发抖，从报上查到编辑部地址就马上冲到街上打车。王朝阳吓得连忙追上去，又生怕会吃亏，一边拦着劝阻，一边给程卫华打电话。

苗苑这会儿连脸都青了，平素再好说话不过的女孩子，此刻倔犟得像一头牛。王朝阳根本拿她没办法，只能眼睁睁地看着苗苑威风凛凛地站在编辑部门口大声质问：“这篇东西谁写的?！”

格子间里有几个人抬起了头，一个临近的男人慢慢地探头过来看了一下，问道：“怎么了?”

“我问这个，谁写的?！你们凭什么这么写?”

“有什么问题吗? 小姐，请注意你的情绪，都像您这么过来闹我们还办不办公了?”一个看起来像主管模样的人从里面绕出来。

苗苑深吸了一口气，拿笔把那段框出来给他看：“我是‘人间’的老板。我想知道你们凭什么这么写，凭什么污蔑我在骗钱。都没有人来问过我怎么回事，你们觉得有问题，你们觉得不对，你们为什么不直接来跟我说，你们觉得我做得不好，你们有更好的办法可以告诉我，为什么要把我想得这么坏?”

主管匆匆扫了一眼，微微冷笑着看向苗苑：“小姐，我们是记者，这里是报社，我们是媒体，懂吗? 我们不可能找到一个问题就直接通知当事人，这是政府机关的事，这不是做新闻。我们的工作是要以点带面的，我们这是在正常行使媒体监督权。而且麻烦你看一看内容，我们只是在质疑。就表面的现象，对可能的问题做一些推断，这根本就不能说是在污蔑。”

苗苑气得脸色通红，张口结舌地瞪着他。

主管显然也觉得区区小事，纠结无益，转身就想走，苗苑忽然出声叫住了他。

“你活着一定特别不开心吧！”

“你这人怎么说话呢?！”主管脸色一变。

“一定是的，你这样活着肯定特别不开心。像你们这种人我都看烦了，你们看到什么都不好，想到谁都是坏人，社会只有阴暗面。碰到什么事儿都净往坏里想，说话阴阳怪气，好像觉得自己特别有本事特别能，好像除了你们最高尚，剩下的全世界都是笨蛋、小偷和骗子。好像只有你们知道什么是对的，你们站在那里指手画脚，正事儿啥都不干。但其实你们什么都不懂，你们凭什么? 你们根本不知道我遇到了什么事，根本不知道我是怎么想的，你们有什么资格评论我??”

王朝阳插进来小声说：“她丈夫就是陈默，你们昨天才在报上写的那个武警少校，失踪了到现在都还没找回来，你们还给英雄的家属泼脏水。”

主管先生显然吃了一惊，脸上一阵青白，变幻了几种表情之后神色忽然严肃了起来：“这个，既然是这样，那你们就更应该注意点自己的形象嘛。你看你现在这样大吵大闹的，多不好啊，多给烈士的形象抹黑啊……”

主管的话还没说完，苗苑忽然暴怒，眼泪哗地流下来，眼前模糊一片。她随手抄起一个马克杯砸过去：“你才烈士！！你胡说八道，陈默不是烈士，他不会死的……”

主管先生吓了一大跳，连忙往后躲。苗苑那只杯子砸得没有半分准头，低低地直奔了地面，哗啦碎了一地。

有闹起来的，就有看热闹的，格子间里的人一个一个地都抬起了头。有人说哎呀，怎么这样啊，这女人真泼。有人说干吗，你神经啊，你老公被人咒死了你开心啊……也有人说嘿，这回搞笑了，后续报道怎么写啊，英雄的妻子说你再敢说我丈夫是烈士我就抽你！马上有人接口，好标题，头条啊！

苗苑拳头紧握地站在那儿，流着泪的大眼睛里满是火光。

“你你……你别撒泼啊……”主管指着苗苑结结巴巴地嚷嚷，“你你，你再这样我们就报警了，啊……”

“别，别……哥们儿，别麻烦了，我就是警察。”程卫华气喘吁吁地从门外闪进来，掏出证件一亮而过。

主管先生只看到警徽一闪连名字是谁都没看清，他正在诧异，就看到程卫华低头问苗苑：“他们欺负你？”

“他咒陈默死。”苗苑咬牙切齿。

“行，兄弟哎，对不住了。”程卫华舒展了一下指节，向主管走过去。

那人显然是被吓着了，战战兢兢地往后退着问，你要干吗？程卫华随手从桌上抽了一大叠旧杂志，以一种常人根本无法看清的速度挡在主管先生的下腹部，然后一下膝击重重地撞了上去……

“走吧！”程卫华把杂志一扔，若无其事地拉着苗苑离开，丢下身后目瞪口呆的众人与某个哀号倒地的身影。

“刚刚怎么回事儿啊？”程卫华把苗苑拉上车才开口问。

苗苑一声不吭地把报纸塞给程卫华。

“我操他妈的！”老程看完脸色铁青，一边嘀咕着骂街，一边拿手机拨号，“别怕啊，这种人老子有的是办法治他。”

“算了。”苗苑抬手按住他。

“算什么算?!”

“算了程哥，麻烦!”

“怕麻烦是吧?”程卫华转了转眼珠，嘴角一勾带出一点阴损的笑意，“我教你个办法，一句话的事儿。你就把这张报纸给你婆婆看，你跟她说怀疑你就是怀疑陈家，怀疑陈家……嘿嘿!反正你婆婆现在就是个炸药，一点就着，就凭她老人家那手腕保管这小子尸骨无存。”

“算了真的。”苗苑擦了擦眼泪，“我知道的，跟他们计较没意思，他们也是混口饭吃。其实我挺可怜他们的，你说一人，成天把事儿想得这么坏，活着得多糟心啊?我们都犯不着去抽他们，真的，他们自己活得难受着呢!今天这事儿要搁平时我都……都不带答理的，也就是赶上陈默不在，我心情不好。我就是生气，你让我骂完了，我也就舒服了。”

“那你舒服我还没舒服呢……”程卫华看着苗苑的脸色，半晌叹了口气发动车子，“得，早知道刚才就多揍几下了。”

程卫华开车把人拉到“人间”，却只开了后座的门对王朝阳说:“你先回，我带苗苗兜个风去。”

王朝阳生怕苗苑回到店里又下力气死干活，巴不得有人拉着她出去散散心，马上千恩万谢地下车走了。苗苑一声不吭地坐在副驾驶位，神色有些木然。

天还是那么热，猛烈的阳光火一样倾倒下来，让人无处可藏。

程卫华在城里兜了一圈都没有找到可以停车的地方，索性直奔郊区。陕西多山，出城没上高速，七绕八绕地就绕进了山区。车子开进林荫密布的地方，关了空调降下车窗，久违了的自然的清风拂过苗苑的脸，让她呆滞的眼眸颤了颤，慢慢转过脸去看向窗外。

程卫华找了个合适的地方停车，从车载冰箱里拿了两罐可乐出来。苗苑乖乖地接过去，也不喝，只是紧紧地在手里攥着，一声不吭地坐在路边，夏蝉在她头顶疯狂地鸣叫着。

程卫华烦躁地在她身边走了几个来回，忽然停下来，从钱包里抽出一张照片递过去："我老婆。"

"哦！"苗苑有些意外，从没听说过。

"走了很久了。"

"呃？？"

"是我害死的！"程卫华垂下头。

"啊！？"苗苑吓了一跳，"你别胡说。"

"是真的，我那时候很傻，什么都不怕，什么人都敢得罪，结果报复在她身上。氰化物中毒，她走的时候还没有24岁，就在我们办酒的两天前。"

苗苑张口结舌，震惊得一个字都说不出来。

"其实你比我好。"程卫华在苗苑身边坐下，"至少你没遗憾啊，你对陈默那么好，不像我。"

"不是的，我对陈默也不好的，我成天跟他吵架。"苗苑的眼眶骤然发红。

"你这算什么呀，女孩子嘛，还能没点小脾气，你喜欢他才跟他吵。我那时候真的……我那时候很年轻，喜欢玩儿，兄弟一堆狐朋狗友，成天瞎忙根本顾不上她。连结婚都她催着办的，心里还挺不乐意，我那会儿简直不是人，有人知冷知热管着还嫌她烦……"

"不会的，她觉得你好才会催你结婚，她乐意嫁给你就是觉得你好，程哥，真的，你别说了，我知道你比我更难受……"

"不是，你别误会。我跟你说这个，不是……想说什么我比你惨什么的，显摆老子多坚强多……那啥……"程卫华挠了挠头发，忽然解开手腕上宽大的潜水电子表，露出一道深长的疤痕，"知道割腕是怎么回事儿吗？不是你想的那样的，我跟你讲，电视上演的都是骗人的。血管很韧的，水果刀就这么下去根本割不断，你得把旁边的肉都划开，然后用刀尖从里往外挑。"

苗苑吓得脸色发白，瞪大了眼睛看着程卫华。

"但是没有用。"程卫华平静地看向她，摇了摇头，"连死都没有用，我试过，所以你可以不用试了。我到快死的时候就后悔了，就这么走了，我也一样见不到她。我爹妈把我拉扯这么大也不容易，再浑蛋，总不能让他们白发人送黑发人。"

苗苑泪流满面，用力地点着头。

“没有用的，都没用，别跟电视里学。胡闹、喝酒、嗑药……除了四号没用过，我什么都试了，没用！那种日子，你发泄，乱搞，好像看起来痛快，但是……不开心的，不会让你开心的，真的，相信我。”

“可是我不知道应该要怎么办！我好怕，我真的很害怕，我怕陈默真回不来了。”苗苑失声痛哭。

“你得给你自己一点念想，你看这世上这么多人都规规矩矩地过日子，为什么？大家不会都是傻冒。自虐吗？不会的！因为这样才开心，所以你也得让自己开心点。你别去想周围的人怎么看你，真的，也别怕对不起谁，你现在只要能保住自己就比什么都强。而且……你还有孩子，对吧，你看你多好，你还有孩子，不像我，我什么都没有。”

苗苑连连点头，哭了好一阵才慢慢止住眼泪，心里却像是奇迹般地松泛了一些，仿佛由高空坠落，纵使粉身碎骨，也至少已经落到了实地。

“程哥，你也，别太难受了，嫂子在天上看到也不开心的。”苗苑把脸抹干净。

“我知道，知道……你看我现在不是挺好的嘛，对吧！我现在挺好，活得挺自在，也开心。所以没有什么过不去的事，开心点儿，陈默那小子我了解他，无论他怎么样了，他都会希望你开心点儿。”

程卫华有些惶然，手足无措间把苗苑的可乐给抢过来开了。这罐可乐被苗苑一直攥着，早就被捂得温热，程卫华喝了一口才反应过来，尴尬地苦笑。

苗苑站起来笑了笑说：“程哥，我们回去吧，我晚上买点菜，大家一起吃饭，你帮我把小陶也叫上。”

程卫华按住苗苑的肩膀说好。

晚饭苗苑和苗江联手做了不少吃的，苗苑给韦若祺打电话说要送烧麦过去，韦若祺连忙拦下了，踌躇了一下却说还是我过来。人很多，热热闹闹的一大桌，苗江忙着给苗苑夹肉，说多吃点，要补，趁爸爸在给你多补补。苗苑拉了韦若祺一起坐，韦若祺没吃什么，但是也没离席，有些压力太大，的确不是一个人可以独自消化的。

晚饭后武警支队宣传科有人打了电话过来，说明天总队领导要过来慰问家属，让苗苑准备一下。苗苑断然拒绝说不用了，现在没心思见任何人，见了面也不会有好话，上电视给大家都丢人。

对方哽了好一阵。

韦若祺拍一拍苗苑让她让开，接了电话过去指名道姓地把张占德狠批了一顿，陈默已经失踪了，再把他爹吓死了，这个责任谁来负？那边听得音调儿都变了，连忙表示是自己这边办事不力，一定好好批评教育。

韦若祺搁下电话失了好一阵的神，苗苑把蒸好的烧麦交给韦若祺："妈你先回去陪陪爸，我这边没什么。"

韦若祺张了张嘴，欲言又止，两个女人执手相望。苗苑有些困惑地看着她的婆婆，韦若祺有一丝很渺茫的感觉，是对眼前这个女孩儿的，她有些想不明白那到底是什么，甚至过了很久之后她才反应过来，那是她第一次好好地……看着苗苑。第一次注意到这是一个人，一个会站在她面前，握住她的手，把一些东西交给她的人。

那个瞬间韦若祺有些忘记了，这是她的媳妇，她儿子的妻子。

灯光下，苗苑的神情有一种隐约的执拗，虽然那种表情并非冷漠，可是仍然让韦若祺感觉到无力，那样的眼神让她明白……即使在这样兵荒马乱的时刻，这个女孩儿也并不打算扑到她怀里哭，不打算听从她过多的指点，甚至是帮助……

韦若祺有些沮丧，可是面对这样的苗苑，她知道自己已经不必再说什么也不用再做什么。

–07–

当方进说你们一定搞错了的时候，眼中有一种豪迈的信心；当成辉说我们大概真的搞错了的时候，声音里带着一种忐忑的期待，然而无论那是怎样的心情，最后都归结为一种行动，那就是继续找。

总队参谋长专程打了电话过来问过进度。成辉说不能放弃啊，放弃了士兵不服，他弹压不住的。参谋长沉吟着说好，你们继续，我们要相信奇迹。

方进说不是奇迹，我们要相信陈默。

方进在地图上画了一个很大的同心圆，然后根据地势截出一段，他把这片圆环全部涂黑后交给成辉，告诉他这就是重点。成辉一看非常诧异，因为那里离开出事地点已经很远，而且完全不是陈默要去救人的方向。

方进在地图上把原来搜索过的地方都画掉，他说这一块你们连根草都看过了，没有就是没有，那么很可能陈默根本没往这边走，他中途转向逃生去了。你们也说了，当时的情况很危险，陈默连一个人都没带，如果他不是预见很坏，他不会自己一个人上去。

原杰有些愤怒地说，不可能，队长不会放弃的。

方进笑了笑，他说你们都不了解陈默，陈默最厉害的就是他敢说不。

天干大旱，赤地千里，放眼望去草木枯槁，方进舔了舔干裂的嘴唇想到一个更为严峻的问题——脱水！

于是，搜索重点马上转移，成辉甚至关照了临县的兄弟部队也帮忙留心。第一遍粗筛扫过去没有任何结果，几乎就是要绝望了，成辉扯下帽子站在方进身边，脸上被晒得油黑，三天像老了三年。

倒是临县的部队传了消息过来，说我们这边刚发现了几个确定不了身份的伤员，你们要不要来看看。方进飞奔而去，最后终于在县人民医院的ICU病房里找到了陈默。那个瞬间方进兴奋得连跳起来的力气都没有，好像是脱了力，他连连退了两步，靠到墙边。

陪着他一起找人的是当地武警的一个排长，名叫彭莱，他从兜里掏了烟出来给方进："不急啊，还有……中医院还有两个。"

方进虚弱地摆了摆手说："不找了，就是他。"

彭莱一愣，张口结舌："不，不会吧，我们发现这人的地方离你们那儿好几百里地啊！"

“是的，就是他。”方进开心地笑起来，那笑容闪闪发亮。

烧伤病人最忌感染，方进被医护人员拦在病房门外。透过干净的玻璃窗，他看到陈默安静地躺在病床上，仿佛熟睡。但是据彭莱说，发现他的时候，人已经差不多休克了，作训服被烧得乱七八糟，又找不到证件，只能先送到医院抢救。烧伤本来就容易脱水，天又大旱，山上根本找不到任何水源。严重的脱水加感染性休克，当时都说救不回来，可是昏迷了两天还有气，都在说什么人命这么硬，没想到这就是大名鼎鼎的陈默。

方进偷偷笑，阳光灿烂的脸，没有一点阴霾。小彭看着他的笑容顿时心情也好了起来，一巴掌拍在方进背上，说吃饭去，你请客！方进大笑，连声说好。

这地方偏僻，方进原本是想让苗苑别过来的，可是一个电话过去说陈默还活着，这哪里还了得，苗苑当天就插着翅膀飞过来了。她生怕这陌生的地方、陌生的医生照看不好她的陈默，过来时卷了大包袱，ICU 从上到下，连同烧伤科有一个算一个全送了份礼物，全是用象牙色雪纺纱带扎好的小饼干，漂亮得一塌糊涂，人见人爱。

值班的护士与苗苑瞬间打成一片，连医生都点了头，同意苗苑消完毒之后可以进 ICU。

烧伤的病人需要保持创面干燥完全暴露，ICU 里虽然有空调可是温度也并不低。在门外时离得远，只觉得陈默闭着眼仿佛睡得安稳，可是走近才看到那黑黑红红的伤痕，苗苑的眼泪一下就涌了出来。

“哎，别哭，别哭。”护士长劝道。

苗苑误以为哭起来会害陈默又感染，连忙仰起脸，下死命忍住，发出好像幼弱猫咪那样的抽气声。陈默的眼睑却微微动了动，慢慢地睁开，失了焦的视线散漫地望向前方，气息轻缓：“苗苗？”

护士长吓了一跳：“你什么时候醒的？”

“不知道。”陈默极微弱地摇了摇头。

苗苑连忙抢到病床前，却不敢碰他，急得手足无措的只想哭，偏偏还不敢让眼泪流下来。

护士长一边按铃，一边拉过陈默的手放到苗苑掌心里。苗苑轻轻合掌，感觉到带着粗糙薄趼的手指在她手中微微颤动,忽然就觉得安稳,视线霎时间就清晰了。

烧伤，被火场树木砸到造成的开放伤，感染性休克，再加上严重脱水，这样合并起来的复合伤害导致多器官功能衰竭。能醒过来虽然是第一步，却也是最关键性的一步。马上有好几位医生护士拥进来，从头到脚地检查陈默。

苗苑心急如焚，伸长了脖子站在他们身后，从那些人影的缝隙中捕捉陈默的样子。

深二度烧伤的伤口呈现出一种斑驳的黑红色，仿佛被火神的鞭子抽到，狭而长的一条，肉体分崩离析，从胸口蔓延到脖颈。

陈默抬手扯住白大褂的一角，主治医生愣了愣，俯下身去听他说话，半晌，他转头看向苗苑说："你丈夫让你先出去，他让你别看。"

"不要。"苗苑捂住嘴，"我不走，我要陪着他。"

医生有些无奈，轻声说："那你转过去。"

"不。"苗苑固执地摇头，"我不怕。"

陈默微微曲了曲手指，却无力把手臂抬得更高，苗苑蹲下身去亲吻他的掌心，那么热，像火一样。陈默颤抖的手指在苗苑唇上摩挲，喃喃道："把眼睛闭上。"

"我不要。"苗苑终于忍不住，有一滴泪从右边眼眶里滑下来，却看到陈默的手掌艰难地往上移，渐渐覆盖了她全部的视野。

答应过你永远不分开，所以永远不，所以刀山火海也会闯过来找你。

尾声

人间烟火

五天之后陈默转出 ICU 病房直接回了西安，陈正平在尘埃落定之后才得到消息，也还是被吓得一身冷汗。陈默这名字一开始就是列在嘉奖名单里的，现在仿佛神迹般地生还，待遇当然非同一般。总队领导指示要上最好的医生用最好的药，陈默毕竟底子好，身体恢复得很快。苗苑听从了苏会贤的劝告，把所有“爱”募集到的钱都交给蒋立新处理，果然省心省事皆大欢喜。

唯一的一点小插曲归结在那个二等功上，陈默向蒋立新报告他当时并没有完成既定任务，无功却受奖好像不太应该。蒋政委大囧，被他搞得哭笑不得；成辉收到消息暴怒，差点直接挥拳揍伤员；最后还是总队长一锤定音，他说陈默你不要搞，给你就拿着，哪来那么多废话。

陈默当然不是喜欢废话的人，他索性就连应该的废话也全省了，什么报告、报道、学习演讲，一概推得干干净净。可是人是活的事是死的，陈默不干成辉就得顶上，成指导员气得青烟直冒。

俗话说一朝被蛇咬，十年怕井绳。或者在曾经的岁月里，陈默有过无数更艰难更危险的时刻，可是那些韦若祺都不知道，不知道就是不知道，她知道的只有这一次。

后怕是慢慢起来的，当时居然也没觉得十分慌张，甚至担心苗苑肚子里的孩子更甚过陈默，现在人回来了，却知道害怕了，半夜里惊醒，吓得一身冷汗。可是陈默还年轻，刚刚立的二等功，刚刚毕业的硕士，部队当然不肯放人，韦若祺差点打算动用副省长出面，被陈正平拦住了，他说你别再做无用功，先去问问陈默。

那是一次正式的家庭会议，韦若祺根本没指望陈默会同意，可是她有百分之百的把握相信苗苑会站在她这边。陈默起初靠在病床上一声不吭，目色深沉，却褪去了所有的锐利，那是一种让人想要拥抱的柔和的黑。

“如果你们……都希望我这样，我听你们的。可是……”陈默温柔地看着苗苑，“如果你不做蛋糕了，你想做什么？”

苗苑初时兴奋的眼神渐渐沉静下来，最后她慢慢握住陈默的手说：“我听你的。”

韦若祺简直不能相信，她把苗苑拉到走廊里质问：“你怎么可以这样纵容他？你是他老婆，你不能什么事都听他的。”

陈正平扶上韦若祺的肩膀，加了几分柔和的力度，韦若祺忽然感觉无力，那种手握流沙的无力感，越是用力越是无奈，不自觉竟急红了眼眶。

苗苑没料到她一向心如铁石的婆婆也会哭，一时之间也慌了手脚，结结巴巴没说出两个字眼泪也止不住地流下来。到最后，她泪流满面地握住韦若祺的手说：“我们就别逼他了好吗？陈默想干什么就让他干什么吧，他要是乐意不干这个当然好，可是他不乐意，他真的不乐意那又能怎么办呢。”

“你不能这样，你怎么能这样？”韦若祺摇头看着苗苑，却更像是自语。

“不是啊，妈。陈默今天要是杀人放火，我当然拦着他，他现在也算在干正事儿吧。”苗苑倔犟地抿着嘴，湿漉漉的大眼睛像含了宝石的光。

陈正平拉着自己的妻子退了一步，把难得柔软的韦女士揽进怀里，他意味深长地看着苗苑，半晌，笑了笑说：“陈默就交给你了。”

苗苑有些受宠若惊地点了头。

为什么？回家之后韦若祺不停地在问为什么，夕阳在她身后落下，那是硕大而浑圆的一个球体，将半个天幕映作昏黄。

陈正平坐到她身边去抱住她，他沉声问："还记得你25岁的时候在干什么吗？我们25岁的时候，世界是什么样？"

韦若祺有些茫然。

"时代变了，我们已经老了，老得不知道他们在想什么了。一代人，过一代人的日子……当年你妈没拦住你，让你进了城，现在你也拦不住陈默。"陈正平拢起妻子额角的碎发，小心地别到她的耳后去。

红颜弹指老，30年前的青春少女，换作如今苍老的面容。

韦若祺终于忍不住失声痛哭，埋在陈正平的肩头，那同样苍老的肩膀。

陈正平慢慢抚着妻子的脊背，轻声说："等年底你也退了，我们去海南玩儿吧……"

陈默的伤在一个半月之后彻底痊愈，痂衣剥落，留下粗糙的疤痕。仿佛火焰的图腾，从胸口蔓延到颈侧，最后拉成一条线，消失在耳根处。这样的伤疤自然是难看的，可是那毕竟是陈默，让人不敢仔细去看的那个陈默。他有先声夺人的气场，于是，无论他的眉目如何英挺，伤疤怎样难看，都变得不重要。胆敢仔细地看着他，触摸他每一寸皮肤的……从来都只有那个人而已！

脱下外套，陈默看到苗苑眼中渐渐泛出泪光，没来由地紧张。居然是有些无措的，陈默轻声问道："很难看？"

"不，"苗苑笑了，"很酷。"

其实，就像挺着个大肚子能有多好看，可那里面怀着的是我们的孩子，于是那样畸形的曲线都成了美，成了会让人呼吸急促的渴望。所以，不再光洁的皮肤当然是令人遗憾的，可是那下面跳动着的是你的心脏，你还活着，那就比什么都美好。

苗苑感觉到陈默火热的胸膛贴到自己后背上，呼吸凌乱，那么热，有一些力量在传递着交换着，火辣辣的快感，激得指尖发颤。陈默双手紧紧地环抱，好像要把苗苑填到自己怀里去，心脏走失了频率，七上八下地跳……

拥抱很紧，很长久。

接吻很深，很认真。

陈曦在五个月之后正式降临人间，从娘胎里就狡猾的孩子，预产期一拖再拖。害得陈默那假一请再请，最后无奈之下又只能销假继续上班。

最后一次折腾，日子来得非常没有医学规律，苗苑躺在 120 里打陈默手机。那时陈默还在操场上，成辉接的。

五分钟之后，整个第五大队的广播同时响起：陈默同志请注意！陈默同志请注意！你老婆说她要生了，这次是真的！

陈默吓得差点自己把自己绊一个跟斗，原杰开了车过来接他，异常潇洒地一个甩尾急停在陈默面前。陈默毫无人性地把司机扔下车，头也不回地扬长而去。

都说生产很疼，可苗苑后来却印象不深，她只记得迷迷糊糊醒来时，看到一滴一滴缓缓落下来的水珠子。那时阳光反常的烈，从窗子里照进来，让透明的水滴看起来晶莹剔透，折出七彩的光。她顺着那水滴的走向往下看，看到陈默趴在她的床沿上，他的头发削得很短，露出耳根处狭长的伤痕。苗苑觉得自己那时候应该没有动，可陈默还是醒了，很快地醒了过来，迷蒙中睁开的双眼，有种茫然的温柔。

苗苑静静地看着他，那些晶莹的液体悬在她与他之间，一滴一滴地落下来，均匀而踏实，如光阴流过，年华似水。

她听到婴儿的啼哭，床头飘来鸡汤的香气，她看到陈默轻轻扬起嘴角，她看到阳光灿烂得像烟火；她慢慢抬起手，摩挲陈默的嘴唇；她看到自己站在人间的柴禾堆旁，燃烧着天堂的香料。

—— 全书完 ——

番外一

请问，狙击手是什么样子的?

因为那次郑楷说如果你不了解什么叫狙击手，你就永远不能了解你丈夫是多么了不起的一个人。结果苗苑就对这件事上了心，多方求索找了一堆有关狙击手的电影和电视来看。那部电视长剧是和沫沫一起看的，因为着实有点长，得有个人陪唠嗑才能看下来。

不过看完之后沫沫感慨说看来狙击手什么的，办事也那么琼瑶啊，也就是打小三的时候可以扛着枪出去哈。

苗苑很囧，默默无言。

后来又找了几部电影，这次没敢惊动别人，是自己看的。结果苗苑对那些帅气的大枪啊，神奇的狙击战术什么的完全没有印象，倒是有一个问题变得严峻起来，苗苑感觉到非常有必要和陈默聊一下。

事实上苗苑挑了个好时候——周末吃饭的时候。既不会太严肃，陈默也不能说到一半就跑了，苗苑对此很得意。她一本正经地对陈默说:“我最近哈，看了很多有关狙击手的东西呢!”

“哦。”陈默给自己夹了一块笋，方才注意到苗苑闪闪发亮的渴望的眼睛，只能又问了一句："好看吗？"

"嗯。"苗苑握了握拳。

"看着玩玩也好。"

"可是，陈默啊，我能不能问你一点问题呢？"

陈默转头看了看苗苑，笑了："问吧。"

"嗯！"苗苑兴致勃勃地从兜里抽出一页纸："第一个问题，你是最强的狙击手吗？"

陈默一愣："当然不是。"

"呃……"苗苑顿时错愕了，怎么……那些电影里面的男主角不都是争得你死我活的要做最强的狙击手吗？怎么怎么……她的陈默说他当然不是。苗苑眨巴眨巴眼睛，耳朵耷拉下来。

"狙击是一件很复杂的事，每个人擅长的领域都不一样，有人擅长打移动物体，有人适合潜伏定点清除，还有人适合全局性的战场支持，而且就算是在每一个细分领域也还是没有标准。"陈默想了想，"你觉得西安城里哪一家店最好吃。"

"呃……"

好吧，苗苑揉一揉耳朵继续下一个问题："那，有没有人一直压着你一头呢，就是他什么都比你强一点，你怎么追都追不上他？"

"有……"

苗苑顿时紧张地盯住陈默。

"我的队长夏明朗。"陈默说。

"那你会不会很恨他呢？"

"我为什么要恨他？"陈默诧异。

"因为他……他他什么都比你强啊，那个那什么……电视里……"苗苑的声音越说越低，电视里不都是这么演的吗？

"可是他真的比我强。"陈默困惑不解。

"行行，我们先不说这个，下一题下一题。"苗苑忽然觉得这个问题脑残无比，可是眼睛瞄到下一题，顿时，哑了。她讨好地笑着蹭一蹭陈默说："哪，我们说好，

最后一个问题了，我问了你不许生气。”

“你问。”

“假如，我是说假如哈，假如说你的队长，就是夏明朗，就是我要是跟他跑了，你会怎么样哈？”苗苑痛苦地捂住脸，从指缝里偷窥。

“不会的，”陈默无比平静地说，“他不喜欢你这样的。”

苗苑一头撞到桌子上，她败了，彻彻底底地。

“行，我们不说夏队长了成不？”苗苑无力地趴伏在桌上，“咱们换一个说法，要是，这样，要是哪天我跟人跑了，你打算怎么办……”

苗苑话还没说完就觉得室内温度急降，她抬头看到陈默停下筷子，极为严肃地看着她说：“我不回答这个问题。”

苗苑顿时大窘，尴尬地眨巴了一会儿眼睛，有些恼火偏偏又觉得甜蜜，半是抱怨半是撒娇地嚷嚷着：“干吗呀，这么凶！又凶我，将来还不知道谁甩了谁呢，说不定过两年是你喜欢上别人，就不要我了呢……”

“不会的。”陈默拿起筷子继续吃饭，“我只喜欢你。”

呃？！啊！！！苗苑激动地睁大了眼睛：“陈默你再说一次！”

“我说我只喜欢你。”陈默有些困惑地看了苗苑一眼，仿佛在诧异这丫头怎么忽然听力下降了似的。

“以后啊，别再相信什么电视剧、电影的，随便在咖啡店撞一个狙击手也比他们靠谱啊！”

那天晚上，苗苑抱着陈默幸福地感慨。

番外二

我爱你不是承诺，在一起才是

即使已经无数次地敲开这扇门，苗苑在按门铃之前仍然习惯性地深吸了一口气。吴姐开的门，满面笑容地把人迎进门。

“妈妈……”陈曦飞快地从里间扑出来抱到苗苑大腿上。

“曦曦，有没有想妈妈？”苗苑欢乐地把宝贝儿子抱起来，用力亲着他的脸。

“有！”

“有多想？”

“很想很想！！”

“是想妈妈还是培根面包多一些？”

“想妈妈多一些。”陈曦毫不犹豫地回答。

“噢！”苗苑故意夸张地点点头，“那培根面包就不用吃了。”

呃……陈曦的耳朵耷拉下来。

“苗苗来啦。”韦若祺扶着陈正平从里间出来，点点头与苗苑打了声招呼。

“是啊！曦曦又麻烦你们了。”苗苑把手里的东西交给韦若祺，“我带了些吃的过来，很好的木糖醇，低糖的。”

“这是店里新出的一些蛋糕面包，有专门给老年人开发的无糖食品。”

“麻烦什么呀，曦曦在这儿，我这儿才热闹呢，对吧？我巴不得他一直住下去。暑假怎么安排的？”陈正平笑着去逗小孙子，陈曦极乖巧地笑了笑。

“我妈说趁暑假回老家住一阵儿，我爸也内退了，家里有人带。”苗苑笑着说。

“哦，那也不能太久了，小孩子不能离开父母太久的。”陈正平颇有些遗憾。

“是啊，爸说的是。也就住上个把月吧，我爸可想陈曦了，一天三个电话，现在都不稀得提我，只想听曦曦的事儿。”

“一样一样。”陈正平哈哈大笑。

苗苑留下吃了顿午饭，约定了下次送陈曦过来住的具体时间，韦若祺转来转去地忙活着给陈曦装小书包，苗苑只能也跟着她转悠，听着韦太后反复不断地强调着各项事宜。

有时候苗苑会想，这么多的关注这样的热情如果当初能分一些给陈默，或许陈默的个性就不会是现在这样，也不知道陈正平与韦若祺是否偶尔也会如她这样遗憾。可是，每个人都只能在流光中作着自己当时的选择，那个时候那些人那些事……有些东西是注定的，错过就无法再回头，我们在回头去看时，能做的也不过就是原谅与遗忘吧。

陈曦有如贵族出游，三个大人忙进忙出才把他的全套装备收拾好，装了一只大大的帆布袋。离开时，陈曦煞有其事地背着他的小书包，站在爷爷奶奶的家门口把两个老人分别亲过去。

“吧嗒”一声，在苍老的皮肤上留下一个嫩嫩的口水印，陈正平与韦若祺浮出年轻的笑意。

苗苑摇摇晃晃地把大包扔进后备厢，回到驾驶室里，陈曦已经端坐在副座上给自己系好了安全带。

“陈小曦同志，我发现你一去爷爷奶奶家就娘掉了。”苗苑严肃地说。

“哪有?!”陈曦瞪大眼睛。

“你看你看，妈妈是女孩子啊，你让女孩子帮你拎这么大的包，你就在车里坐着，你一个纯爷们，你好意思吗？你什么时候看到你爸爸让我帮他拎东西？你看，妈妈的手都勒红了。”苗苑张开手。

陈曦眨巴眨巴眼睛踌躇了一阵，小声嘀咕说："可是我拎不动。"

"啊啊，我太痛心了！"苗苑捂脸假哭，"纯爷们要勇于接受挑战，怎么能还没试就说自己不行呢??"

陈曦垂头，粉嘟嘟的小脸上浮出红云，忽然扁了扁嘴就要下车："那我再去拎一次。"

"行啦，这次妈妈就帮你拎了，不过……曦曦不应该对妈妈有点什么表示吗？"苗苑用力侧着脸。

陈曦连忙跪到坐椅上用力亲了苗苑一口，苗苑心满意足地发动车子开出车库。

这是一个周末，苗苑订了晚上六点的机票直飞巴黎，这是苏会贤组织的欧洲十日游，包吃包住包导游包代订机票。陈默是现役军人出国麻烦，沫沫和小米则带了全家一起，浩浩荡荡地凑成一个八人团。

苗苑在小区门口的路边停下，指着 M 记的招牌说："曦曦啊，妈妈想吃甜筒。"

"哦！"陈曦无辜地看着她。

"可是你看，外面太阳这么晒，妈妈去排队的话就会晒黑黑，曦曦去帮妈妈买好不好？"

陈曦转了转眼珠问："可是曦曦不会晒黑黑吗？"

"但是纯爷们晒黑黑才好看啊！"苗苑理直气壮的，"你看你爸爸是不是黑黑的特别好看？"

"噢！好的！"陈曦兴高采烈地扑下车去。

苗苑幸福地吃着儿子买的甜筒，笃悠悠地随着西安城缓慢的车流流向机场。

苗苑在地下停车场倒腾了一次行李，从陈曦的大帆布包里挑有用的转移到拖箱。陈曦马上固执地要求自己拉拖箱，无奈他站在那儿也就比拖箱高半头，无论如何都不可能拖得动，陈小爷们顿时沮丧得不得了。还好那只箱子有四只万向轮，最后在陈曦的强烈要求下，苗苑只能把拖箱的把手收起来，让他直接平推。如此剽悍的出场震惊了沫沫一家，苏米和米苏姐弟俩兴致盎然地研究起自己家的箱子，小米向苗苑抱拳，感慨："甘拜下风。"

苏会贤在欧洲留学经商长久，她安排的行程当然与旅行社不一样。蜻蜓点水般地参观了几个大城市之后，就把人都拉到了奥地利的萨尔斯堡。苏嘉树的朋友在萨尔斯堡近郊的阿尔卑斯山脚有一个小木屋，用苏会贤的话来说，谁知道嘉树什么时候又跟人拆伙，所以不住白不住。

萨尔斯堡近郊号称是欧洲最美的山村，木屋的格局偏小，可是门口有大片的空地，躺在床上就能看到苍茫的阿尔卑斯山脉。山上林影重重，带着某种不可抵抗的自然力，雄浑而凝重，仿佛能把人吞没。

大家果然住下就不想走，后面的行程一起泡了汤。每天都睡到自然醒，两位男士带着孩子们去山里玩，沫沫帮着苗苑准备食品，她们从小镇上买来最新鲜的山里的食材，每天花样翻新地研究着西餐中做。如此闲情盛景简直不像人间所有，只是苗苑念叨了很多次：要是陈默能来就好了。

那日天气好，天高云淡蓝得壮丽。方进借了邻居的 BBQ 架子建议要去河边钓鱼，孩子们一阵欢呼一个个爬到方小叔身上撒娇，方进跟孩子们滚成一团，做无力支撑倒地不起状。苏会贤微微皱了皱眉，无奈地开单子列表统计 BBQ 的材料。

钓鱼地点是方进探索出来的，放眼望去山极高阔，溪水清澈，有风吹过的时候身后的谷地里会传出阵阵林涛，那树叶哗啦啦的声响让人心旷神怡。方进和小米在河边钓鱼，米苏与陈曦站在河岸的草滩上严肃地讨论着什么，苏米一脸鄙视地看着那两个小男生；另外三位女士忙着排布 BBQ 的材料。忽然从河边传来一声惊呼，方进大呼小叫地跑回来，把一尾活蹦乱跳的鲜鱼扔到苗苑怀里，得意地大笑：“苗苗嫂，我牛 B 吧！”

“你牛 B，你全家都牛 B！”苗苑冷不丁让方进溅了一脸水，哭笑不得地捏腮把鱼提起来。

“怎么弄？烤还是炖？”方进兴致极高。

“我来我来我来，你边儿去，别添乱。”苗苑一掌把方进拍开。

苏会贤冲方进挑了挑眉毛，方进笑嘻嘻地把脸凑过去：“干吗？？干吗干吗？？”

“把炭烧起来。”苏会贤失笑。

方进生上火便顺带着开始烤肉，银鳕鱼与熏肉的香气裹在风里飘散出去。大家闻到味开始向中央靠拢，苗苑的手机却忽然响起来，苏会贤好奇地拿起来，便看到“陈默”两个字在屏幕上跳。

“哇，跨洋电话，追到这里来！”苏会贤把手机亮给方进。

“接！”方进眨了眨眼。

苏会贤挑眉看他一眼，拇指按下了接听键。

“是我。”陈默的声音跨过千里还是一样的稳定。

“报告陈队长，苗嫂子不在。”苏会贤轻笑。

“哦，行，那苗苗回来让她给我回个电话。”

“陈队长什么事儿这么急，我帮你传一下？”苏会贤笑吟吟地瞥着方进，轻巧的一个转身，把某个着急想偷听的猴子甩在身后。

“行，那你帮我问一下，家里的米在哪儿，我今天打算在家吃。”陈默说。

苏会贤一愣，无意识地重复了一遍：“你不知道，家里米在哪儿？”

“是的，麻烦你帮我问一下。”

“你不知道家里米在哪儿？”苏会贤顿时惊了。

“嗯，我平时不做饭。”陈默平静地回答。

“陈队长你这个太夸张了，我也不做饭，可是我就知道家里米在哪儿。方进……我们家米是不是在厨房靠右边第二个柜子里。”

“哦，怎么了？”方进莫名其妙。

“你伟大的陈大哥不知道他家米在哪儿。”

方进大笑：“不会吧？”

大家正乐得前俯后仰，苗苑提着鱼回来，困惑地扫视一圈：“怎么了？”

苏会贤把手机递上去：“你们家那位爷，问你家里米在哪儿。”

“噢！”苗苑把洗剖好的鱼扔给方进，自自然然地接了过去，苏会贤好奇地看着她侧头低语，柔声款款，不一会儿收了线回来，准备研究刚刚杀好的那条鱼。

“苗苗嫂。”方进戳了戳苗苑。

苏会贤笑着问：“陈大哥不知道家里米在哪儿？”

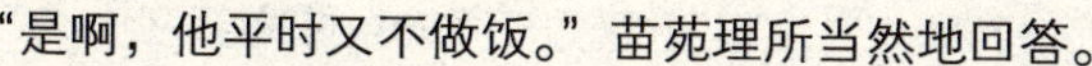

“是啊，他平时又不做饭。”苗苑理所当然地回答。

“你呀！你都快把他养傻了。”苏会贤笑着摇头，不置可否。

“哎是这样的啦，我们家厨房挺潮的，米都放阳台呢，陈默在厨房里找不见的。”苗苑急于帮陈默挽回颜面，她马上打发了方进去烤肉，低下头专心料理那尾鱼。

苏会贤看到她眉目低垂，嘴角弯起柔和的弧度，有一种无所思虑的满足；心里忽然就觉得柔软，不自觉地感慨：“真羡慕你们，这么好，都没见你们吵过架。”

“当然吵啊！过日子嘛，哪有不吵架的啊，吵完就算了嘛，吵完再和好。”苗苑抬头笑，笑容明亮而甜美。

陈曦跌跌撞撞地拿了方进刚刚烤好的奶油银鳕鱼过来给苗苑，苏会贤故意说姐姐也要，陈曦马上着急了，说我再去给你拿，你不要抢我妈妈的。

苏会贤乐了，一本正经地板着脸说我就要这个。

陈曦笑嘻嘻地说，苏姐姐最好了，我给你拿放很多很多柠檬的，我知道苏姐姐最喜欢放柠檬了。

苏会贤大惊，目瞪口呆地看着他，陈曦自以为得计，开开心心地去找方进要下一轮。

“他他他……这孩子怎么？”苏会贤震惊地指着陈曦。

苗苑叹了口气说：“神吧，还有更神的。上回，好像不知道什么事儿我忘了，反正隔个把月才去的他奶奶家，我婆婆就不开心嘛，有点挑，说呀，曦曦你怎么瘦了呀……你知道陈曦跟她说什么？他说我想你了啊。”

“真的假的？他打哪儿学来的啊？”

“是真的！”苗苑痛苦地捂住脸，“这不是我儿子，医院给错了……我和陈默都没这个基因。”

“这这……这简直是苏嘉树啊！”苏会贤顿时傻眼。

“不会吧！你别咒他！”苗苑瞪大眼睛，感觉后背嗖嗖地往上冒凉气。

苏会贤自知失言，转而又想起苗苑刚刚说的，试探着问道：“你婆婆现在好些了吗？”

“好什么好啊，还不就那样。人家活了大半辈子就信这理，你还指望她大彻大悟给你变一变？你看，就上个月，也没跟我们说一声就给陈曦报了一个巨贵的小提琴班。”

“多贵？”

“贵还不是问题哪，问题是陈曦他五音不全啊，当然这也不能怨他，我和陈默都没有音乐细胞。可是你别看那孩子小，灵着呢，他去上了几天，觉得自己跟不上，就特不开心……”

“那怎么办？”

“还能怎么办啊，钱都交了总得学完嘛。然后让曦曦自己去说，说不想学小提琴，给换了个画画的班上着。所以……唉，我婆婆就这毛病，这辈子别指望了。”苗苑轻笑，却没有多少烦恼的意思，“算了，随她去吧，各退一步呗！反正现在呢，她也知道我什么脾气，我也知道她是怎么一人。大家都让着点儿，戳心窝子的事儿少干。其实回头想想居家过日子能有多少绕不过去的事儿啊，也就这样了呗，也挺好的。我婆婆那也是一牛人啊，对吧！”

方进那下一轮的银鳕鱼尚在精心调制中，陈曦蹲在地上聚精会神地寻找着可以用来跟米苏斗草的草茎，苏米悄无声息地走过去，大脚踹在陈曦的屁股上。

陈曦让苗苑喂得好，肉乎乎粉嫩嫩的一团儿，咕咚一下就滚了下去，一连好几个筋斗一直翻到坡底。好在草地细软倒也没伤着什么，陈曦没哭也没闹，自己拍拍尘土爬了起来。

但凡是母亲，多半就有这种特异功能，无论她当时在忙着什么，离开她的孩子有多远，她总能在第一时间发现异样。苗苑直觉转头就看到陈曦安静地抿起了嘴，黑亮亮的眼珠子一眨不眨地盯上了草坡上的苏米。

苗苑“哎哟”一声抢了出去。

“怎么了？”苏会贤不解。

“生气啦！这小子活脱脱就是陈默的种，生气的样子跟陈默一个样儿。”

这事儿还比较难哄，苗苑用纯爷们小丫头的原理反反复复地强调了好几遍，陈曦终于有些软化，皱了皱眉头指着苏米说：“她不好！”

“她是不好，可是曦曦要跟她一样不好吗？”苗苑无奈了。

“她不好就要教训她，要不然，她就会一直这样不好。”陈曦鼓起脸颊，异常严肃地看着苗苑。

苗苑捂脸：“那你打算怎么教训她？”

“我要把她也踢下去。”

苗苑强忍住笑喷的冲动，努力严肃地绷起脸：“可是曦曦你看啊，如果爸爸单位里的侯爷咬了你一口，你也要照原样咬回去吗？”

“可是侯爷不会咬我的，侯爷是好狗。”陈曦非常气愤地分辩。

“对对，侯爷不会咬你的，那这样，踢人是个坏事对吧。”

“是的。”

“那曦曦可不可以故意做坏事？”

呃……陈曦眨巴眨巴眼睛，陷入了混乱的思考中。苗苑长呼一口气，擦了擦额角的虚汗，太不容易了，才四岁就哄不住了，再长大点儿还怎么得了。

苏会贤一直忍着没吭气，转过身笑得那个凌乱。

“好玩儿吧。”苗苑苦笑。

“好玩儿。”

“想玩儿吧。”

“给玩儿吗？”苏会贤做狗腿状。

“想玩儿自己生一个。”

哦，苏会贤脸上的兴奋迅速地淡下去，眉峰轻颦中有一种难以言说的犹豫。

“我，没你们这样的勇气啊。”苏会贤轻叹。

“生小孩儿需要什么勇气啊？闭上眼睛一刀就生出来了，疼也就疼那几天嘛。你看方进，多喜欢孩子啊，他年纪也不小了。你连婚都结了，还犹豫什么呢？”

“结婚那不是没办法嘛。”苏会贤笑着打岔。

“有什么没办法啊，你不想结谁还能逼着你啊？方进还真能打死你？那都是说说的，他舍得动你一根头发我都跟你姓。”苗苑眼角的余光扫过方进在阳光下灿烂欢笑的脸，她有些焦虑地拉住苏会贤，“我知道你跟我这种人日子过得不一样，可是我总觉得结了婚就踏踏实实往开心里过，想那么多干吗呢？”

“可是你就从来没有担心过吗？爱情这东西……”

“没有。”苗苑摇头，眼神如此温柔却有不容置疑的坚定，“我跟陈默在一起五年了，有时候我也会奇怪为什么和恋爱的时候感觉不一样了，看着他，我好像也不会激动了。我是不是不爱他了，陈默是不是也不爱我了。可是，无论我怎么担心怎么抱怨，我都相信陈默总是在的，他和我在一起，从来没有离开过。我不知道别人为什么结婚，我原来也不知道为什么要结婚，可是现在我知道了。结了婚，就安心了，你的命运和另外一个人绑在一起，牢牢地捆住。我知道他永远不会离开我，无论遇到什么事，他会倾家荡产为了我……”

苗苑轻轻微笑，眼角有淡淡的红，她握住苏会贤的手："方进和陈默看起来很不像，可是我知道他们是同一种人。他们不说‘我爱你’，他们说‘在一起’，他们答应了你永远不，然后就会永远不。”

苏会贤低头微笑，默然不语。

有风从深山谷地中缓缓流淌出来，那么轻盈，让发丝轻扬，带着青葱沉静的树木的气息。

方进惬意地亮开嗓子吆喝："最后一锅鳕鱼啦，放了很多很多的柠檬啦，那个爱吃酸的谁谁谁呢……”

后记：

关于爱情、婚姻、家庭、本书

–1. 关于爱情 –

最初时，写《人间烟火》只是种单纯的惯性，并没有多想什么，只是那么自然而然地继续着。可是在记述这个故事的过程中却不断地停下思考，仿佛我也跟随着他们经历了一次婚姻，感受着那份情从单薄到厚实。

当上部的《青春》结束时，有很多人对我说："是的，这个故事很好，可是我不喜欢这种感情，它不够深厚。果然现实中这种男男女女的感情就是不够深厚不够纯粹。所以对不起，我还是更喜欢《麒麟》！"

然而我想说不是的，只要用心去经营，任何感情都是可以从单薄走向深厚的。《麒麟》里有伟大的爱情，它激情澎湃，由两个精彩绝伦的男人所创造。可是《人间》仍然有伟大的爱情，虽然这里只有一个平凡的女人和一个不够机灵的男人。

因为爱……是这个世界唯一没有歧视的存在，无论是谁，什么人，什么样的性别与性向，只要用心去经营，都可以感觉到。

陈默与苗苑让我思考了很多东西，夫妻关系、婆媳关系、亲子关系……我们的时代、我们的奋斗、我们人生的选择以及怎样让自己更幸福。

我在想什么是好，什么是坏，什么是对什么是错。尺有所短，寸有所长，铸铁坚硬，非重击不能见血，纸带薄脆，轻轻一拉指尖上就破开了口。说铁棍比长剑结实，长剑比铁棍锋利，这有什么可争的，这是事实。

可是从何取舍？

谁都不能取代谁。

人生是一场大戏，漫长，琐碎，不到曲终人散，别轻易下结论。让煤与雪比白，不厚道。让雪与火比热，没意义。什么叫强，什么叫弱？往往，大智若愚，强极必辱，慧极必伤，情深不寿。

同一件事，不同人有不同的看法，不同人有不同的解决，这就是价值观。而每个人都在过着自己的生活，只要他感觉幸福，他身边的人没有因为他而痛苦，这样就很好。人生不是战场，没有分明的黑白，没有真正的输赢，于是，也就没有所谓的强弱。

而我期待中的人，完整的人，无论是男人女人聪明的笨的强的弱的，他都应该是自我的充实的有能力让自己快乐的，他应当明白自己想要什么，明白什么是他的喜悦，明白人生总有遗憾，不会为求不得而太过的心伤。

他应当不偏执，不苛责，与人为善，宽容，永不绝望。

他应当拥有开放的人生态度，敢于承认错误，勇于改变自己旧有的观念，从不认为自己足够成熟。

他不会以最大的恶意去猜度任何人，他从不贬低任何人，从不憎恨，他心怀阳光与希望，他不吝付出爱与信任，他懂得感恩。

他应当知道自己是谁，在做什么，他此刻的工作与他的生活是他真心的需要，而不是为了存在于某一个体系中的别人的目光，他认真体面地经营自己的生活，并以此满足。

他自尊，亦尊重他人，他有能力养活自己，独立满足自己的物质需求，他有整洁的外表与干净的心灵，他愿意帮助别人，并对这个社会承担责任。

任何人，只要能做到如此，我都会觉得他是我眼中的强人。

他不必从不落泪，他不必永远不败，他不必只手遮天，他不必万事都靠自己，他不必时时刻刻都能保护爱人于周全，不必要每分每秒都不让爱人受半点委屈。

就我个人而言，我若爱一个人，我也会为他承受痛苦，但我想那是因为我爱他，而非我不觉得那是痛苦，所以我不甘愿，我追求的是快乐，我只是无奈在承受痛苦。

佛历苦劫而生，但佛也不见得就爱苦劫。

所以，如果我为爱人受了苦，我仍然会觉得苦，我仍然会哭喊会伤感，会觉得委屈会抱怨，会希望我的爱人怜惜我感激我，与我共同分担生活中的压力。因为我是一个可恶的公平主义者，我希望所有我做到的对方都能做到，我希望所有对方能做到的，我也能做到。所以我不能如此心甘情愿无怨无悔，因为我知道，我不应该要求对方如此细致周到护我万全。

我爱你，当我说我爱你时，我并不觉得多么骄傲自豪，而我真正期待的是，我们相爱。是的，我们相爱，我们共同面对，共同承担，所有的苦，所有的乐，所有的压力与委屈。

所以，很抱歉，我不会辛苦地委屈自己而完全成就爱人，我不会，或者我能，但是我不会。因为，那是在剥夺他爱我的机会。将心比心，他那么爱我，我怎么忍心独自支撑，让他心疼。

柏拉图说，人都是不完整的，我们在寻找另外那一半。

我想要爱一个人，与他相爱，携手共度这一生，有些场合是你的舞台，请你发光发热为我遮风挡雨，有些地方是我的天下，我亦尽心尽力，让你快乐无忧。漫漫人生路上多坎坷，你若爱我，总会为我受些委屈，请为我包容；而我爱你，亦会因你受些伤害，我虽不甘愿，也会为你扛下。

我自会记得你为我受的苦，也请你记得我为你流的泪。

我始终相信相爱是两个人对彼此的承担，是力量是支持，不是苦痛与伤害。

相爱，是这凡尘俗世中最美的奇迹。

–2. 关于婚姻 –

我花了很多时间去思考伴侣这个概念，最后还是《圣经》里那句话打动了我：因此，人要离开父母与妻子连合，二人成为一体。

两个人的婚姻，为爱而产生的责任，然后离开父母，与伴侣连合，不再分割。

第一步，是离开。

离开不是抛弃，而是独立。从此自己为自己选择负责，承担自己的人生与命运，只有可以离开父母的完整独立的人，才适合婚姻。我们身边有很多成年的男孩女孩，他们年岁已经不小，甚至三十而立，可是他们从来没有也不打算离开父母，或者父母也不打算放手，于是他们的婚姻往往矛盾重重。

第二步，是连合。

连合不是附庸，不是一个人对另外一个人的统治，那是平等的，彼此尊重的。失衡的家庭往往不幸福，或者，一个人的快乐建立在另外一个人的痛苦上。

第三步，不再分割。

在一起，是承诺也是责任，一段婚姻无论它最后可以留存多久，可是在存留期内都要保有“在一起”的期待与责任。在一起，成为一体，欢乐与你共享，苦难与你承担，这是最高的信任与依赖。

怎样才是好的伴侣?

那个深爱着你，永不离开，永不背弃的完整的人。

在这段《人间烟火》的婚姻中，苗苑有很多失误，陈默也有过很多错误，但是总有一个最基本的底线在。

他们永不忘记这是因为相爱而结的婚，永不忘记，未来将由他们两个人相扶相持一生。他们都在努力地完善自我，努力地爱护对方，用宽容用体谅为彼此成全，彼此信赖。

当爱与责任相融合，让两个独立的个体走到一起，为彼此承担人生的重量，那就是婚姻的意义。

-3. 关于家庭 -

平等，独立，负责。

这是当前夫妻之间相处的守则，甚至这也是婆媳之间、亲子之间……以及所有人与人之间和谐共处的守则。

有人告诉我这与中国人的传统不相符，中国人讲究天地君亲师，他们说这才是中国，而我却觉得那只是传统。那是一种特定行为模式，与当时的社会文化环境相符合。

玛格丽特·米德把人类社会的文化划分为3种基本类型：前喻文化、并喻文化和后喻文化。

“前喻文化，是指晚辈主要向长辈学习；并喻文化，是指晚辈和长辈的学习都发生在同辈人之间；而后喻文化则是指长辈反过来向晚辈学习。”

两百年前，在中国的家庭里没有平等、没有独立亦不存在什么叫负责。那是因为当时中国整体处于前喻文化中，社会发展缓慢，子代将会面临的问题与父辈一般无二，父辈拥有更多人生的经验与技能，他们总可以从容地指点晚辈，而晚辈无从超越这种年长的智慧。从社会整体来看“年轻一代的全部社会化都是在老一代的严格控制下进行的，并且完全沿袭着长辈的生活道路。”

两百年前没有代沟，亲子世代之间的矛盾更多地体现为一种俄狄浦斯式的男性权威挑战，而最终改变的不是文化，只是手握权力的人。

然而此刻，在21世纪的中国，改革开放30年，带来时代的速进与大范围的人口流动，“未来再也不是今天的简单延续”，父辈再也无法一眼看穿儿女们的人生，父辈的绝对权威开始失去现实基础，子代的天然弱性被消磨殆尽。

有人说这是一种令人心寒的叛逆，而我却觉得这是无法回避的改变。物质现实决定了文化，文化决定着人际关系。一百年前的妇女解放运动让一夫一妻多姬妾的婚姻制度在中国大地消失，而终有一天，我们也会放弃天地君亲师的无尚威权论。开始习惯让每一代人为自己负责，享受自己的人生，子辈不再从属于父辈，父辈亦无必要把全部的心血与精力投诸于儿女。我们已经正式进入了后喻文化时代，只有承认这种变革，承认这样的现实，及时调整家庭成员之间的相处模式，才能让家庭更稳定与让家庭成员更具幸福感。

我希望，由衷地这样希望着。

因为很多时候，矛盾就出现于此。该独立的不独立，该放手的不放手，儿女们嫌弃老子没本事不能为自己赚下金山银山，父母感觉我已为你付出所有，你怎么可以不听话。

我从不曾想过把韦若祺书写为一个人品低下的恶婆婆，甚至我有时会觉得韦若祺代表的不是一个婆婆，她与陈正平一起代表着一个阶层——父辈！

虽然她的行事尖锐了一些，可是，剥开那些戏剧化的冲突，我们会发现，韦若祺与陈默的矛盾，与苗苑的矛盾，就是父辈与我们的矛盾，最后都将归结为处于后喻文化的年轻一代与保留着前喻文化惯性的老一辈之间的文化冲突。

韦若祺从不是个恶人，她在做着她以为的好事，她在用她的方式爱着，即使她的儿子和媳妇都不能适应。苗苑与陈默都不能算是令人心寒的不孝子，他们也有容忍也有妥协，亦有真诚的爱。

最初，有人问我，苗苑与韦若祺将来能不能和好。我问她，什么叫和好？传统意义上的亲如母女吗？？那显然不可能。因为无论是韦若祺对待女儿的方式，还是苗苑对待母亲的态度那都是彼此无法接受的。

长久以来，我们总是错误地以为如果婆媳之间出了问题总会有个对与错，总以为只要全心全意对某人好，就能得到自己想要的结果，我们常常想当然教训别人请把你的婆婆当成自己母亲，把你的媳妇当成自己女儿，好像这就是万试万灵的神药。可更多的时候，我们会听到来自双方的委屈与苦恼。

是的，如今的婆媳矛盾已经不再是过去的模样，两百年前的女人们将全部世界局限于一个家庭，婆婆与媳妇通常都保有相似的价值观与风俗习惯，于是婆媳矛盾中总有一方恶人。而现在婆媳问题更多地表现为价值观的差异，无论是凤凰男与孔雀女，北京的媳妇撞上来自惠州的婆婆，彼此之间矛盾的焦点往往归结为迥异的文化观念与风俗习惯。结果谁对谁错这个问题开始变得模糊不清，每个人都有保留自己价值观的权利，每个人都会站在自己的立场上为自己考虑，让哪一方去改变妥协似乎都没有十足的理由。

于是，怎么办？

米德在《文化与承诺》一书中提出“真正的交流应该是一种对话”。

然而需要注意的是这种对话不再是一方对另外一方的教化，参与对话的双方在地位上应该是平等的。长辈们“必须为成年人创设新的行为楷模，使他们能够告诫自己的孩子，怎样去学，而不是学些什么；告诫孩子承诺的价值。而不是应该对什么做出承诺”。而年轻一代也“不必弃绝任何一条从过去走向今天的道路，也不应该忘却任何一种先前的生活方式，那纷繁多样、形态殊异的过去”，因为所有人都是时代进程中值得尊重的存在。

保持对话，彼此体谅彼此尊重，已经不再有可以放之四海的标准行为。科技发展与城市化进程让现代中国社会在每个小范围内的文化差异都变得异常尖锐，所以别再说我们家乡的习惯，别再说我以为，你的理所当然很可能就是别人眼中的不可理喻。

所以让我们坐下来，保持对话，努力让自己独立，平等地对待他人，为自己的承诺负责。

–4. 关于《人间烟火》–

我已经很久没有写过这么长的后记，可能是我知道我终于要远离苗苑与陈默，这两个我如此钟爱的朋友，我也开始变得啰唆与不舍。

似乎长久以来我对苗苑和陈默都有着特殊的感情，因为他们不同于我曾经写过那些惊才绝艳的男人与女人，他们平凡甚至充满缺陷。拿他们与陆臻甚至夏明朗来作比较几乎是不厚道的，他们没有那种坐地为王的实力，也不拥有世事圆融的处世才能，于是他们注定会把自己的生活过得有些笨拙与磕碰不断……然而正是如此，我爱他们，就像爱着同样不聪明的自己与我身边的朋友们。

曾经有人问我是不是最爱夏明朗，我说不是的，因为那已经不是一个可以让我感觉爱与不爱的存在，我仰望并钦佩他，与“喜爱”这种充满私心偏好的感情无关。如果说陆臻与夏明朗是我对极致爱情的最高理想，那么陈默与苗苑就是我对美好现实的真诚期待。

是的，我们可能很难成为陆臻成为夏明朗；但我们都可以是苗苑是陈默，等待自己并不完美却甜蜜的另一半。

我始终相信，幸福不仅是聪明人的游戏。

我希望《人间烟火》会像一面镜子，在镜子里有一个很纯粹的女人和一个很爷们的男人，有几个典型的家庭和几对常见的夫妻，他们在生活，追求着属于自己的幸福。

我希望大家多少能从这面镜子里看到一丝自己的影子，找到自己幸福人生的方向。